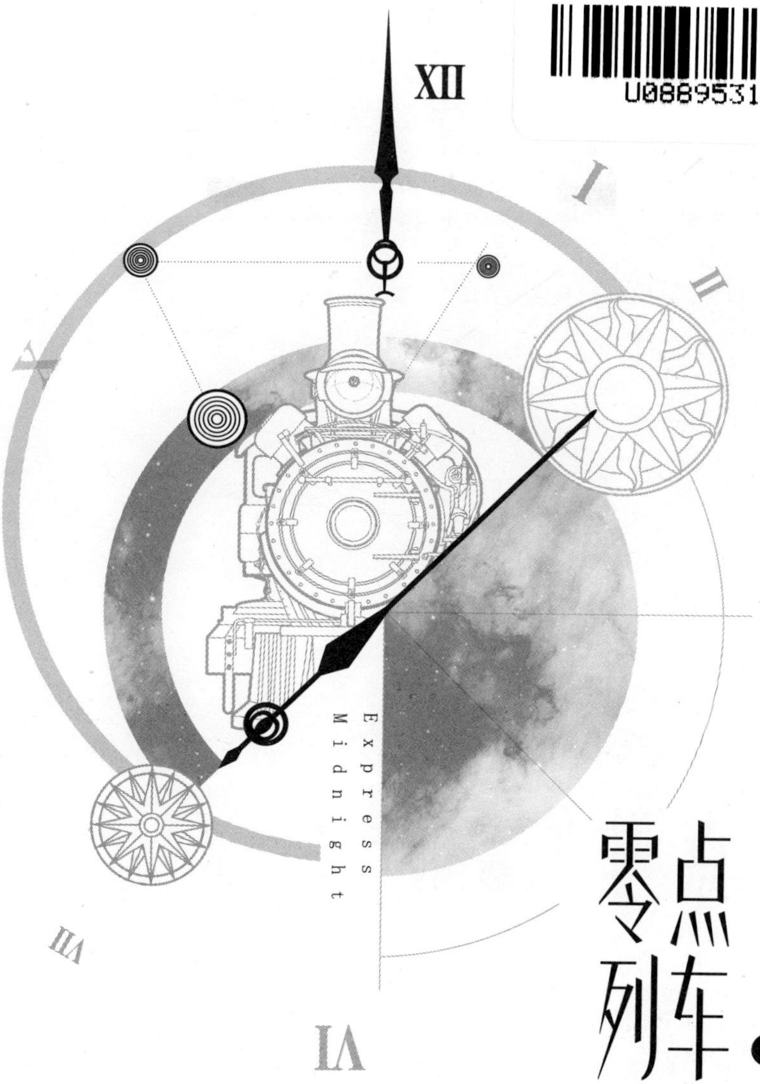

零点列车 ❶

柳木桃 著

羊城晚报出版社
·广州·

图书在版编目（CIP）数据

零点列车．1 / 柳木桃著．— 广州 ：羊城晚报出版社，2017.7
ISBN 978-7-5543-0452-5

Ⅰ．①零… Ⅱ．①柳… Ⅲ．①长篇小说—中国—当代
Ⅳ．①I247.5

中国版本图书馆 CIP 数据核字（2017）第 170020 号

零点列车 ❶

LINGDIAN LIECHE 1

柳木桃 / 著

策划编辑 朱复融
责任编辑 朱复融
责任技编 张广生
企　　划 陈钊颖
装帧设计 埃呀巍
责任校对 潘子扬　何琳玲
出版发行 羊城晚报出版社
（广州市天河区黄埔大道中 309 号羊城创意产业园 3-13B　邮编：510665）
发行部电话：（020）87133824
出 版 人 吴　江
经　　销 广东新华发行集团股份有限公司
印　　刷 深圳市雅佳图印刷有限公司
规　　格 889 毫米 ×1194 毫米　1/16　印张 15.25　字数 210 千
版　　次 2017 年 7 月第 1 版　2017 年 7 月第 1 次印刷
书　　号 ISBN 978-7-5543-0452-5
定　　价 39.00 元

目录
CONTENTS

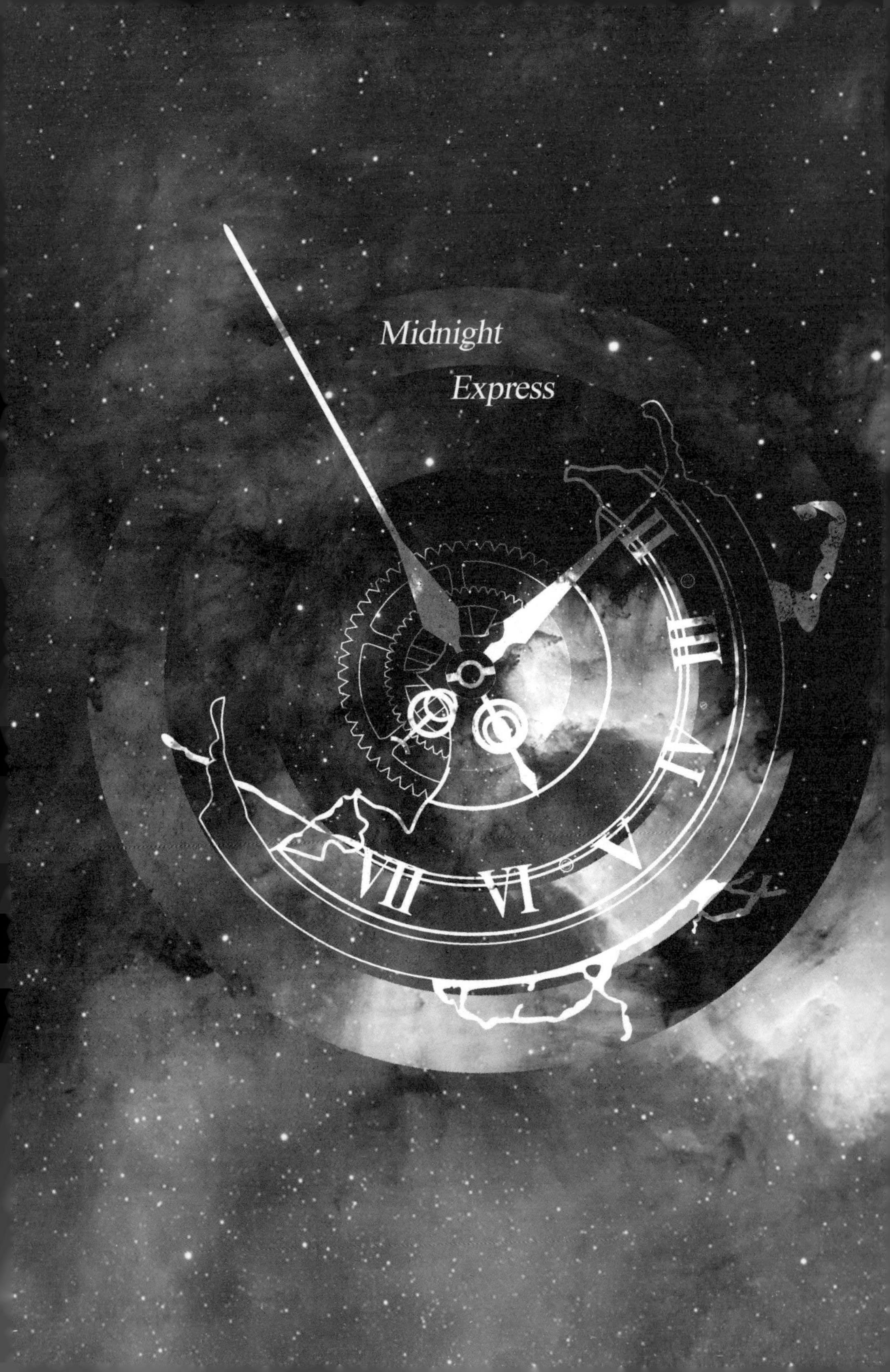
Midnight
Express

一趟只有在午夜零点出现的列车，

能看见它的人都会被载到某个世界，

或是留下成为故事，

或是带着故事离开……

零 点 列 车

Midnight Express

楔子

2016 年 11 月 4 日　　天气：阴

我觉得自己并不是一个好作家，写出的故事无趣又平庸。可是这么多年过去，我依然在坚持写作，哪怕穷困潦倒，也从未想过要放弃。因为我总是有种奇怪的直觉——我似乎，生来就是为了写故事而存在的。

这种毫无根据的臆想支撑着我，让我能够有勇气在被出版社编辑骂到狗血淋头之后，依然厚着脸皮去修改那千疮百孔的退稿。

但这依旧不能改变我陷入写作瓶颈的事实，我常常一整天对着电脑写不出一个字。原本我以为，我的写作生涯会就此止步，直到那天晚上，发生了一件不可思议的事，彻底改变我的人生……

应出版社要求，我要赶去北方某个城市参加一场签售会。这关系到我的饭碗，所以我丝毫不敢怠慢，提前一天出发，却在赶到机场时被告知，我要去的那个城市正在被暴风雪侵袭，所有航班暂停，不知道什么时候能恢复。

我担心这样等下去会耽误行程，便离开机场改乘火车，并为自己的英明果决而沾沾自喜。可是不凑巧，火车行到半路时竟然出了故障，所有乘客不得不前往附近一个小站换乘。

等待火车调运的过程很漫长，站台上人特别多，我走到一个稍微安静的角落坐下来，没想到竟然睡着了。

半梦半醒中，我忽然听到一声火车悠长的鸣笛，好像来自很远的地方，却又在脑海深处缭绕不绝。我猛地睁开眼，发现天已经完全黑了下来，车站只剩我一个人。

手表的指针刚好指向午夜十二点，我提着笔记本电脑包站起来，正看到一辆火车缓缓进站。火车的车轮碰撞着铁轨，发出有节奏的响声，它的速度越来越慢，最后终于停下来。

透过灯火通明的车窗，我惊讶地发现，整列火车竟然空无一人。

正对着我的车厢门缓缓打开，一个身穿藏青色制服的年轻男人站在门边，冲我微笑着行礼。

“您好，欢迎来到零点列车，我是本次列车的列车长，将竭诚为您服务。”

“请问，这列火车是开往哪里的？”我问。

列车长抬起眼，微挑的眼梢下掩藏着浅淡的笑意：“它开往您应该去的地方。”

我当时并没有多想什么，只是急于离开这个荒僻的地方，于是登上火车。

可是我无论如何也想不到，从我踏入零点列车的那一刻开始，我便与我所生活的世界彻底断绝了联系，而迎接我的，是一个又一个光怪陆离的故事。

那些吸血鬼的，洪荒神祇的，超宇宙文明的，抑或是充斥魔法的世界，仿佛隐匿在时空之外的神秘殿宇，一扇接一扇向我敞开了它们的大门。

也正因为如此，我才写下了《零点列车》这本书，只为让那些曾惊心动魄的故事，以及故事中鲜活的生命，不会随着时间的流逝而化为尘埃，被彻底遗忘。

Midnight
Express

每一个人都觉得自己所生活的世界就是这个世界真实的模样，

殊不知，

我们只是蹲坐在井口下的青蛙，

仰望那一方小小的天穹，

从别人的口耳相传中，得知那些看似光怪陆离的故事。

如果说时间与空间分别对应两条坐标轴，

那么每一次任意交叉交汇，

都会定位到一个截然不同的世界。

生活在各个世界里的人，仿佛被坚不可摧的城墙围住，

永远也不会知道围墙外面世界的模样。

零点列车并不属于任何世界，它游离于时间与空间之外，没有人知道它是什么时候出现的，更不会有人知道它会在什么时候消失。它不停歇地穿行于夜色，将一个又一个乘客，送往他们应该去的世界。

在零点列车上，有一位列车长，他穿着藏青色的制服，戴着白手套，将所有乘客奉若上宾，一次又一次微笑地说出："欢迎来到零点列车，很高兴为您服务。"

他没有朋友，没有亲人，永远被禁锢在零点列车上，做一个时空的修复者。唯一与他相伴的，就是零点列车孤独的鸣笛声。

列车长本以为他会永远这样活下去，抑或他其实早已经死了，成为零点列车的一部分。

直到有一天，零点列车上来了一位特别的乘客。

这位乘客神情颓废，穿着稍显破旧的米色风衣，声称自己是个没有灵感的作家。

列车长惊讶地发现，作家乘客竟然找不到任何一个适合他的世界。

他似乎和自己一样，是个被时空抛弃的人……

Midnight 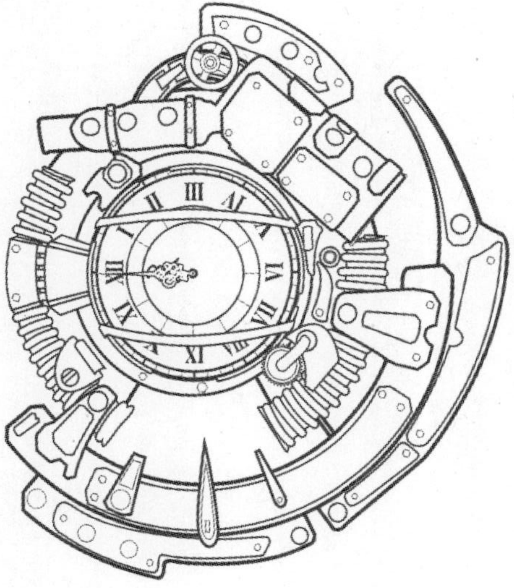 Express

20XX年X月X日　　天气：晴朗的夜

自从来到零点列车，已经不知过了多少个日夜，列车外永远都是黑夜，时间仿佛静止，也许正是因为这样，我无法感觉到时间的紧迫，写作计划被一再推后。

“你终于准备动笔了吗？”这一天，列车长站在我身后，难得有兴趣关心我的写作事业。

“是的，希望你能喜欢，毕竟你是我唯一的读者。”

不得不承认，这句话有意带了一些恭维，因为故事只有在分享中才会有趣，我可不希望这世界上唯一一个与我朝夕相处的人对我所做的事漠不关心。

果然，列车长扬起唇角，微微弯下腰，凑近了屏幕，当真浏览起我所写下的内容——

“每一个能看到零点列车的乘客都有各自能看到列车的原因，从一个世界到另一个世界，或是带着故事离开，或是留下成为故事。唯独作家，却找不到属于他的终点。他登上了零点列车，可是零点列车却不会再为他停下。他成为这辆列车上永远的滞留客，没有人知道这是为什么，就连列车长也不知道。时间久了，作家渐渐不再将自己当作一名乘客，而是安于零点列车上的生活，开始将那些乘客的故事记录下来……”

“你为什么要用第三人称？”列车长问。

“这样更能显得我是一个旁观者。毕竟那些故事是属于乘客们的，而不是我的。”

列车长意味深长地看了我一眼，似乎表示理解，“那么，第一个故事你准备写什么？”

“我还在思考，你有什么好建议？”

“不如就从那个开始吧。”列车长提示我，“就是那个石头的故事。”

我立刻明白列车长说的是哪个，考虑片刻，觉得这是不错的主意，于是在文档中打下了“偷心”两个字，作为这个故事的题目。

这是一个发生在远古世界的故事。在这个世界里，众神在人间选中学徒传承神力，由此造就了一批身负神力不可一世的人类。

而故事的主角，就是这些人中的一员……

Midnight Express

偷心

1

列车在万里荒原上寂寞前行，车灯将无尽黑夜劈斩开，不知来路，不知去向，只留蒸汽车头的轰鸣和铁轨碰撞发出的咔哒声，在夜色间空空回响。

车厢里，一个黑发男人正凝视着窗外，身上的衣服破烂得不成样子，只能隐约从那带着褶皱的袖口和衣领辨认出是西方中古时代的衣着风格。

男人的手中紧紧握着一枚黑色石头，像水晶，晶莹得能折射出车厢内的灯光。

脚步声响起，却依然没能惊动男人空洞的表情，戴着白手套的列车长将一杯烈性伏特加酒递给他："尊敬的乘客，您还是不想下车么？"

问了几遍，男人始终没有反应。

列车长唇角挂着完美的笑，以手抚胸行了一礼，将伏特加酒轻轻放在桌上，然后安静地退出车厢，将车厢的拉门缓缓关合。

他穿过悠长的火车走道，回到自己的列车长室。

列车长室里面已经坐了一个人。

这个人头发散乱，穿着米白色半旧风衣，嘴里叼着烟，看上去有些颓废。

他是个作家，总是对着一台反应不太灵敏的笔记本电脑写着没人看的故事。

“那个乘客还是不肯下车吗？”作家问列车长。

“不肯。”列车长神色轻松地回答。

“为什么？”作家终于抬起头，将目光从笔记本电脑屏幕上移开，“你不是说，每一个乘客都有属于自己的去处？”

“你不是也没有下车？”列车长不答反问，抬起眼似笑非笑地看着作家。

“我可不是有意不下车，是你说的，找不到我该去的地方。”作家摊手，接着又故意凑近了列车长，打趣道：“说真的，是不是你一个人在车上太寂寞，故意把我留下来的？”

列车长对作家的自作多情回以一个嗤之以鼻的表情，转而回答他刚刚的问题。

“也许那位乘客只是想要继续自己未完成的故事。”

“哦？你知道他的故事？”作家起了兴致。

列车长勾起嘴角，狭长的眼尾有一抹沉淀了无尽岁月的氤氲和神秘：“这辆列车上每一位乘客的故事，我都知道。”

作家笑了，给列车长倒了一杯烈性伏特加酒。

“我已经准备好了一双听故事的耳朵。”

列车长脱掉白手套，露出一双细白修长的手，他拿起酒杯转了转，盯着里面打着漩涡的浅褐色酒浆，出了一会神才缓缓开口：“你看到他手里握着的那枚黑色石头了吗……”

2

底格萨斯之门开启的那一天，没有人知道在这之后的几百年，亚米洛平原上会发生怎样翻天覆地的变化。人们只知道，当尘埃散尽，封印了数千年的底格萨斯神殿再次出现在众人视野中时，高大的石头巨人就这么突兀地耸立在神殿前。

在巨人胸口的位置，镶嵌着一颗硕大的黑色宝石。宝石闪耀着晦暗的光，好像跳动的心脏。

从这一天开始，亚米洛平原上便出现了一群人，他们受到众神眷顾，可以得到神明的法力，这些人迅速掌控了士兵和土地，颠覆了旧有的政权，成为财富和权力的主宰者，他们制定新的法律，划分新的阶级，形成新的公侯。昔日高高在上的旧贵族，现在却沦为最卑贱的奴隶。

这些受到神明恩赐的人彼此结合，繁衍的后代也同样具有神力，贵族们的统治变得牢不可破，因为没有人能战胜神的宠儿。而在所有贵族中，掌控绝对权力的王族，是受智慧之神图特眷顾的波伦蒂家族。他们的标志是一头阳光般灿烂的金发，拥有超于常人的智慧。

在波伦蒂家族面前，没有人能够藏下秘密，因为他们总是能轻易地看穿一切。

安伊尔从城堡的窗户爬进卧室的时候，他的双胞胎妹妹佳娜正穿着高帮靴王子服，一头金色的头发平平整整地在脑后梳了个规矩的男士马尾，表情已经非常不耐烦。

“亲爱的哥哥，如果你下次偷偷溜出去玩不带上我的话，休想再让我给你做替身！”

“好了好了，我知道了，下次一定带你出去！”安伊尔使出惯常的哄骗手法，将在集市上买的小玩意塞在佳娜手里。

佳娜盯着梳子看了一会儿，忽然眯起那双漂亮的蓝眼睛：“哥哥，这支看上去又破又丑的梳子，真的值十个金币？为什么我在你的脑子里看到了谎言？”

糟糕！被发现了……

虽然波伦蒂家族的人都有洞察人心的能力，不过这个洞察力的敏锐程度还是因人而异，会受到天资和阅历的影响。安伊尔和佳娜虽然是双胞胎，但是毫无疑问，佳娜的天赋远没有哥哥高，不过最近安伊尔头疼地发现，随着年龄的增长，佳娜的能力好像长进了不少，最起码没以前那么好糊弄了。

“亲爱的佳娜，相信我，作为这个世界上最爱你的孪生哥哥，我会把我认为最好的东西送给你，难道你觉得我的爱不值十个金币吗？”安伊尔用自己同样湛蓝的大眼睛注视着妹妹，表情格外真诚。

佳娜眨巴眨巴眼睛，并没有注意到自己狡猾的哥哥在和她玩偷换概念的文字游戏，最终还是被说服了，开心地拿着礼物，正准备离开安伊尔的房间去换裙子时，忽然听到从外面传来骚动声。

“外面发生什么事了，那么吵？”安伊尔利索地将平民服脱掉，将熨烫得笔挺的衬衣穿在身上。

“不知道！我好像听到了惨叫声！”佳娜探出一颗脑袋，将守在门口的女仆召唤来。

“哦，佳娜公主！您怎么又穿安伊尔殿下的衣服？”女仆看到佳娜的打扮大惊失色。

佳娜做了个鬼脸：“这不是重点，玛莎，我想知道刚刚外面发生了什么，怎么会有这么大的动静？”

玛莎支支吾吾不肯说。

佳娜板起脸：“怎么，难道你还想在我和安伊尔面前隐瞒什么？”

玛莎偷偷瞄了安伊尔一眼，其实在佳娜公主面前隐瞒点小事的话，可能还不容易被发现，但是谁敢当着安伊尔殿下的面说谎呢？他可是几百年来波伦蒂家族最有天资的王子，他从出生那一刻开始就注定不凡。

亚米洛平原上曾有这样一个传闻，说安伊尔殿下有一双能看透人灵魂的眼睛，他是智慧之神图特最青睐的门徒，谁想要欺瞒他，便是对神明的亵渎。

“玛莎，到底发生了什么？”安伊尔这时已经换好了衣服走过来。

“安伊尔殿下，这样肮脏又卑鄙的事，本不该告诉给您的，不过既然您问起……”玛莎在只有三人的房间里环顾一圈，似是担心他们接下来的谈话会被人偷听，声音压得非常低，“昨天下午，有几个奴隶偷偷跑去看佳娜殿下洗澡，刚刚已经被抓出来了，萨迦嬷嬷要将他们绞死呢。”

偷看洗澡？昨天下午？佳娜一下愣住了。

玛莎以为她被吓到，急忙安抚她，生怕她会因贞洁被玷污而崩溃。

谁知佳娜转头看了眼双胞胎哥哥，忽然爆发出大笑。

安伊尔脸色一沉，骂了声“该死”，气势汹汹地冲出了房间。

玛莎一头雾水，不知道发生了什么。

佳娜笑得喘不过气，连眼泪都流出来了。

“玛莎，你要知道，我昨天下午根本没有洗澡啊！那些人偷看的‘公主殿下’，其实是安伊尔！”

3

安伊尔很生气，想看看那些有胆子偷看他洗澡的混账东西都长成什么样。他叫住守卫，让萨迦嬷嬷不要急于处死那些人，他要过去亲自审问。

年头悠久的城堡中，没有窗户的地方总是幽暗得阴森，安伊尔知道那些要被惩罚的奴隶们会被关在哪里，快步在城堡中穿梭，沿着塔楼的旋梯一圈一圈走入地下室。

“那些人关在哪间牢房？”

“殿下，您不该来这里的……”

安伊尔无视那些看到他诚惶诚恐下跪行礼的地牢守卫，从一间间牢房前经过，最后在其中一间停下来。他透过铁门上的栅栏窗往里面看，微微勾起唇角，找到了自己的目标。

是的，安伊尔殿下的问题从来不需要人来回答，因为那些飘散在空中的拥挤的思想总会给出他想要的答案。

看看这些可怜的人，他们的内心是如此恐惧，安伊尔心想。

这些奴隶都是和安伊尔年纪差不多大的男孩，只有十三四岁的样子，但是他们的命运却和安伊尔迥然不同，就像挣扎在泥沟里的虫，能轻易被人用脚碾死。

安伊尔只是淡淡瞥了眼牢房中的奴隶们，便轻而易举读出了他们的心声，然后瞬间就被那种对死亡的恐惧包围，让他几乎窒息。他顿时失去了参观兴致，正想转身离开，却忽然顿住，猛地回过头，蓝色的眼睛里充满了震惊。

牢门之内一共有七个奴隶，但是他只找到六个人的思想。

他们之中有一个人的想法他竟然感知不到！

胡尼在来到这个世界之前并不叫胡尼，但是那又有什么关系呢，一个名字而已，只是一个代号，就算叫他阿猫或者阿狗，也并没有什么本质的区别。

他从小就是孤儿，无家可归，四处流浪，和乞丐唯一的区别，就是他会变一些戏法，能勉强混口饭吃。那天晚上天气实在太冷，他偷偷爬上一辆火车过夜，结果下车的时候就来到了这里。

这是与原来的世界完全不同的地方，但对于胡尼来说，无论在哪里都无所谓，反正都是卑微如蝼蚁的存在，过着有今天没明天的生活。

偷看公主殿下洗澡的主意是胡尼出的，因为在这幢沉闷的古堡里实在是太无聊了。小奴隶们不禁挑唆，很轻易就被他蛊惑，可惜他们不够走运，好不容易制造机会偷看到公主殿下洗澡，却发现除了一头金灿灿的头发什么都没看到。

公主殿下的头发实在是太长了，长得连屁股都能遮住，真是没趣。

为了看一眼头发就要丢了小命，实在是太不划算了。

胡尼百无聊赖地坐在牢房的角落，嘴里衔着一根枯草，被同伴们的哭声弄得心烦。就在这时，他忽然感觉到有人在看自己，抬起眼看向牢门，他愣住了。

胡尼还从来没见过长得这么好看的人，那金色的头发被地牢的火把映得发光，蓝色的眼睛像一片海，让人想变成海里的鱼。

这样的美人，一定是天使。

胡尼这样想着，却发现蓝眼睛美人目光里的冰冷和疏离，甚至还带有一丝危险的杀机。

哦，也可能不是天使，是个小恶魔。

胡尼舔了舔干涩的嘴唇，扬起一个有些恶劣的笑。

“把这些人放了吧，不要杀他们，直接赶出城堡就好。”安伊尔对守卫们吩咐，最后看了一眼那个牢房里的黑头发男孩，转身离开地牢。

“仁慈的安伊尔殿下，愿图特神永远眷顾于您。”守卫们单膝跪地，向安伊尔抚胸致敬，口中恭维的话语也不知道是出自真心还是假意。

安伊尔却并不在乎这些，他甚至根本没有觉得自己是在做善事，因为在亚米洛平原上，奴隶根本不会被当成人看，他之所以会插手这件事，完全是受到好奇心的驱使。

这个世界上居然有一个人是他无法看穿的，这个人对安伊尔来说简直有致命的吸引力。

4

安伊尔找到母亲时，她正在向底格萨斯神殿的方向做每日祈祷。

“母亲，我有一个问题想要问您。”安伊尔耐心地等母亲祈祷完毕，走过去在母亲的脸上轻轻亲吻。

“我的孩子，你有什么疑问？”安伊尔的母亲是整个亚米洛平原上最尊贵的女人，她和安伊尔一样，有一头美丽的金发，优雅而高贵，永远举止得体。但是在安伊尔看来，她更像是美貌与智慧并存的女神，而非母亲。

“我……”

安伊尔迟疑，努力不让那个黑发的男孩子形象出现在脑海里，他的母亲能够窥探一个人脑海中所形成的画面，不知道为什么，安伊尔有点担心母亲一旦知道这个男孩的存在，就会给男孩带来危险。

“其实这个疑惑我一直都有。”安伊尔努力在头脑中勾勒出佳娜的脸，其实也是自己的脸，他和这个双胞胎妹妹长得实在是太像了，“我能听到所有人的思想，这是图特神恩赐我的能力。可是会不会有例外呢？我是说，这世界上会不会有什么人的思想是我听不到的？”

安伊尔的母亲有些疑惑：“难道你听不到佳娜的想法？”

很显然，母亲已经探知出安伊尔头脑中的画面，他的小伎俩奏效了。

“不是。”安伊尔掩饰地咳嗽两声，“我只是做个假设。”

母亲狐疑地盯着安伊尔看，良久之后才再次开口，脸上又恢复了优雅到近乎淡漠的表情：“如果真的出现了那样的人，安伊尔，答应我，一定要立刻将那个人处死。”

安伊尔连续很多天都在想那个黑头发的男孩，他的长相在亚米洛平原上很罕见，黑黑的眼睛似乎总是透着漫不经心，又充满了神秘感。

佳娜跑进书房，伸手在安伊尔眼前晃了晃：“亲爱的哥哥，你最近怎么了，图特神遗弃了你吗？”

难道图特神遗弃了你吗？

这句话听起来没什么，但是在波伦蒂家族却无异于一句骂人的话，因为翻译成正常的人类语言就是：嘿小可怜，你的脑子是不是坏掉了？

安伊尔拍开妹妹的手，用手撑着脑袋，继续翻着面前这本叫作《亚米洛平原人口与种族》的大部头书。

佳娜好奇地将金色脑袋凑过来：“哥哥怎么会看这种书？你在找什么资料吗？”

安伊尔记得佳娜很喜欢看书，总是知道一些稀奇古怪的事，心想也许自己的疑问她能够解答，便问：“你说我们亚米洛平原上有黑头发黑眼睛的人种吗？”

“有啊。”

“可是并不常见。”

“是的，非常罕见。”佳娜点点头，“黑发黑眼的人多为奴隶，不过据说几百年前，在底格萨斯之门开启之前的王族，就是黑头发黑眼睛。”

十四岁的王子就要开始学习处理政务，安伊尔的生活骤然变得忙碌起来，也很少有机会再溜出城堡玩。转眼间四年过去，他早已经将那个曾经让他倍感困惑的黑头发男孩忘到了脑后。

这天是安伊尔和佳娜十八岁的生日，为了庆祝他们的成人礼，城堡里举行了盛大的舞会。

美酒美人，香花盛乐，舞厅里充斥着各种或是谄媚或是贪婪的思想，好像浓烈到令人恶心的香水，让安伊尔觉得厌烦。

在和佳娜跳了开场舞之后，安伊尔跑去城堡的塔楼，眺望黄昏下美丽的亚米洛平原，发现城堡外也很热闹，街上挤满了人，好像过节。

难道平民们也在为他的生日庆贺吗？

安伊尔突然感到好奇，趁着守卫松懈，换了便装偷偷地溜出城堡。

5

时隔四年，再次呼吸到市井间泛着泥土味的空气，安伊尔很兴奋，他在拥挤的人群中穿行，感受着周围快乐的情绪，那快乐是如此单纯，不含任何杂质，相比于城堡里贵族们夹带着算计的虚伪欢笑，平民们的快乐更具有感染性，让安伊尔也忍不住微笑出来。

街上的人实在是太多了，肩膀蹭着肩膀，安伊尔突然觉得有人狠狠撞了他一下，和他飞快地擦身而过。他心里一惊，立刻摸向自己的口袋。

果然，钱袋被偷了。

但是相比于钱袋被偷，真正让安伊尔觉得震惊的是他居然会被偷这个事实！

鉴于图特神所赐予安伊尔的特殊能力，人群中任何心怀不轨之徒都会被他轻易看破，可是刚才那个小偷靠近他，他居然完全没有感受到一丝一毫偷窃的想法，这说明什么？

安伊尔猛地回头，看到一个渐渐走远的黑头发青年。他瞪大眼睛，分开人群追上去。

“喂！站住！”

小偷察觉安伊尔已经发现了他，立刻加快了脚步，最后奔跑起来。

安伊尔从小受到严格的搏击和剑术训练，身手十分敏捷，追着黑头发青年不放，两人一前一后很快跑出了热闹的街区，青年似乎有意引着他往偏僻的小巷跑。

若是在以往，安伊尔一定不会这样贸然跟上去，理智会及时制止住他的脚步，可是正如四年前第一次见到那个牢狱里的黑发男孩，这种对一个人完全未知的吸引力，对安伊尔来说简直像毒品，明知于己无益，却忍不住靠近。

“喂！你站住！我要和你说话！”安伊尔快跑不动了，只能徒劳地喊话。

然而在这贫瘠又肮脏的小巷子里，没有王子，安伊尔的命令也不再是不可违逆的。

青年还是在跑，转个弯不见了踪影。

安伊尔累得靠在墙上大喘气，忽然觉得几道人影靠近，充溢着恶劣又凶狠的思想。

“臭小子，让你追得这么卖力气！”

“真是欠揍！”

“活得腻歪了。”

“看他那副纤细的小身板，跟个细皮嫩肉的娘们儿一样。”

巷子里突然出现七八个小混混，向安伊尔慢慢围拢。

安伊尔被这些人粗俗的思想语言惹怒了，眯了眯眼，解开衣领的扣子，打算给这些不知天高地厚的小混蛋们一点教训。

几乎没费多少功夫，巷子里便横七竖八躺了满地的人。

安伊尔用手帕嫌弃地擦手，居高临下看着这些被他打得爬不起来的混混们："让你们那个黑头发的人出来见我。"

"哦？你是在找我吗？"一道带着笑意的声音响起，高个子的黑发青年从巷子口转出来，神态慵懒，食指和中指勾着一个钱袋，轻佻地摇了摇，像在逗弄小狗，"还是说，你在找这个？"

安伊尔注视着这人的黑眼睛。

没错，是他，他就是四年前那个在地牢里的黑发男孩。

这种感觉太奇妙了，一个人就这么站在他面前，而他却不知道他在想什么。也许对于大多数人来说这是再正常不过的事，但是对安伊尔来说却无比新奇。

安伊尔向黑发青年走过去。

黑发青年没有动，只是微微挑起了眉毛。

安伊尔站在黑发青年面前，伸出一只手，却不说话，他很好奇接下来青年会如何反应，会对他说什么。

黑发青年凝视着安伊尔的蓝眼睛，眼眸中滑过一丝波澜，他忽然抬手，想摘掉安伊尔的帽子。

那顶帽子将安伊尔金色的头发裹得严严实实。

安伊尔反应灵敏地躲了过去。

黑发青年没有再坚持，只是将钱袋扔给安伊尔，露出挑衅的笑："你身手不错，要不要和我打一架？"

6

所谓不打不相识，安伊尔和黑发青年在巷子里痛痛快快打了一架之后，竟然胜负难分，最后一起筋疲力尽倒在地上。

“喂，我是胡尼，你叫什么？”

“我叫安伊尔。”

两人的心情似乎都很愉悦。

“安伊尔？和我们的王子殿下同名呢。”

“是啊，可是没有王子殿下的好命。”安伊尔心虚地笑，因为自己的谎言和看不穿胡尼的想法让他感到紧张。

“我挺喜欢你的，如果不嫌弃的话，交个朋友吧。”胡尼向安伊尔伸出手。

“幸会。”安伊尔握住胡尼的手。

在这帮小混混中，胡尼似乎是首领，在他的斡旋下，那些被安伊尔打得很惨的倒霉蛋们很快就不计前嫌，和安伊尔称兄道弟起来。

胡尼对安伊尔说，他们只偷有钱人的东西，用一句当下时髦的话来说，叫劫富济贫。

“可是偷东西是触犯法律的。”安伊尔微微皱眉，不肯苟同。

“触犯法律？”胡尼嗤笑，眼中满是嘲讽，“法律不就是贵族们制定的？贵族奴役买卖无辜的人，将他们当成牲畜一样对待，倒是不违背法律。”

这还是安伊尔第一次听到这种言论，在他的认知里，奴隶和平民是不一样的，他们没有资格得到公民的权利，不受法律保护，可以随意买卖杀戮，就像养在羊圈里的羊。

“好了，不说这个。”胡尼发现气氛不太对劲，挥挥手明智地选择换一个话题，“你是偷偷溜出来的富家少爷吧？从来没出来过？”

“以前也出来过几次。”

“来吧，带你去好玩的地方逛一逛。”胡尼搂着安伊尔的脖子走，决定带他去找“乐子”。

安伊尔很快将刚才因争执而引起的短暂不快撇在了脑后，跟着胡尼一伙人去了一间地下酒馆。

“今天为什么这么热闹，是庆祝王子殿下的生日么？”安伊尔和胡尼挤在一张桌子边，看着酒馆里的伴舞热情奔放的舞蹈，好奇地问。

旁边有人喷出一口酒，一脸惊奇地转过头：“安伊尔，你是在开玩笑吗？”

“你竟然不知道今天是什么日子？”另外几个人也是不可置信，好像安伊尔问了个愚蠢至极的问题。

胡尼的黑眼睛眯起，视线扫过来。

安伊尔喝酒的动作微微停顿，迅速从周围人的思想中捕捉到真相，然后故作轻松地笑出来，拍了拍旁边人的肩膀：“我当然是开玩笑的啊，老兄，丰收日嘛！今年的庄稼长得特别好，自然值得庆祝。”

“你小子，装得好像！”

“就是啊，差点就被他那无辜的蓝眼睛骗了。”

众人继续喝酒说笑。安伊尔重新端起酒杯默默喝了一口，自嘲地想，他真是太过自作多情了，竟然以为民众会为了自己的生日狂欢。

不过另一方面，安伊尔也为自己感到羞愧，身为王子，竟然连丰收日都忘记了，只因为这天是他的成人礼。不仅仅是他，此时此刻在城堡中欢舞的人，又有谁会在意这个真正关系着民间疾苦的节日呢?

“来吧安伊尔，让你见识见识上流社会看不到的好东西！”

胡尼在这里似乎很受欢迎，他站在桌子上，说了句今晚的酒他请，酒馆里顿时沸腾起来。

酒保抱来四个半人高的酒桶，一个叠一个立在胡尼他们这边的酒桌上，然后直接用割肉的尖刀在酒桶上扎了四五个洞。甘甜的葡萄酒瞬间从桶里流出来，人们一边跳舞欢呼一边过去拿杯子接酒。

“女士们，先生们，现在有请亚米洛平原最伟大的魔术师登场！”

在掌声和欢呼声中，黑发青年站在桌子上向众人鞠躬行礼。

“我需要一个助手上来配合我，你们谁想上来？”

下面立时有人尖叫呐喊，其中多为年轻姑娘。不同于上流社会贵族小姐的矜持，她们热情大胆，美丽的眼睛里直率地表达着对黑发青年的倾慕。

“不如……就请那位戴帽子的先生上来吧！”胡尼眸光闪动，以手示意人群中某处。

安伊尔见周围的人向自己看过来，心知是胡尼点名自己上台，他也不扭捏，当即走到酒馆中央的空地。

胡尼伸出手想要拉他。

安伊尔没理会胡尼，撑着桌面灵巧地跳上桌子，站好后还有些挑衅地冲胡尼扬了扬下巴。

胡尼从口袋里摸出一张纸片，折成小鸟的样子，放在安伊尔手里。

大家屏息凝神。

胡尼对着观众席伸出两只修长白皙的手，示意掌中空空，不含机关，然后将双手交叠，轻轻覆在安伊尔的手上，盖住那只小小的纸鸟。

安伊尔不知道胡尼打的什么主意，不由紧张起来，直到胡尼将手拿开，纸鸟原封不动还躺在原处，众人发出一阵嘘声。

搞什么啊，什么变化都没有嘛！

然而很快嘘声就停止了，众人目瞪口呆地看到，安伊尔手里那只纸折的小鸟，竟然自己飞了起来！

胡尼的手指轻弹，像个优雅的琴师，小纸鸟随着他的动作轻舞，在半空中做出各种滑稽的动作，引人哄笑。

小纸鸟在半空中徘徊一圈，最后又落回安伊尔手心。安伊尔呆呆地盯着它，半天合不拢嘴。

胡尼得意地笑：“怎么样？”

安伊尔回过神，尽管前所未见，却还是不想失去一个王子的尊严，轻咳一声，高傲地回答：“如果仅限于此，你可称不上是伟大的魔术师！”

“那么……这样呢？”

胡尼在安伊尔耳边低语一句，手轻轻放在他手上，再次抬起时，纸折的小鸟不见了，取而代之的，竟然是一只毛茸茸的灰色小鸟。

是夜莺！

安伊尔吓了一跳，急忙缩回手，夜莺展翅飞起，拍打着翅膀，唱出优美的旋律。

胡尼眼睛里闪动着愉悦的光，在雷霆般的掌声中拉起安伊尔的手，带着他一同向观众鞠躬谢幕。

这还是有生以来，安伊尔第一次向人鞠躬，对象竟然还是平民！

“安伊尔，你就不能把你的帽子摘掉吗？你不会是秃头吧！”

天已经完全黑了下来，这是安伊尔第一次这么长时间地离开城堡。他和一群醉鬼从酒馆里晃晃悠悠地出来，有人玩笑地拿他的帽子打趣，作势去摘。

“不要欺负人，你们这些家伙。”胡尼笑骂，将那些手脚不老实的人推开。

“喂，胡尼，你怎么这么护着安伊尔啊，你才认识他多久？”

安伊尔却不等胡尼开口，笑着回骂：“你们安伊尔爷爷还需要谁护着吗？有哪个混蛋想摘我的帽子尽管来啊，只要能打得过我！”

胡尼大笑，似乎比安伊尔还要得意：“看吧，其实我是在护着你们，怕你们挨安伊尔的拳头。”

很快到了不得不分别的时候，大家一路走着，陆续回家，最后只剩下安伊尔和胡尼。

安伊尔不能让胡尼看出来自己要回城堡，只好在一个街区和他道别。

“以后我们还会见面吗？”胡尼问。

“你住在哪里，我有机会来找你。”

胡尼斜倚着墙，露出意味深长的笑：“我都不知道你住在哪里，为了公平起见，我也不告诉你我住在哪里。”

这个人是有多幼稚啊。

“下个礼拜日，底格萨斯广场的水钟指向十二点的时候，我们就在广场对面的喷泉池碰面吧。”安伊尔一边说一边伸手摸口袋，心里却咯噔一下。

晚上进城堡需要通行令牌，他的通行令牌不见了。

“你在找什么？”

“一件东西。”

“是这个吗？”胡尼将那块黄金令牌提到安伊尔面前晃了两下。

“你在哪里找到的？”安伊尔瞪大眼睛。

胡尼唇角微勾，黑眼睛里闪动着戏谑的光——又是那样恶劣的笑容。

“你忘了我是什么人了？我是个魔术师啊，安伊尔。”胡尼将令牌交到安伊尔手中。

什么魔术师，小偷还差不多！

安伊尔愤愤看了胡尼一眼，将令牌揣进口袋：“下个礼拜日十二点，喷泉池。不要迟到。”

胡尼笑了，在安伊尔背对着看不到他时，笑得很开心，露出洁白的牙齿。他快步追上安伊尔，与他擦肩而过。

“那就说好了，我们不见不散！”胡尼再次将黄金令牌丢给安伊尔，转身插着口袋快步离去。

安伊尔抓着令牌，吃惊得说不出话：“喂，你是怎么把它从我身上偷出来的？”

“怎么能说是偷？这是魔术，安伊尔！下次见面教给你，当然，如果你想学的话。”胡尼背对着安伊尔摆摆手，帅气的身影很快隐于夜色之中。

7

安伊尔从没觉得时间过得这么慢，好不容易盼到了礼拜日，早上做完了礼拜，他却被父亲捉去商讨政事。

“亲爱的佳娜！求你了，你只要去赴约，然后将下一次见面的时间和地点告诉我。”安伊尔拜托双胞胎妹妹代替他去喷泉池和胡尼见面，他害怕这次爽约之后就再也见不到胡尼了。

也许是因为图特神赐予安伊尔的精神能力太强大，安伊尔的身体发育出奇地缓慢，尽管已经十七岁，面部却还没有显示出男人的棱角，皮肤像少年时光滑细嫩，外人还是很难将他与佳娜分辨出来。

佳娜其实很想溜出去玩，但是她要端着公主架子，好好敲诈哥哥一笔。

安伊尔看穿妹妹的小阴谋，立刻转变态度：“好吧，既然你不想出去，我也不会勉强你了，毕竟再重要的朋友也没有妹妹重要。”

佳娜投降了，扮成男孩子去替安伊尔赴约，临走前还赌气地对安伊尔说：“安伊尔哥哥，如果这世界上有什么人的想法是你看不穿的，那么这个人一定是你的克星！”

和朝臣们议事时安伊尔一直都心不在焉，虽然他身体老老实实待在议事厅，心思却早已飘到了底格萨斯神殿对面的喷泉池。

胡尼会不会赴约？佳娜会不会露馅？被胡尼发现了该怎么办？胡尼还会再约他见面吗？

安伊尔开小差开得太认真，以至于他根本没有注意到父王和大臣们谈论的关于各地奴隶起义的事。

天黑之前佳娜回到了城堡。

安伊尔迫不及待地去佳娜的房间，在进门看到佳娜之前就已经先一步感知到了她的思想。

出问题了，胡尼发现了佳娜是女孩子！

佳娜知道没有什么能瞒过自己这个哥哥，任务搞砸了，本来她还有点紧张，但是见到安伊尔那副紧张的样子，她又忍不住想要逗逗他。

“亲爱的哥哥，你不用担心！虽然胡尼发现了我是女孩子，但是他并不知道我不是安伊尔啊！”

安伊尔眨了眨眼睛，很快明白佳娜的意思，脸色突然涨红。

佳娜笑得更欢，神秘兮兮压低声音：“下个礼拜日，老时间老地方。哥哥，你说胡尼以为你是女孩子，会不会爱上你呢？天啊，万一他想亲吻你怎么办？”

安伊尔：“……”

安伊尔觉得，有些事还是要解释清楚比较好，他可不能真的让胡尼误会自己是个女人。

幸运的是，第二个礼拜日他没有被父王安排行程，可以准时赴约。

底格萨斯广场的水钟才指向十一点，安伊尔就已经站在了喷泉池旁，让他意外的是，他竟然看到了胡尼，此时他正坐在喷泉池边，幽黑的眼睛盯着某个方向看得专注。

“嗨，胡尼！”安伊尔过去打招呼，尽量不让自己显得尴尬，“你来得好早！”

“你不是也一样？”胡尼闻声回头，黑眼睛里跳动着愉悦的光，“今天终于是你自己本人出来了。”

安伊尔一愣：“你……看出来了？”

“怎么会看不出来呢，你们的性格是那么，嗯，不同。”

安伊尔叹了口气：“她的话是比较多。”

“是吗？在我面前她很羞涩，说话都会脸红。”

安伊尔很意外，想到佳娜顶着那张和自己一模一样的脸在胡尼面前羞答答地说话，他撞墙的心都有了。

“她是你的孪生妹妹？”

“嗯。”安伊尔走到胡尼身边和他并肩坐下来。

“让一位淑女和陌生男人见面，你就不担心她的安危？”胡尼打趣道。

安伊尔微微扬起眉：“你是我的朋友，我的妹妹不就是你的妹妹？”

胡尼大笑：“安伊尔你可真会说话，不要以为这样我就能原谅你的爽约。”

安伊尔蔫了：“真的抱歉，那天我实在脱不开身。说吧，你想要怎么惩罚我，悉听尊便。”

胡尼眯起眼：“什么要求都可以？”

安伊尔点头：“什么要求都可以。”

胡尼似乎认真思考了一会，忽然凑到安伊尔耳边说：“把你的帽子摘下来让我看看。”

8

安伊尔最终还是没有摘下帽子，他给胡尼打了一张白条，上面写着会答应胡尼一个要求，无论什么时候都可以兑现。

胡尼将纸条折成一只小鸟：“这是你说的，安伊尔，如果不能兑现，到时候就把妹妹赔给我。”

安伊尔理了理自己的帽子，确认将他的金色头发完全藏好，就这么毫无心理压力地把自家妹妹给抵押出去了。

因为特殊的能力，安伊尔总是能在第一时间看穿一个人，但是这样的生活并不能让他轻松，恰恰相反，被那些他不想听到的真实心声百般折磨，他觉得精神紧绷，只有在胡尼面前，他才能得到片刻的喘息。

胡尼的世界是如此真实鲜活，让安伊尔觉得自己不再像一个高高在上的神祇，被人小心翼翼逢迎着，活在由他主宰的苍白戏剧里。在胡尼的眼里，他是安伊尔，不是图特神的门徒，也不是手握生杀大权的王子殿下。而在安伊尔眼中，胡尼是一个真实的人，是他的朋友，不是一眼即可看穿的剧中人物。

接下来一年的时间，安伊尔几乎每隔几天就要从城堡里溜出来和胡尼他们厮混，过起了游侠般的生活。他们会趁着半夜去课税官家里把他从百姓那里夺来的财物偷出来，还给真正的主人，也会偷偷给被主人虐待的可怜奴隶们送东西吃，他们被官兵追，被有钱人放狗咬，在偏僻的小巷子里东躲西藏。

安伊尔第一次看到了他以前不曾看到的东西。

城堡之外的生活和他的想象天差地别。平民们似乎并没有那么快乐，而失去自由的奴隶们，更是悲惨得如同身处人间炼狱。

安伊尔发现，每次和胡尼见面时，他都会站在喷泉边，遥望着底格萨斯神殿的方向。熙攘的广场公园里，他一动不动，阳光洒在他英俊的面庞上，却驱赶不走他眼神中隐藏的阴霾。

“胡尼，你在看什么？”这天安伊尔终于忍不住问。

胡尼收回视线，转身看向安伊尔时，眼底的阴霾也随之散去，又恢复了他惯有的那种带些痞气的笑容。

“没看什么啊。”

“真是低劣的谎言。”

“好吧，我在看恶魔之心。”胡尼如实回答。

恶魔之心，安伊尔的脸色沉了沉。他知道这是市井间对底格萨斯巨石人身上那块黑色石头的称呼。

“胡尼，为什么要说它是恶魔之心？”

“赐予人变成恶魔的力量，难道不是恶魔之心？”

“胡说！”

“难道不是吗？”

“你说那是赐予人变成恶魔的力量，那么亚米洛平原上的贵族在你眼中都是恶魔了？住在城堡中的国王和王子也都是恶魔了？”

“安伊尔，你虽然是有钱人家的少爷，却不是贵族，为什么这么激动？”胡尼静静地看着安伊尔，轻声问。

安伊尔意识到自己失态，平缓了一下情绪才道：“我只是觉得，现在的国王和王子都是很好的人，很多贵族也关心民间疾苦，你说他们是恶魔，胡尼，尽管你是我的好朋友，但我依然不能赞同你。”

胡尼没有和安伊尔辩驳，沉默片刻，才说：“安伊尔，对亚米洛平原上的贵族来说，巨石人身上的黑石头是众神的恩赐，因为它赐予他们众神的力量，使他们得到权力和财富。但是对无数被贵族压迫的平民和奴隶来说，那块石头却是噩梦的开始。”

“可是每个政权都有腐朽，不是吗？就算在底格萨斯门开启之前，那些没有得到神力的历朝贵族，也不乏昏庸无能之辈。他们也会盘剥平民，杀戮奴隶。”

“是啊，所以当那些统治者们残暴无能到极致时，就会被人推翻。而现在的贵族们，安伊尔，无论他们多么残忍、昏聩、堕落，只要掌握着众神之力，便没有人能推翻他们。他们仅凭神力就能轻而易举镇压起义。是恶魔之心，让绝望的人失去了寻找生路的可能，让不满的人只能接受悲惨的命运，让愤怒的人无力做出改变。安伊尔，正是恶魔之心，给了贵族肆无忌惮的权力，将他们一步一步变为恶魔。想想这一年多来你看到的事，你还能说在波伦蒂王朝的统治下，亚米洛是一片乐土吗？”

安伊尔忍不住退后一步，被胡尼问得哑口无言。过去一年里所见过的一幕一幕开始在他的脑海中快速回放。

因税负太重，不得不辛苦劳作一年后的农民依然饿死；因得罪了贵族，忙碌了半辈子的生意人一夕之间家破人亡；因女儿被官员抢走，倾尽家财申诉无门的乡绅反被打死……

太多了。

真的是太多了！

这个国家所背负的悲剧，实在是太多了。

可是，这都是他的错吗？是波伦蒂家族的错吗？

“胡尼，亚米洛平原的人们都恨死了贵族，恨死了波伦蒂家族，对吗？”安伊尔咬紧了嘴唇。

“安伊尔，贵族只是因为神力而迷失了自我，没有自省和克制的能力。也许有一天他们失去了神力的庇佑，才会明白真正的统治者应该是什么样子。”

胡尼说这番话的时候，目光中似有熊熊火焰在燃烧，阳光从底格萨斯神殿越过来照射在他坚毅的脸上，在安伊尔看来，那才是真正的神光。

“会有什么方法让贵族们失去神力吗？”安伊尔问。

“传说只要将恶魔之心从巨石像上取下来，贵族们就会丧失神力。”

胡尼跳上旁边的喷泉池，居高临下，伸手直指安伊尔，眯起眼睛定定看着他，然后目光又移向底格萨斯神殿，手指也随之移向神殿前的巨石人：“总有一天，我，胡尼，会偷走你的心。”

胡尼这番话好像是对着巨石人说的，但是安伊尔却莫名感到一阵心悸。

9

王后每天都会对着底格萨斯神殿的方向祈祷，这天也不例外，不同的是，今天陪着她一同祈祷的还有城堡里的所有女眷。

她们在为国王的安危祈祷。

自从各地奴隶起义，战争爆发，国王的身体状况越来越差，近一个月来，更是缠绵病榻，大臣们已经开始商议让安伊尔继位的事情了。

安伊尔祈祷完，看向窗外，从这里能清楚地看到底格萨斯神殿前的巨石人，那里有重重士兵把守，护卫力量甚至远高于城堡。

“安伊尔，你的父王想单独见你，他有话要和你说。”王后还是那副淡漠的表情，似乎这世上没有什么事会让她动容。

“知道了，我这就去。”安伊尔行礼，准备离开。

“安伊尔。”王后忽然叫住他。

“还有什么吩咐，母亲？”

“我知道，这些年你经常会偷溜出去，但是从今天开始，你永远不能再离开城堡。”

安伊尔沉默。

“安伊尔？”

安伊尔还是没有回答。

似乎是察觉出安伊尔的抗拒，王后忽然话锋一转：“佳娜最近觉醒了新的能力。”

安伊尔很意外，因为越来越忙，他已经很久没有关心自己的双胞胎妹妹了。

“她有什么能力？”

“她能预知命运，越是和她亲近的人，她感知得越清楚。”王后抬起眼看安伊尔，眼神中终于有了一丝波澜，“安伊尔，佳娜看到了你的死亡，就在你下一次离开城堡时。”

安伊尔握了握拳头，他知道母亲不会用这种事骗他。更何况，他深知城堡外的民众对波伦蒂家族的憎恶，一旦有一天他在外面身份暴露，一定会被人暗杀。

“好，我不会再离开城堡。”尽管嘴里这么说，安伊尔还是决定要去见胡尼最后一面，和他告别，算是对这段友谊做一个交代。

“安伊尔，我要你向众神起誓。”

安伊尔单膝跪地，许下的却是违心的誓言：“我对众神起誓，永生永世都不会再离开城堡。”

国王的寝殿内充盈着浓浓的药味。安伊尔走到病床前，看着奄奄一息的父王，心里很难过。

“父亲。”

“安伊尔，你就要成为亚米洛平原新的国王了，有一件事，你应该知道了。”国王虚弱地睁开眼，浑浊的眼睛看着安伊尔，极其艰难才说出一句完整的话。

“父亲，您只要在心里默想就好，我能听见。”安伊尔轻轻握住国王的手。

国王却摇头："安伊尔，这件事我必须亲口对你说，因为这是独属于波伦蒂历代国王的秘密，就算是你，也无法从我的思想中窥探。"

"父亲，您要告诉我什么？"

国王粗重地喘息几口，才沙哑着嗓子缓缓开口，却说出了一个让安伊尔无比震惊的秘密。

"底格萨斯神殿前的巨石人，是历代国王的化身，你继位以后，巨石人就是你，你就是巨石人，你要不惜一切代价保护那颗黑色石头，安伊尔，因为那就是你的心脏。如果有人动了那块石头，你也会因心脏破裂而死，亚米洛平原上所有的贵族，都会失去神力。安伊尔，我要你发誓，你要不惜一切代价，守护好那颗黑石头，守护好巨石人，听到了吗？！你听到了吗？！"

国王说到最后情绪激动起来，开始剧烈地咳嗽。

安伊尔的手被国王抓得很疼，手背上几乎被勒出红印。

"是，我听到了，父亲。我对众神起誓，会倾尽一切！"

国王离世，安伊尔继承王位后的第二十一天，正是他二十岁的生日。

城堡中照例举行了盛大的晚宴，哪怕城堡外早已经饿殍遍野，贵族们的生活依然奢华糜烂。善于揣度新国王喜好的仆人们为了讨好安伊尔，特地在晚宴中请了魔术师来表演。

这种民间的杂耍艺人通常情况下是不会被邀请到城堡中的，奈何新国王对魔术情有独钟，下面的人自然要投其所好。

魔术师表演了几个节目，安伊尔兴致缺缺，直到那魔术师从口袋里抽出一张纸片，折成一只小鸟的模样，放在搭档掌心里，安伊尔才一下坐直了身体。

纸折的小鸟在魔术师的操控下飞起来，在空中做出各种有趣的动作，引起贵族们大笑，最后在一片惊呼中，小纸鸟竟然变成了活的小鸟，羽毛灿烂鲜艳，漂亮得惊人。

贵族们纷纷鼓掌。

安伊尔盯着在城堡中不停飞旋的小鸟，渐渐湿了眼眶。

这只小鸟不是夜莺，变魔术的魔术师也不是那个人。

他想到两年前那个夜晚，黑头发的青年就是这样在酒吧里所有人的欢呼声中牵起他的手，与他一起谢幕，眉眼间尽是飞扬的神采。

那一刻的他是如此夺目闪耀，像个平民王子，能带给人快乐的王子。

可惜，他已经死了，这个世界上唯一让安伊尔无法看穿思想的人，再也见不到了。

安伊尔瘫软在王座上，在贵族们空虚的欢笑中疲惫地闭上眼，回想起他和胡尼最后一次见面的场景。

安伊尔最后一次见胡尼，还是在底格萨斯神殿对面的那个喷泉池边。

因为以后不能再离开城堡，安伊尔要找个借口向胡尼道别。可让他意外的是，胡尼这次也是来向他道别的。

他说他要离开王城，去参军。

然而还不等安伊尔问胡尼为什么要去参军，不知道从哪里破空射来一支箭，竟然直接穿透了胡尼的胸膛！

王城暴动了。

拿着武器的暴民们从各条巷子里冲出来，巡逻队根本无法镇压，场面极度混乱。

“胡尼！！”

安伊尔的大脑一片空白，冲过去抱住倒在血泊中的胡尼，紧紧攥着他的手，说不出话。

“胡尼！你不要怕，我带你去找医生！”安伊尔想要将胡尼背起来，可是他胸口中了箭，他根本不敢轻易挪动他。

“安伊尔，就算你找医生来，也没有用了……”胡尼粗重地喘着气，拉住安伊尔的手，示意他不要再做徒劳的努力，“我只想和你说几句话。”

“等你的伤好了我们再说！”

“不，安伊尔，其实我一直骗了你。”

“有什么话以后再说！现在需要将你的箭拔出来！你在流血，混蛋！”安伊尔急得想骂人，胡尼的胸口血流不停，他必须要给他拔箭止血。

情急之下，安伊尔一把撕开胡尼的衣服，却一下愣住了。

胡尼赤裸的胸膛上，竟然布满了密密麻麻的伤痕。

安伊尔认得，这些伤是鞭痕。

为什么胡尼的身上会有这么多鞭痕？！

“安伊尔。”胡尼看着僵住的安伊尔，轻声道，“其实我一直骗了你，我不是平民，我其实，是一个奴隶……我，我不想让你瞧不起我，我怕你知道我是奴隶，就不会再和我做朋友……”

安伊尔心中抽痛。他何尝不知道胡尼的奴隶身份？他只是没想到，喜欢大笑，喜欢变魔术，喜欢捉弄无德官员的胡尼，过的竟然是如此悲惨的生活。

怎么能不悲惨呢？如果他的身份是奴隶，在亚米洛平原，又怎么可能不遭人虐待？

安伊尔轻抚着胡尼身上的伤疤，手在发抖。

胡尼惨笑着，呼吸越来越虚弱，幽黑的眼瞳有些失神：“安伊尔，看在我们是朋友的份上，能在我临死前，摘下帽子让我看看吗？我一直觉得，你的蓝眼睛，应该配上一头漂亮的金发……”

“胡尼……你不会死的，你不会死！”

安伊尔哭了，握着胡尼逐渐冷下去的手，在这样混乱中居然完全不顾暴露身份的危险，扯下帽子。

一头漂亮的金色倾泻而出，在阳光下像金子一样灿烂。

这是波伦蒂家族特有的标志，是亚米洛平原上至高统治者的标志。

就是在那一天，安伊尔险些在祸乱中丧命。

10

“陛下！暴民们又在攻城了！”晚宴进行到一半，城堡外的守卫兵惊慌失措地跑进来通报。“慌什么，没看到国王陛下在庆生吗？”一位大臣斥责道。

“可是，这次的暴民人数太多，光是聚集在城堡外的就有几万人，底格萨斯神殿那边也有好多人，普通的侍卫已经死光了！”

音乐停止，城堡大厅内骤然安静。

贵族们意识到事态严重，纷纷看向年轻的国王。

安伊尔闭上眼，放空思绪，能听到城堡外数万民众的愤怒之声。

他们为什么如此愤怒，安伊尔再清楚不过。

安伊尔继位不足一个月，无法改变民众对波伦蒂王朝的仇恨。为了镇压暴民，他只能下令围剿。贵族们出战无人能挡，平民和奴隶动辄死伤数万人，尸体堆积成山。

“陛下不用担心，让我们出征，一定会将那些贱民屠杀殆尽！”有人向安伊尔请命。

“是的，不过是一些如蝼蚁般的平民和奴隶，在神赐之力面前，又有什么可惧怕的？这次一定要给他们一个教训！”

贵族们跃跃欲试，安伊尔已经在他们的眼中看到屠杀的欲望。

终于，安伊尔下令让所有贵族前去迎战，而他自己，则亲自带人前去底格萨斯神殿守护巨石人。他很清楚，真正能对贵族产生威胁的是什么。

“安伊尔哥哥！你忘了你在母亲面前许下的誓言么？！”就在安伊尔即将踏出城堡时，佳娜跑出来，展开双臂拦在他面前。

“佳娜，不要闹。”

“你不能出去！”

城堡外的喧嚣声更大，安伊尔几乎已经能听见暴民冲上底格萨斯神殿的呼喊。

“佳娜！”安伊尔担心巨石人会被推倒，心中越发焦急，命侍卫将佳娜强行带走。

“哥哥！安伊尔哥哥！不要离开城堡，你会死的……”佳娜流着眼泪。

“佳娜，你上一次就预言我离开城堡会死，我不是好好的吗？”安伊尔不为所动，继续往城堡外走。

“安伊尔！你会死在胡尼的手里！”佳娜最后大喊一声。

安伊尔的脚步猛地顿住。

“佳娜，胡尼已经死了。”

今天晚上天气很冷，安伊尔裹着披风站在底格萨斯神殿前。

围攻神殿的暴民们已经被他带来的贵族击退。此刻，安伊尔将守卫派遣到别处，巨石人周围只有他一个人。不过有他坐镇，任何人的思想都无法逃脱，只要有人胆敢靠近巨石人，无论是多么高明的隐匿者，都会第一时间被他发现。

当然，只有一个人例外。

亚米洛平原上火光冲天，那是拥有火神之力的贵族在放火，嘈杂的惨叫声中夹杂巨大的水流声，那是拥有水神之力的贵族在放水。无数人死了，但是后面的人却不肯退缩，抱着必死的信念不停向前冲锋。

究竟是多大的恨意，让这些平民和奴隶如此无畏？

究竟还要死多少人，这场浩劫般的征伐才能结束？

安伊尔忽然觉得很累。

空气中浓郁的血腥气让他几乎作呕。

安伊尔知道，巨石人身上的黑色石头在，他就在，贵族们的神赐之力就在，即便所有军队都在镇压起义的战争中牺牲，波伦蒂王朝依然屹立不倒，等待那些反抗者的，只有死路一条。

“是恶魔之心，让绝望的人失去了寻找生路的可能，让不满的人只能接受悲惨的命运，让愤怒的人无力做出改变。安伊尔，正是恶魔之心，给了贵族肆无忌惮的权力，将他们一步一步变为恶魔。想想这一年多来你看到过的事，你还能说在波伦蒂王朝的统治下，亚米洛是一片乐土吗？”安伊尔的脑子里忽然回荡起胡尼的声音。

其实胡尼说的没错，他们就是恶魔，以极端的神赐之力肆意杀人，他们是悖逆规律的存在，是原本不该有的存在。

夜风轻拂安伊尔略显苍白的面容，吹动他金色的长发，同时也将细小的窸窣声送入他的耳朵。

身体先于大脑做出反应，安伊尔忽然拔出腰间佩剑，一剑掷向身后的巨石人！

“锵”！

雪亮的佩剑直插入巨石，险些刺中在巨石人身上攀爬的偷盗者。

安伊尔仰起头，即使光线昏暗，他依然能从那人的轮廓辨别出他是谁。

“嗨，安伊尔！我们好久不见！”

夜色中，黑发黑眼的青年露出他那有些恶劣的、带有几分痞气的笑。

安伊尔忽然觉得特别冷，手像是被冻成了冰块，一点知觉都没有了。就连他的声音，好像也冷得发抖。

“胡尼，你还活着。”

“是啊，见到我还高兴吗？亲爱的国王陛下？”

“原来你早就知道我的身份？”安伊尔唇角勾起自嘲的笑，努力让自己看上去冷漠一些，可是眼泪却控制不住从眼角滑落。

原来他一直都在骗他。

“安伊尔……”发现安伊尔哭了，胡尼终于收起了笑容，眉头微皱，定定地看着他。

“所以你接近我有什么目的呢？想要让我帮你做什么？偷恶魔之心吗？”安伊尔问。

“安伊尔，你看此刻的亚米洛平原，难道你不想让这一切结束吗？这一次的起义不会妥协，直到你们杀死最后一个反抗的人。安伊尔，你真的想让这里的每一寸土地都染上鲜血吗？只要将这块黑石头从巨石人身上取下，贵族们就会失去神力，新的秩序才会建立。”胡尼的神色展露着从未有过的严肃。

“那时你为什么要假装死了？”安伊尔好像没听到胡尼的话，只是自顾自地问。

“安伊尔……”

“为什么呢？”

“因为你能读懂人的思想，只有我是例外。想要顺利偷到恶魔之心，不能让你有半点疑心。”

“哦。”安伊尔点点头，眼泪已经在他脸庞上风干，他再也没有一丝表情，“当时你让我把帽子摘掉，是想让我的身份暴露，被人杀死，对吗？”

胡尼沉默。

安伊尔深吸一口气：“我知道了。”

“安伊尔，后来想起这件事的时候我很后悔，我没想到自己会那么害怕你死。安伊尔，你还活着，我很庆幸。”

起风了，胡尼的声音时远时近，安伊尔已经听不真切，也不愿再听清楚。

其实有一点胡尼说得很对，这一切都该结束了。

“胡尼，你可以动手了。”

安伊尔目光空洞地看着不远处的战场，一个受光神恩赐的贵族正在狂笑着向起义军发射光箭，只是一眨眼的时间便将数千人变成了死尸。

“安伊尔，不要这么绝望。取下石头，你只会丧失神力而已。”

“取下石头，我会死。”

“不，我会保护你。”

安伊尔最后抬起头看了胡尼一眼，黑发青年眼中有种不容置疑的自信，眉目间隐现王者之气。他忽然想起佳娜给自己讲过的那个故事，在底格萨斯之门开启时，亚米洛平原出现神赐力量者，他们攻进王城，冲进城堡，将当时的王族屠杀殆尽。当黑头发的国王被斩首时，他对天发出诅咒，终有一天他们的王族后裔中会出现一个人，他会是波伦蒂王朝的克星。

“安伊尔哥哥，如果这世界上有什么人的想法是你看不穿的，那么这个人一定是你的克星！”

这是佳娜的玩笑话，其实从那时候开始，佳娜的预言能力就已经展现出来了，不是吗？

安伊尔微微一笑：“胡尼，动手吧。”

动手吧！让这一切结束吧！

锋利的匕首插进巨石人的心脏，将那块象征着众神之力的黑色晶石狠狠剜下来。

黑色的晶石落入胡尼的掌中，被他紧紧抓住。

喧嚣的战场忽然寂静了，火光和剑光消失，整个亚米洛平原都归于一片漆黑。

这时不知道是谁大吼一声：“贵族失去了神力，胡尼殿下成功了！”接着一个又一个火把次第亮起，越来越多。

火光将黑暗驱退，起义军高唱凯歌，失去了神力的贵族如落荒的老鼠，四处逃窜。

胡尼从巨石人身上跳下来，他走到安伊尔面前，不知道该如何开口，就在这时，安伊尔忽然倒在地上，胡尼吓了一跳，冲过去抱住他，却震惊地发现，在他的心脏位置，鲜血染红了衣衫。

“安伊尔！”胡尼不敢置信地瞪大眼睛，“安伊尔，怎么会这样！你这是怎么了？！”

血液源源不断地从安伊尔的胸口流出，胡尼急忙用手去按，想替他止住血，可是手掌覆上去才发现一个问题——他竟然感觉不到安伊尔的心跳！

他的心脏呢？！

安伊尔脸色白得像纸，他看着胡尼，嘴唇翕动，虚弱的声音近乎耳语。胡尼急忙将耳朵凑到他的唇边，心一点点沉了下去，像是被人丢进寒冷的冰窟。

“安伊尔！安伊尔！”胡尼眼睛发红，疯了一般摇动着已经没有了知觉的年轻国王。

这不可能！为什么？！他只是将巨石人身上的恶魔之心取下来，按照他们所掌握的情报，这样做只会让贵族失去神力而已，为什么安伊尔会变成这样？这是怎么回事？！

安伊尔的心脏呢？！

“胡尼……”安伊尔眼瞳开始放大，却再也没力气说话。

安伊尔觉得很遗憾，他想对他最好的朋友说，以后对亚米洛平原的人好一点，做个受人民爱戴的国王，但是没有机会了。他只能安静地闭上眼睛，留给胡尼一个清浅的笑。

虽然心没了，可他还是有点痛。

但是，他并不后悔，也不会生胡尼的气。

拥有神赐之力的贵族们，根本不该存在于世。

既然这原本就是个错误，那么就由他来终结吧。

胡尼看到安伊尔闭上眼，彻底慌了，颤抖地从口袋里翻出一样东西。

那是一只用纸折成的小鸟。

“安伊尔，你答应过的，你说你可以答应我一个请求，现在我让你兑现，我要你活过来，安伊尔……你答应过的！”

胡尼将小纸鸟塞进安伊尔的手心。

可惜，有着金发蓝眼的年轻国王再也不会有回应。

安伊尔死了，就算是亚米洛平原上最伟大的魔术师，也没法像变出夜莺一样，重新赋予他生命。

胡尼抱着安伊尔逐渐冰冷的身体，忽然发出撕心裂肺的吼声，像一头悲鸣的野兽。

远方吹起胜利的号角，笼罩在亚米洛平原上的乌云渐渐消散，起义军渐渐向底格萨斯神殿围拢，巨石人被推倒，轰然一声，就像那终于倾覆的波伦蒂王朝。

太阳初升，摆脱桎梏的人们欢声歌舞，但是人们发现起义军的黑发首领却不见了踪影。

11

疾驰的列车上，黑发的男人正凝视着窗外，身上的衣服破烂得不成样子，只能隐约从那带着褶皱的袖口和衣领辨认出是西方中古时代的衣着风格。男人的手中紧紧握着一枚黑色石头，像水晶，晶莹得能折射出车厢内的灯光。脚步声响起，却依然没能惊动男人空洞的表情。

“尊贵的乘客，您还是不想下车吗？”

问了几遍，男人没有反应，列车长唇角挂着完美的笑，以手抚胸行了一礼，将端来的伏特加酒轻轻放在桌上，然后安静地退出车厢，将车厢的拉门缓缓关合。

许久，男人终于将目光从窗外收回，盯着手中的黑色晶石，痛苦地闭上眼。

他永远也忘不了，那个人临死前说的最后一句话。

他说：“胡尼，你终于成功了，偷走了巨石人的心。”

那不是偷，是魔术。

男人很想这样告诉他，然后向他揭示魔术的骗局，证明一切都只是障眼法，没有真正发生过。巨石人的黑石头还在，他也还活着。

可男人知道，他永远都没有机会了。

列车长室内。作家听完了男人的故事，深深吸了一口烟，很久没有说话。

“故事讲完了？”

“讲完了。”

“所以这就是这个故事的结局？”作家抬眼看向列车长，后者正用白手帕细细擦拭已经空了的酒杯，将所有酒具收拾好之后，又不紧不慢地戴上他那双白手套。

“谁知道呢？我又不是故事的主角。”列车长眨眨眼，露出一个狡黠的笑容。

“那么，胡尼以后还有可能再见到安伊尔吗？”鉴于深知列车长先生善于卖关子的本性，作家决定换一个更直白的方式提问。

然而，被提问者还是给出那个有点欠揍的回答。

“谁知道呢？我又不是故事的主角。”

零点列车在茫茫夜色中行驶，不知道下一次为谁停留。作家从上车那天到现在，从未从车窗外见过黑夜以外的景象，不由抱怨：“这见鬼的列车！我们什么时候能看到太阳？”

列车长扬眉：“你看上去心情不太好。”

作家打开他那台破旧的笔记本电脑，有点烦躁地又点燃一支烟。

Midnight  Express

20XX 年 X 月 X 日　　天气：无休止的夜，看不出天气

列车长对我的第一个故事很满意，这让我对《零点列车》的系列信心倍增。

说实话，当我把初稿拿给列车长看时，心情其实有点紧张，特别是在阅读的过程中，列车长一直非常安静，也看不出什么表情。

“你把我写得很神秘。”这是列车长看完故事后说的第一句话。

“在我眼中，你本来就很神秘。”我微笑道。

“期待你的下一个故事。”列车长报我以同样的微笑。

其实说是我写的故事，实在是受之有愧，因为胡尼的故事发生时，我还没有来到零点列车上，我所记录的一切，不过是对列车长口述回忆的整理和润色。

我不知道列车长在零点列车上生活了多久，但我能想象出一个人熬过漫长时光的滋味。列车长对每一个乘客都彬彬有礼，热情周到，可是在他独处时，我却能看出他眼睛里的寂寥。

我时常庆幸自己能来到零点列车，这样就可以在列车长无所事事对着窗外发呆时，和他聊聊天、打打牌，引逗他给我讲一些乘客的故事。有的时候我甚至会自作多情地想，也许老天让我留在零点列车，就是为了守护和陪伴列车长的。

说到守护，我忽然想到另一个故事。

那么就将它当成《零点列车》的第二个故事吧。

这个故事所发生的世界和我生活的世界很像，人类社会刚刚完成以计算机技术为标志的科技革命，然而故事中的其中一位主角，曾是零点列车上的乘客，他所来自的世界，科技文明要远远高于这个世界……

致 命 守 护

1

高大的金属货柜轰然倾倒，“咣当”一声砸在早已千疮百孔的工作台上，夹角的位置，刚好形成一个狭小逼仄的空间。孟雪枫连滚带爬跑过去，身后传来一阵枪响，他甚至能感觉到子弹打在地面反蹦到脚上的痛感。

“见鬼！真是见鬼……我什么也不知道，你们找错人了！你们找错人了知道吗！”孟雪枫哭喊着，抱住膝盖在货柜底下瑟瑟抖成一团，那张精致美艳的脸此时完全没有血色，一双桃花眼因惊恐无助而瞪得圆圆的，像只受惊的兔子。

室内一片昏暗，地上到处散落着家具残片和玻璃碎屑，还有一些不明仪器的破损零部件。空气中弥漫着火药味道，刚刚被机关枪扫成废铜烂铁的超大型计算机还在往外冒着火花，发出“嘶嘶”的电流声。

缓慢而冰冷的脚步声一点点靠近，仿佛死神临近。

孟雪枫不信主不信佛，此时只能徒劳地一边在胸口画十字一边念阿弥陀佛，到现在还搞不清楚，自己一个三流过气小明星怎么就卷入了这场能和好莱坞动作片媲美的枪战。

拜托，他只是来美国看个老同学好吗？！到底是哪个环节出了错，怎么就变成了零零七大战铠甲勇士？剧本拿错了吧！

然而即使孟雪枫知道自己是无辜的，也不能改变即将被宰的命运。举着机枪的刽子手向他走近，只须一个枪子就能结果他。

人在惊恐到极致时会不由自主地瞎抓东西当救命稻草，孟雪枫撑在地上的手忽然碰到一个东西，下意识抓起来，想当作武器自保，结果拿到手里一看，才发现这东西竟是个相框。

借着窗外的光亮，孟雪枫看清相框里装着的那张陈旧照片时，一下愣住了。

照片上是两个高中男生，一个长着桃花眼，正努力把另一个往雪堆里推，桃花眼一副恶作剧得逞的表情，笑得开心，那个被算计的倒霉蛋不但没有恼怒，唇边反而勾起淡淡的笑容。两人的背后是一大片枫叶林，刚下过雪，火红的枫叶上盈满了簌簌白雪，热烈明媚中点缀着冷清孤高，正如照片中两个气质截然不同的男生，看似格格不入，却融合得赏心悦目。

"喂，你见过雪中的枫林吗？"

"雪天也会看到枫叶？"

"当然，不然我为什么会叫孟雪枫。周末我带你去看啊？"

"好。"

"那就这么说定了，可不许反悔。嘶，好冷……啊？你给我你的围巾做什么？"

"你不是说好冷？"

"难道你不冷啊？"

"不冷。"

"那我也不冷！"

"你耳朵红了。"

"那是冷的！"

"……哦。"

"喂，你笑什么！"

“……没什么。”

都说人死之前会看到自己一生的走马灯，可是当死亡真的临近，孟雪枫没有想到他看到的场景，不是自己贫寒的童年，也不是在校园里受人追捧的风光岁月，更不是进入娱乐圈之后纸醉金迷的糜烂生活，他看到的是，高三的那个周末下午，他和傅成蹊跑到山上去看枫叶。

那年冬天的枫叶林，美得让人不敢忘却。

2

孟雪枫觉得他的历史老师是个妙人，但是高三二班其他学生都觉得这历史老师是个神经病，因为他的思想总是如一头脱缰的野驴，喜欢说一些莫名其妙的话。

“你身边的那个人是不是你所熟悉的那个人，你讲的每一句话是不是在时刻被你所不知道的人监听着，你看到的事情是不是真实发生的事，你可能永远不知道……也许当科技发展到一定程度，我们的文明发展就不限于地球，可以接触到拥有更高宇宙文明的外星人。”

这一节课的课标任务完成，历史老师又津津有味地开始了他的阴谋论。班里大多数同学都低头拿出作业和卷子开小差，没办法，现在已经是高三上学期，高考的压力让这个重点校的学生不敢浪费一丝一毫的时间——没错，对于这些全市数一数二的优等生来说，听这个奇葩历史老师讲科幻故事就是在浪费时间。

全班就只有一个人还在听课，懒洋洋趴在桌上，一手撑着头，桃花眼专注地凝望着历史老师，那就是孟雪枫。他不但认真听，在历史老师讲到唾沫横飞、热血沸腾的时候，还会一拍桌子，赞同地来一句：“您说得太对了！”

历史老师热泪盈眶，将孟雪枫引为知己。

其实孟雪枫也不是真的和历史老师有多少共鸣，他只是不像其他同学那样迫于高考压力而已。因为生了一副好皮囊，他已经与某经纪公司签约，只等高中毕业就可以正式出道。

班主任为此还曾痛心疾首地将孟雪枫叫到办公室深谈，希望他可以不要放弃学业，就算以后想走演艺道路，凭着他现在的文化成绩，也可以考个很好的影视类大学。

孟雪枫只用一句话就堵住了班主任所有的苦口婆心："老师，我父母不在了，我现在急着用钱。"

原本所有人都以为，历史老师关于"超文明外星人"的脑洞永远不会在现实中得到印证，傅成蹊的到来，却完美地颠覆了这一结论。

转校生傅成蹊从踏入这所学校的那一天开始，就是当之无愧的风云人物。

最开始是因为他那张脸。言情小说经常用的那句话怎么说来着？对，刀削斧凿，希腊神祇般的完美面容，就连孟雪枫都自愧不如。

再后来是因为他几乎高到逆天的智商。为了照顾转校生，傅成蹊刚来的时候是被安排和班长同桌的，可是在一个月之后，班长时常会在课间崩溃地大哭，问其原因，竟然是受不了来自傅成蹊的压力。因为傅成蹊从来不说话，从来没有表情，从来不做笔记，甚至从来不做作业，可是每次考试除了英语和语文作文，其他科目都是满分。高三学习本来就压力大，再弄个类似于外星人的怪物在身边，任谁都受不了。

所以必须找个能扛住压力，或者干脆就没压力的人来和他凑成一对。

那么，在这个班级里，谁最没有升学压力呢？

"嗨，你好，我叫孟雪枫，我觉得你这人蛮有趣，交个朋友吧？"孟雪枫一双桃花眼笑眯眯地看着转校生，向他伸出手。

傅成蹊看都没看他。

孟雪枫收回手，挠了挠鼻子："不说话就当你同意咯。"

傅成蹊还是没有理他。

孟雪枫却自我感觉良好地高兴起来，将脑袋凑近傅成蹊，神神秘秘地压低声："你知道吗？同学们都在怀疑你是外星人，历史老师知道了一定很开心，哈哈……"

不知道是不是因为这句话显得太白痴，一直对身边某只生物的行为无动于衷的转校生，竟然格外开恩，侧头看了一眼。

于是孟雪枫得寸进尺，几乎要将整颗脑袋塞进人家怀里："哎呀，你还真是啊？让我看看，你身上有没有小触角……唔！"

话说到一半，孟雪枫的嘴巴就被一只冰冷的手捂住，脑袋被无情地推开。

傅成蹊还是不发一言，只是在推开某个话痨的生物之后，出神地看了看自己的掌心。

孟雪枫忙好奇地凑过去看傅成蹊在看什么。

傅成蹊默默地将掌心在孟雪枫的校服衬衫上蹭了两下，原来是刚才捂他嘴巴的时候，不小心沾到了口水。

3

下午第一节是历史课，午休的时候外面下雪了，将整个校园染成一片银白。孟雪枫懒洋洋趴在桌上看着窗外。快上课的时候，雪停了。太阳出来，照得校园像安徒生笔下的童话世界。"喂，我们逃课出去打雪仗吧！"孟雪枫回头对傅成蹊说。傅成蹊没有同意，也没有不同意。

孟雪枫便直接强拉硬拽，拖着人跑出了教室，一路冲出教学楼，跑到雪后的教学楼后面，团起一个雪球就往傅成蹊脸上砸。

傅成蹊没有躲，雪球砸了个正着，碎在那张英俊又透着冷意的脸上。碎落的雪块直接掉进他的毛衣领子里，雪化成水，不用想都知道那滋味有多难受。

看到对面的人一动不动直盯着自己，孟雪枫忽然意识到自己做得可能有点过头了。毕竟与傅成蹊成为好朋友只是他一厢情愿，两人同桌快一个月，他甚至还从未和自己说过话，他们两人之间，一直都是他一个人的聒噪。

“对不起啊，哈哈，成蹊你怎么不躲……”孟雪枫干笑着，努力想让这一切变得不那么尴尬，可是笑着笑着，他笑不出来了，因为傅成蹊转身走了。

“喂！喂！”孟雪枫在后面追，但傅成蹊走得飞快，他渐渐跟不上，心里也腾起火来，索性不追了，站在原地看着那越来越远的背影大喊，“傅成蹊！你是不是男人啊！就为了这么点小事你和我翻脸？你至于吗？！”

傅成蹊的脚步丝毫停顿都没有，很快就绕到教学楼前面去了。

孟雪枫觉得挺没趣，一个人插着口袋在雪地里踢雪，正琢磨着要不要偷偷溜出学校，去附近的网吧打一会儿游戏，不经意间抬头，眼睛却一下瞪得溜圆。

他看见了去而复返的傅成蹊。

傅成蹊的手中捧着一个雪球。

一个呈完美规则球状体的，比篮球还大一圈的雪球。

孟雪枫：“……”

哥，我错了。

孟雪枫调头就跑，可是才跑到半路就听见耳后呼呼风声，眼前一黑，后脑勺被什么东西砸中，直接一个狗啃屎扑在雪地上，半天都没有挣扎起来。其实那雪球也只是看着大，内里很蓬松，并没有拍实，砸在头上就碎了。能让它呈现出那么规则的球体，也不知傅成蹊是如何做到的。

“你怎么这么弱。”

靴子踩在雪地上发出轻轻的吱嘎声，孟雪枫知道是罪魁祸首走近了，可是当他听到这个声音时，还是愣住了。

这是……傅成蹊的声音？

孟雪枫摇了摇脑袋将雪甩掉，还以为是自己幻听了，然后就被人拉了起来。

傅成蹊站在他面前，因为高了他半个头，显得居高临下，又把刚才的话重复了一遍：“你怎么这么弱。”不是问句，只是陈述客观事实。

孟雪枫盯着他发了半天呆，这是傅成蹊第一次开口说话……竟然是嘲笑他弱？！孟雪枫眼睛一瞪，弯腰从地上抓起两把雪直接塞傅成蹊衣领里，然后哈哈大笑着撒丫子就跑。

他本以为自己跑得很快了，而且他很确定，自己足足跑出了三四百米，傅成蹊还站在原地没有动，可是他才刚刚放慢一点速度，再一回头，吓得差点魂都飞了。

因为傅成蹊就站在他身后，面无表情地往他脸上拍了个雪饼。

孟雪枫：“……”

这家伙还是人类吗？那么远的距离……瞬移吗？！

虽然孟雪枫很快就接受了他和傅成蹊实力相差悬殊的事实，但他有他的优势，他会装可怜，又会骗人，一肚子坏水，傅成蹊也没少吃亏。

两人玩了整整一节历史课，放学后理所当然被历史老师叫去办公室面壁思过，可就算这样，也没能影响孟雪枫的好心情。

为了讨好历史老师，孟雪枫发挥表演天赋，努力装作很羞愧很懊悔的样子，可是耐不住饿，肚子毫无预兆地“咕噜”一声，在安静的历史办公室里特别明显。他没绷住，“扑哧”一声笑出声来，弄得办公室里其他老师也跟着笑。历史老师没办法，只好让他赶紧滚蛋去吃晚饭，将傅成蹊也一起轰了出去。

孟雪枫出了校门就去小摊买了俩热包子，自己嘴里叼一个，递给傅成蹊一个。

“香菇鲜肉，你尝尝，可好吃了。”

说起来，孟雪枫从没见过傅成蹊吃东西，每天中午他都不见踪影，也不知道是去哪里解决午饭。

傅成蹊接过包子，似乎迟疑了一下，不知是不是因为嫌小摊上的东西不干净。不过最后他还是咬了一口，再艰难地咽下了。

4

傅成蹊生病了，就在吃了那个包子之后。孟雪枫觉得这简直太夸张，写小说呢，富家少爷吃了平民食物不适应什么的，太狗血了！后来孟雪枫又试过几次，发现只要两人一起吃东西，傅成蹊就会发高烧，没有一次例外，吓得孟雪枫不敢再轻易投喂。

他后来问傅成蹊："你知道自己吃路边摊会发烧吗？"

傅成蹊沉默了片刻，点点头。

孟雪枫气晕了："你知道还吃？"

傅成蹊没有说话。

相处得越久，孟雪枫就越能发现傅成蹊身上有很多奇怪的地方。比如他好像从来不知道疲倦，体力惊人，速度惊人，脑瓜聪明得完全反人类。

在一次计算机课上，老师曾心血来潮给他们超纲讲了粗浅的C语言原理，下课时却发现自己的主机电脑程序被改写了，而且最后还没找出是哪台局域网子机搞的鬼。

只有坐在傅成蹊旁边的孟雪枫，看到了他电脑屏幕上飞快流转的程序语言和他近乎超神的手速。

"傅成蹊，你真的是外星人吧？"

两人溜出校园去看电影，翻墙的时候孟雪枫看到傅成蹊眼都不眨就从三米高的墙上跳下去，坐在墙头瞪着眼，终于忍不住问。

傅成蹊不说话，只是伸出双手，示意孟雪枫往下跳。

孟雪枫怂了，翻墙的主意是他出的，可是现在他只想乖乖爬回去上课。

"下来。"

"不。"

"我接着你。"

"会砸死你的，我不忍心。"

"不会。"

“会！”

傅成蹊纵身一跃蹬两脚，双手撑着墙头坐上来：“你害怕？”

“谁怕啊！”孟雪枫不经激，头脑一热闭上眼睛就往下跳，落地时一下扭了脚。

傅成蹊终于忍不住笑起来：“那么弱，还逞强。”

那是孟雪枫第一次见他笑。

最后两人电影也没看成，孟雪枫脚肿得像猪蹄，只好回家。

“你太弱了。”傅成蹊说。

孟雪枫不服：“谁弱？你只是在拿你的强项和我的弱项比。”

“你的强项是什么？”

孟雪枫绞尽脑汁思考了很久：“有本事你和我比吃东西啊！”

傅成蹊：“……”

自从孟雪枫签约经纪公司的消息放出去之后，他那多年不曾来往的叔叔打来电话，先是拐弯抹角恭喜了一番，然后才道明本意，想让孟雪枫偿还他前些年垫付的学费。

孟雪枫对这个叔叔没什么好脸色，当年要不是这个好叔叔暗中搞鬼，借着监护人的名义吞了他父母留给他的遗产，他童年也不会过得那么苦。

“我还没有正式接工作，现在没钱还给你。”

“小枫啊，叔叔做生意认识了一个大老板，对明星很有好感，你要不要……”

孟雪枫没等他叔叔说出更肮脏的话就挂了手机，气得眼圈发红。

这就是他在这世界上唯一的血亲对他说的话。

因为这个电话孟雪枫有点抑郁难过，晚上去便利店买了一打啤酒坐在楼下喝，喝得脑袋昏昏胀胀时，他给傅成蹊发了条短信：喂，你要不要来和我拼酒啊？这个我肯定也比你强。

其实孟雪枫根本就没指望傅成蹊会来，已经快半夜十二点，地铁都停运了，就算他没睡看到短信，也不可能穿越大半个城市来找他。

短信发出去没有几分钟，孟雪枫就感觉前面多了个人影，抬起头，发现竟然是傅成蹊。

“你怎么来了啊？”孟雪枫桃花眼微眯，酒喝得太多，说话有些口齿不清。

傅成蹊只是在他身旁坐下，脱下自己的外套披在他身上。

不知道是不是因为多了个倾听者，孟雪枫忽然借着酒劲大哭起来，抓过傅成蹊的衣袖擦鼻涕眼泪，将深藏在心底多年的委屈一股脑发泄出来，然后开了罐啤酒递给傅成蹊，让他陪自己一起喝。

“我觉得我就不该出生在这个世界，我的存在是个错误。”孟雪枫抽抽搭搭，拿着自己的酒去和傅成蹊碰杯，“我什么都没有，就连你这个我自认为唯一的朋友，我也不了解……”

傅成蹊低头看着被硬塞过来的啤酒罐，听孟雪枫絮絮叨叨念了很久，忽然开口道：“我不能喝。”

孟雪枫一愣。

傅成蹊却转过头看孟雪枫，神情从未有过的认真：“我不能吃这个世界的食物。”

接下来孟雪枫就听见傅成蹊跟自己说，他来自一个比地球科技发达很多的星球，不知道为什么被一辆火车带到这里，再也回不去。

孟雪枫听完后呆呆的，半天没说话，良久之后打了个酒嗝。

他大概真的喝多了。

5

傅成蹊从第一天出现在这里就是当之无愧的风云人物。一开始是因为出挑的外形，后来是因为智商和成绩，再后来，则是因为他整天和学校的另一个风云人物黏在一起。

两个同样高挑帅气的男生出双入对，走到哪里都是一道吸睛的风景。

孟雪枫以前经常接到女生的情书，可是自从和傅成蹊混在一起之后，他收的情书数量急剧减少，而且开始有人让他帮忙给傅成蹊递情书，说他俩关系那么好他帮忙给的情书“傅高冷”一定会收。这样做的人越来越多，孟雪枫替傅成蹊收情书收到手软。

“喂，傅成蹊，你看那些妹子又在看你。”

“哦。”

“哦是什么意思！难道这个时候你就不该谦虚一下吗？”

“怎么谦虚？”

“你该说，你怎么知道他们不是在看你。懂吗？”

“嗯。你怎么知道他们不是在看我？”

“是看我！”

“看我。”

“……”

因为有了孟雪枫，傅成蹊在同学眼中变得不再那么另类，他开始愿意和同学说话，也参加班级活动。也因为有了傅成蹊，孟雪枫也觉得自己在班级里不再那么格格不入，高中剩下的生活变得有了色彩。

至于傅成蹊说自己是外星人这件事，孟雪枫一直半信半疑，却没有细问，好像怕一多问这家伙就会被小伙伴用飞碟接走。

孟雪枫在毕业之前临时接了个电视剧，演校园时期的男主，虽然戏份不多，但因为班底好，演员阵容强，算是个不错的机会。唯一让孟雪枫有些为难的是，拍这个剧要三个月，片场还是在外地，他可能会错过学校的毕业典礼。

其实对孟雪枫来说，毕业典礼并没有那么重要，他自己心里明白，自己只是想和傅成溪在自己离开之前再聚一次。

“傅成蹊，还记得我带你去的那片枫叶林吗？”

“嗯。”

“周末我们在那里见个面吧，我……有些话想和你说。”

“嗯。”

周末一早孟雪枫就乘公车到了郊区，爬上那片长满枫树林的小山。他第一次带傅成蹊来这里时是冬天，此时正是春天，看不到雪，漫山遍野的枫树刚刚换了新叶，透着勃勃生机。回想两人之间相处的点滴，孟雪枫忍不住微笑，那一丝淡淡的弧度将他唇角勾勒得更加好看，颇具蛊惑性。他仰着头靠在大树下，闭上眼睛，任凭阳光透过枫叶的缝隙斑驳地洒落在脸上，开始幻想两人毕业后依然是像现在这么要好的朋友。

孟雪枫一直等到天黑，傅成蹊也没有来。

6

孟雪枫从枫叶林回来的第二天就被经纪人抓上了飞机，他本以为拍戏回来后可以再找傅成蹊谈一谈，问他为什么那天没有去。如果是不想去，干脆不要答应啊，出尔反尔可不是傅成蹊的风格。可是让孟雪枫没想到的是，从那以后他竟然再也没有见过傅成蹊。傅成蹊的一切联系方式都失灵了，就好像忽然人间蒸发。学校那边也只是说傅成蹊没有参加高考，办理了毕业手续之后就再也没有了音信。

孟雪枫想去傅成蹊家里找，可这时才意识到，相处这么久，他竟然不知道傅成蹊的家在哪里。他自己是个孤儿，一个人习惯了，竟然都没有去了解一下傅成蹊是如何在这里生活的。他的家人什么样？他在这座城市还有什么朋友？

他对傅成蹊的了解太少了。

孟雪枫失魂落魄，幽魂一般在每一个傅成蹊可能出现的地方晃荡，却都没有找到那个自己想见的人。他将自己灌得酩酊大醉，举着啤酒罐对天骂：“傅成蹊！你不是说你是外星人吗！你有种来，你有种别回去啊！见鬼的！回你那见鬼的星球去吧！”

孟雪枫足足用了一年的时间，才接受了傅成蹊离开的事实。

一入娱乐圈深似海，孟雪枫的生活和以前有了天壤之别，每天赶通告、应酬忙到疯，好不容易抽出时间，通过原来的高中同学辗转打听到，原来傅成蹊当年因为在一个国际计算机大赛上拿了奖，直接被美国某大学录取，而且提供全额奖学金。

呵呵，外星人……

孟雪枫不知道自己是脑袋搭错了哪根神经，竟对那个荒谬的故事信以为真。

他在得知这个消息的当天，就回家把所有与傅成蹊有关的东西都扔掉，然而当孟雪枫将最后一个装满回忆的纸箱扔掉后，却忍不住哭了出来，他忽然觉得自己心里的某个部分被抽空了。

所以为什么会不告而别呢？

根本上说，所谓的友情其实都是因为他的一厢情愿吧？

孟雪枫的演艺事业并不顺遂，因为外形的因素，在戏路上有太多限制。

他五官非常好看，却是那种精致的美艳类型，一双桃花眼比女人还要媚，怎么和女主演霸道总裁的对手戏？就像当年和他关系要好的一个女同学说的，他这细皮嫩肉、唇红齿白的，天生一副红颜祸水样，就算当了演员也十有八九是个艳星。

当年玩笑之语，没想到一语成谶。

因为这样的特质，他接的戏多为变态反派或是后宫男宠之类的角色，入行多年唯一的男主戏，是一部古装电影，他在里面演一个被皇帝宠幸的宦官，还凭此在欧洲某国际电影节上拿了大奖，可在这之后，他的影视资源依旧没有什么起色。

“孟雪枫！站住！你刚刚什么意思！”

孟雪枫从一家会所制的高级餐厅快步走出来，脸色十分难看，眼中燃烧着怒火。经纪人从里面追出来，脸上的表情比他还要扭曲。

“我什么意思！你听见那头肥猪和我说什么？”

“不就是让你陪他出国玩一个月吗？”

“玩一个月？”孟雪枫呵呵冷笑两声，“就刚才吃饭的工夫，他那恶心的臭脚都快伸到我衣服里来了，我陪他玩一个月还不知道会玩成什么样。”

经纪人气得脸发白：“所以你就把红酒都倒在陈董头上？”

“没揍他就算是他走运。”

经纪人伸手指着他：“行，你有种！孟雪枫我告诉你，这一行就是这个规矩，你那么清高当初别吃这碗饭啊！你知道那个陈董是什么人吗？知道去年那个被负面新闻逼死的小明星是得罪了谁才落得那个下场？你要是不想变成那样现在就给我乖乖回去，把陈董哄好了，否则……呵呵，别说我没提醒过你！”

7

孟雪枫的黑料几乎是一夜之间遍布网络，酗酒、打架、吸毒、赌博，被无数导演制片人潜规则，甚至还有用计算机技术合成的艳照在各大论坛四处散播。

原本喜欢他的粉丝一片片取关脱粉转黑，都说看错了他，叫嚣让他滚出娱乐圈。几乎每天都有人在微博上留言私信辱骂他，叫他去死。孟雪枫打电话给经纪人，却一直无法接通。

初时孟雪枫以为自己还能镇静对待这些，然而网络暴力是何等可怕，天天看着自己因为那些根本没有做过的事被诅咒还不算什么，最要命的是以前和他签约的广告商都纷纷提出解约，并索求巨额赔款，本来已经定档的两个电影也决定临时换人。

公司的应对策略让孟雪枫心寒，他们摆明了就是不想得罪那个陈董，孟雪枫成了一枚弃子。

孟雪枫不敢出门，外面都是等着拍他照片的狗仔队。

冰箱里除了啤酒什么吃的都没有，孟雪枫只能一罐接着一罐喝酒，恨不得就这么醉死过去。他在网上搜索自己的名字，看着屏幕上铺天盖地的负面信息，忽然大笑起来，笑着笑着，又抱着膝盖埋头哭了。

他已经很久没流过眼泪，记得上一次哭还是因为丢掉傅成蹊的东西。

想到傅成蹊，孟雪枫下意识攥紧了拳头。

不知道傅成蹊看到自己这些新闻会是什么反应。不过想了想，孟雪枫又觉得可笑，也许傅成蹊早就忘了他这么个人，又怎么会关注这些东西呢？

然而孟雪枫没有注意到，就在他埋头哭得伤心时，他的电脑摄像头竟然无声无息地自动开启了，蓝色的指示灯在黑暗中微亮，仿佛夜空里的启明星。

“什么？你说什么都删了？”孟雪枫是被经纪人的电话吵醒的，还以为自己在做梦，毕竟从出事以后经纪人就没理过他。

“你的负面新闻！你所有的，听好，是所有的！全都被删除了，你现在去网上搜索你的名字，干干净净一点痕迹都看不到！不仅是所有新闻通稿，就连社交网站和论坛里的个人用户，只要言论中有谈及你的负面新闻，都会被立刻删除账号！没看出来啊小枫，你还挺有能耐，这是找了什么公关公司啊……”

孟雪枫还不等经纪人说完就扔了手机去开电脑，搜索自己的名字，果然发现所有负面消息都不见了。不仅如此，他还看到有人在明星八卦论坛抱怨，说前几天电脑里存的孟雪枫艳照竟然不翼而飞。孟雪枫瞄了一眼那个人的留言，等再一刷新网页，发现这条留言也不见了。

几分钟后一个新的一级用户上来留言说：天啊，太可怕了！我刚才就是说了句硬盘里的某某艳照不见了，我的账号就被封了！某某这后台到底是有多硬？

再一刷新，这个新账户的留言也不见了，而且这人再也没有申请新账户上来，可能是被直接封了 IP。

这样快速的反应，可不是什么普通公关公司能办到的。孟雪枫立刻匿名联系了几个他知道的公关公司，问他们知不知道是谁接了孟雪枫的单子，公关公司含糊其辞，最后只是用一种神神秘秘的语气说："孟雪枫以后肯定没人敢黑，上面有高人罩，那家背后运作他黑料的公关公司死得很惨，现在行内的小伙伴们就等着看幕后主使是谁，估计很快就知道了……"

三天后，大华娱乐参与洗钱和走私的新闻爆出，震惊了整个娱乐圈。据说起因是大华的内部系统遭到黑客攻击，大量加密数据流出。这号称娱乐圈三巨头之一的庞然大物几乎在一夜之间轰然倒塌，主要负责人陈某也锒铛入狱。

这个陈某，就是当日被孟雪枫泼了一脑袋红酒的陈董。

而与此同时，演员孟雪枫被泼脏水的内幕也公之于众。人们同情弱者的心理被无限激发，孟雪枫因祸得福，人气反而因为这次事件水涨船高，片约不断。

8

孟雪枫一直不知道究竟是谁在背后帮了他，但他有一个猜想，一个让他自己都不敢相信的猜想。

这一晚孟雪枫被手机铃声惊醒，看了眼时间，凌晨三点。

孟雪枫很确定自己睡觉前关了手机，可是这通电话依然打了进来，手机不知道什么时候竟然自己开机了。

"喂？"

话筒对面没有人说话，只有安静的呼吸声。

"是谁？"孟雪枫瞬时清醒，从床上猛然坐起，"你是谁？说话！"

电话挂断。孟雪枫急忙回拨过去，却被冰冷的女电子音提示，您所拨打的电话号码是空号。

从这一晚开始，孟雪枫时常有种错觉，他觉得自己好像被人监视，被人跟踪，甚至……被人绑架。

餐厅服务生送来孟雪枫最喜欢的甜点，孟雪枫正要吃，头顶的消防器忽然喷出水来，等一切处理妥当，餐桌上的东西被糟蹋得已经不能吃，他起身欲离开，却发现隔壁包厢偷溜出来的小宠物狗在舔食他盘子里的点心，宠物狗吃完了点心竟然倒地不起。事后警方检查出，他的点心中含有大量迷药。

本来应该孟雪枫去外地接拍的广告，突然被临时通知换人，在孟雪枫不知情的情况下，新顶替他的人就已经出发，还不等孟雪枫发怒谴责广告商违约，就得知演员专车被劫持的消息。那个顶替他的演员，还有保姆车上所有随行人员，全部失踪，生死不明。而在之后的调查中，发现所有关于广告商换人的信息都是假的，工作人员之间来往的邮件，短信通知，全部被人伪造。

类似的事情不断发生。

很明显，有人想要绑架孟雪枫，但是却总被什么人以各种方法阻拦。

要绑架他的是什么人？若论孟雪枫有什么仇家，可能也只有大华娱乐，难道是那个陈董为了报复，才找人对他下手？

那么在背后保护他的又是什么人？会是……他吗？

孟雪枫开始感到害怕，雇佣了大量保镖，却依然没有丝毫安全感。

直到有一天，他收到一封秘密邮件，上面只有一句话：你现在有危险，按照我说的方法，来美国找我。

落款人：傅成蹊。

邮件后面附了个银行保险箱号码。

孟雪枫以前因为拍戏去过几次美国，所以护照手续都很容易搞定，可是傅成蹊这次要求他用假身份出国，一切证件都在一个银行保险箱里为他准备好了。

这种违法乱纪的事孟雪枫从来没干过，甚至这封邮件的真假也很难辨别，但不知为什么，只是看到傅成蹊那三个字，孟雪枫就毫无保留选择了相信。冥冥之中他有一种直觉，他觉得这发邮件的人一定是傅成蹊，而傅成蹊让他做的事，一定不会伤害到他。

本来担心他这张脸如今很多人认得，过安检时会出问题，但没想到，一切竟然出奇的顺利，没有任何拦阻，他登上了开往美国的飞机，甚至在落地入境时，都没有遇到任何盘查和怀疑。

走出奥黑尔国际机场，孟雪枫从大衣口袋里拿出一张字条，字条上是一个手写的地址。熟悉的笔迹，让孟雪枫想起当年那总是与标准答案别无二致的英文考卷。

地址所在的位置是一幢郊区别墅。孟雪枫拿出傅成蹊在保险箱里给他留的钥匙卡，成功进入别墅。外面天已经黑了下来，孟雪枫一时没有找到照明灯开关，只能就着窗外投进来的昏暗光线在一楼的客厅和厨房转了一圈。

“傅成蹊？你在吗？”

孟雪枫一边试探着询问，一边走上楼梯，上到别墅二层，转过回廊进入离他最近的房间，一下被里面的场景震惊到了。

9

这间屋子里竟然摆放着数十台正在运转的大型计算机！“呼呼”的排风扇声响充斥着整个房间。

孟雪枫急忙退出来，又换了个房间，发现和之前的房间情况差不多，再换了一间，这里的大型计算机只有一台，靠墙一排摆着货架，上面放着各种硬盘光盘和电子元件，屋角靠窗的位置是一张工作台，同时开着十几块液晶屏幕，正运转着不同数据。

这到底是……什么地方？

孟雪枫正要走过去仔细看，却忽然听到爆炸声，吓得他立刻趴倒，一阵“砰砰”的枪声响起，房间内的玻璃窗被尽数打爆，伴随着刺鼻的火药味道，玻璃碎片散落满地，反射着窗外的冷光。孟雪枫吓呆了，根本反应不过来发生什么，就听见楼下的门窗被人打碎，有人冲了进来，正在上楼梯。

如果是房屋的主人，需要这么野蛮地破窗而入吗？

孟雪枫环顾四周，立刻将房门锁上，推动那台大型计算机，想要用它将门口堵住。可是他的身形刚出现在窗口范围，外面便又是一通铺天盖地的子弹扫射，将正对窗户的货架打折了一个腿。货架倾倒，摇摇欲坠。

“见鬼！”

孟雪枫狼狈地滚在地上，努力在地上蹭着，好不容易将大型计算机挪到门口，就听有人撞门，见撞不开，便用机枪向室内扫射。

高大的金属货柜轰然倾倒，“咣当”一声砸在早已千疮百孔的工作台上，下面夹空位置，刚好形成了狭小逼仄的空间。孟雪枫连滚带爬跑过去，身后一阵枪响，他甚至都能感觉到子弹打在地面反崩到脚上的痛感。

“见鬼！真是见鬼……我什么也不知道，你们找错人了！你们找错人了知道吗？！”孟雪枫哭喊着，抱住膝盖在货柜底下瑟瑟抖成一团。

门终于被撞开，缓慢而冰冷的脚步声一点点靠近，仿佛死神临近。

孟雪枫撑在地上的手忽然碰到一个东西，下意识抓起来，想当作武器自保，结果拿到手里一看，才发现这东西竟是个相框，里面一张陈旧的照片。

两个高中男生，背后是一片落雪的枫林。

“我什么都不知道，你们找错人了，找错人了……”孟雪枫嘴里不停地重复，闭上眼，听到子弹上膛的声音，也许下一秒，他的脑袋就会开花。

“喂，你见过雪中的枫林吗？”

“雪天也会看到枫叶？”

“当然，不然我为什么会叫孟雪枫，周末我带你去看？”

“好。”

走马灯一样的人生定格在那个午后，孟雪枫将相框抱在怀中。

时隔多年，记忆里的面容依然那样清晰。

忽然一声痛苦的闷哼，接着是打斗的声音，枪械掉落在地的声音，仿佛只是短短几秒，房间又归于一片安静，半点声音都没有。

孟雪枫睁开眼，他能感觉到，就在距离他极近的地方，站着一个人，却和刚才那手握机枪的人气息完全不同。他的心脏狂跳起来，一点一点抬起头。

面前站着一个人，那人向他伸出手，将他从狭小的空间夹缝中拉出来。

“你怎么还是这么弱。”

10

傅成蹊为多年前的那场失约向孟雪枫道歉，他告诉孟雪枫，当年因为在国际计算机竞赛中表现出惊人的天赋，他被ICPO国际刑警组织吸收，因为要求身份保密，在没有通知任何人的情况下就将他带走。这么多年他一直作为卧底，为一个跨国网络犯罪集团雇佣当黑客。

“所以之前的负面新闻，是你帮的忙？”坐在傅成蹊的车里，孟雪枫觉得自己在听小说。

“对不起，把你卷进来。”

“可是很奇怪啊，他们为什么想抓我？”

傅成蹊开着车，忽然转过头，意味深长看了孟雪枫一眼。

“因为集团发现我是卧底，他们想要找到威胁我的筹码。”

网络界令人闻风丧胆的黑客Kr，若不是忽然令人费解地去帮中国内地一个小明星解决网络绯闻，又怎会暴露他最致命的弱点？向来被认为无欲无求、无牵无挂的超神级存在，一旦被人发现心里竟然也有在乎的人和事，自然会被各方势力盯住。

想要默默守护，可是一旦出手，便是致命的冒险。

在美国的两个月，孟雪枫一直处于傅成蹊严密的保护之中，再也没有碰到国内那样的危险。

因为傅成蹊多年来提供的情报，那个让很多国家头疼的犯罪集团终于被一举歼灭。

其实孟雪枫之所以会被人追踪绑架，也只是那个犯罪集团最后的挣扎罢了，然而就是这样近乎疯狂的攻击，也都被傅成蹊挡住。在傅成蹊看来，能够让孟雪枫察觉到那些人的存在，让他觉得害怕，已经是自己最大的失误。

任务完成后，傅成蹊的上司给他放了个长假，傅成蹊便和孟雪枫回国，两人又回到了当年上高中的城市，爬山去看雪中的枫叶林，去赴当年那个没有实现的约定。

“你说有话要对我说。”傅成蹊一边扎宿营的帐篷，一边问。

孟雪枫装糊涂：“啊？什么话？”

“你当年让我到这里，有话和我说。”傅成蹊认真地重复。

孟雪枫挠了挠鼻子：“哈哈，是吗？都这么多年了，谁还记得……”

“哦，那我有话和你说。”

孟雪枫那双桃花眼一下瞪圆，以为他这次又要去执行一些需要隐姓埋名的任务，语气却装得不在意：“什么话啊。”

“你耳朵红了。”

“……”

晚上宿营在枫林边，孟雪枫和傅成蹊把酒对月，喝高了，哼哼哈哈把脑袋蹭在傅成蹊肩膀上说：“我说傅成蹊，你还记得吗？当年上学的时候，你跟我说你是外星人……哈哈！你以为我傻啊，还会被这种小儿科的东西骗？你看你现在不是喝酒喝得挺好，吃东西也不比我吃得少……”

傅成蹊垂眸看着手中的啤酒罐：“嗯，当年看你不开心，随便说的。”

“我就说嘛，哪个傻子会，呃，会相信这世界上真有外星人啊……”孟雪枫打着酒嗝，絮絮叨叨地说着，很快便歪在傅成蹊身上睡着了。

傅成蹊正要起身，将酒鬼弄回帐篷，却忽然听到一声火车悠长的鸣笛。

午夜零点。

空无一物的山坡上竟然出现两道长长的铁轨，耀眼的灯光刺破黑夜，一辆老式的蒸汽火车从远处呼啸驶来，慢慢停下。

正对着傅成蹊的火车门打开，穿着制服的列车长走下，戴着白手套的手轻碰帽檐："尊贵的乘客，很高兴为您服务。这里是零点列车，列车即将返程，您做好准备了吗？"

"我不回去了，我现在已经习惯这里了。"

"哦？您确定吗？"列车长看了眼靠在傅成蹊身上睡觉的美貌男人，暧昧地笑了笑，"若是这次不回去，您可就再也不能回到您的世界了哦。"

傅成蹊没再理会列车长，只是将睡着的男人背起来，慢慢往雪地帐篷走。

列车长注视着两人的背影："好的，尊贵的乘客。我想，您已经找到了您的世界。"手抚胸口行了个礼，列车长退回车厢。车门关闭，火车再次启动，轰隆隆夹着飞雪，最后消失于天地间。

宁静的枫叶林铺着白雪，一顶小小的帐篷，融化了所有的回忆。

Midnight  *Express*

“你这篇故事写得很温柔，不过有个缺点。”看完孟雪枫和傅成蹊的故事，列车长这样评价。

“哦？什么缺点？”

“你将我写得像个游戏里的NPC。”

“你是说，我将你写得过于平面化了？抱歉，那我修改一下。”

列车长低头喝了一口咖啡，片刻后才说：“不必修改。这是关于别人的故事，而我只是个故事设定，所以不需要浪费太多笔墨，你这样写很好。”

我不认为自己是个好作家，但却是一个很好的观察者，尽管列车长竭力装作轻松的样子，但我却从他当时的笑容里看出几分黯然。

“别开玩笑了，写你怎么会是浪费笔墨？”我为列车长端来一盘点心，像他平时服务乘客那般殷勤地抚胸鞠了一躬，“你可是我故事里唯一的主角。”

列车长侧过头看着我，他的眼睛因愉悦而弯起，驱散了些许郁色。

“亲爱的作家先生，”他微笑着说，“你知不知道你很会说讨人喜欢的话？”

“哦？是吗？”我装糊涂地眨眼。

列车长叹息地揉了揉太阳穴，“我知道，你这样讨好我是又想从我这里套故事。”

“也许。”我不置可否。

“那么我就给你讲个新故事吧，或许能给你带来新的灵感。”

“洗耳恭听。”

于是就有了下面的故事。

故事所发生的世界尚处于工业时代之前的古代人类文明。我把它称之为“龙皇世界”，至于为什么要起这样的名字，大概看到了故事，就会明白……

Midnight Express

双龙

1

车窗外的茫茫黑夜似乎永远没有尽头，身处于黑暗中久了，好像连自己也被沾染上拍打不去的暗影。

“该你了。”作家出声提醒，唤回了看着窗外微微出神的列车长。

“抱歉。”列车长重新将视线收回，放在身前的国际象棋棋盘上，拿起皇后，将作家的车吃掉。

作家摇摇头，走了自己的马：“真不知道你这时常喜欢出神的毛病是天生的，还是一个人待久了，闷的。”

列车长垂下眼看了看作家刚刚走的棋子，挑起眉：“你输了。”

“是啊，又输了。”作家竟然笑起来，完全没有因为输棋而懊恼，“你真厉害。”

列车长与作家那双懒洋洋的眼睛对视了片刻，看出了他的把戏，漫不经心道：“说吧，今天总是让着我，又想做什么？”

作家被拆穿，竟然没有半分窘迫，反而往前探了探身问：“刚刚你在想什么？”

列车长沉默一瞬，倒也没有隐瞒。

“想到了以前的一个故事。”

“哦？那是个什么样的故事？”作家眼眸微亮，“介不介意讲给我听？”

列车长早就知道，作家不好好下棋，就是为了让他讲故事——这人总是想尽办法让他讲故事，好烦。

他回忆了一下，还是决定给作家讲刚才那个让他想出神的故事。

那个时候，作家还没有来，零点列车上只有他一个人。

“这个故事，要从一个人的梦开始……”

蒋星川学校附近并没有火车站，可是每到午夜零点，他都会听到火车悠长的鸣笛。这天晚上蒋星川才睡下不久，却被一个怪梦惊醒，猛地从床上坐起来。他梦到两条龙，一条金色，一条黑色，在夜空中缠斗。“你干什么……”睡在上铺的人被蒋星川吵醒，咕哝了一声。

“你有没有听见？”

“什么啊？”

“火车的声音。”

“哪来的火车，有病……”

上铺的人翻了个身用被子蒙住脑袋，蒋星川盯着窗外看，突然瞪大眼睛，然后跳下床披上衣服飞快跑出去，直接冲到一楼的厕所从窗户翻出宿舍楼。

然后他就看到，本该是女生宿舍楼的地方竟然出现了长长的铁轨，一辆疾驰的火车竟然呼啸而来！

这是一辆老式的蒸汽火车，蒸汽鸣笛和火车撞击铁轨的噪音简直震耳欲聋，可是整个校园中除了蒋星川，并没有任何人出来。

耀眼的火车灯光刺破黑夜，蒋星川不禁眯起眼，看到疾驰的火车减慢速度，缓缓停下。

“欢迎来到零点列车，很高兴为您服务。”

车门打开，车厢里走下一个身穿列车长制服的年轻男人，戴着白手套的手轻碰帽檐，唇角扬起微笑。

“这火车开到哪里？”蒋星川问。

“不知道。”列车员唇边的笑容更深，似乎在说，你还敢不敢上车？

蒋星川自然看懂了他的挑衅，面无表情看了看列车长，长腿一迈，跨上火车。火车重新开动，车影摇晃，车厢里空无一人，蒋星川看着车窗外，忽然怔住。

他又一次看见了。

就在漆黑的夜色中，遥远的地平线尽头突然爆发出强烈光芒，两条巨龙从大地深处腾空而起，一金一黑，彼此纠缠着直冲九天，搅得狂风大作。

强光中的两条龙影映在蒋星川的瞳孔深处，他身后传来一声愉悦的轻叹：“啊，尊贵的乘客，我想您已经知道自己应该在什么地方下车了。”

当火车再次停下，蒋星川下了车，发现这里竟然已经是白天，他站在一个巷子口，身后的火车重新开动，速度越来越快，火车的汽笛“呜呜”鸣响，震得人耳朵发疼。

“记住，当火车重新出现时，一定要上车，否则你就再也回不去了哦。”

列车长的叮嘱在耳边回荡，火车呼啸带动的气流将头发吹乱，蒋星川猛地转过身，却发现火车在越来越快的速度中竟然模糊成一片影子，最后连同整条铁轨都消失不见了！

所有声音，都在火车消失的一瞬间戛然而止，蒋星川面前只剩一条在阳光下静静流淌的小河。他转过身，再次看向那条幽深的巷子，发现巷子两旁的一扇扇大门木漆剥落，式样透着浓浓古意，竟不像是现代建筑。

一阵惊天动地的锣鼓声从古巷另一头传来，人声熙攘，蒋星川被这声音吸引，走进巷子里，经过那一扇扇木门，仿佛穿越了岁月。

2

“话说六年前一个月黑风高夜，当朝皇后娘娘诞下双生子，皇宫上空有一金一黑双龙齐飞冲天……”

露天的戏台子上有人在说书，引来不少人围观。蒋星川站在一群穿长袍束发髻的古人中间，脸上居然没有一点不自在的表情，若是有谁注意到他另类的造型向他看过来，他便直勾勾盯回去，直到把人盯得不敢再看才淡淡地收回目光。

“要知道，咱大梁朝的真龙天子诞生时总会有金龙天象，预示大梁迎来明主，风调雨顺国泰民安，如今忽然出现一条黑龙算怎么回事？皇帝陛下请教国师，国师言道：黑龙降世乃不祥之兆，若留此孽种，必有灭国之灾！皇帝听闻勃然大怒，于是挥剑冲进皇后寝宫，将处于襁褓中的黑龙皇子……”

说书正说到关键时候，人群中却忽然骚动起来，只听不远处有人大骂：“小兔崽子，让你偷东西！让你偷东西！打死你这下贱的小畜生！”

原来竟是一个小孩趁着人多偷荷包，被荷包主人抓住，按在地上一顿毒打。

小孩看上去只有六七岁年纪，身上穿着打补丁的破衣服，脏得已经看不出颜色。他用胳膊抱住脑袋，将整个身体缩成一团，以抵抗来自外界的拳打脚踢。

“小杂种，今天就让你知道老子的厉害！”那被偷了荷包的男人用脚踢累了，又将小孩一把从地上提起来，抡起拳头，正准备冲他脸上打去，却忽然被人抓住了手腕。

“番邦蛮子，少管闲事！”看到蒋星川的短发和奇怪穿着，男人以为他来自外邦，便甩开他的手，想继续修理小孩。

“这孩子若是有事，总有一天你会后悔。”蒋星川看都没看那男人一眼，目光一直锁定在小孩的额头上，好像那原本光洁的额间长着什么只有他才能看到的东西。

若是蒋星川的神态凶狠一点，说不定男人还会以为他是故意装腔作势，可是他的语气太平静了，就好像并不是为了威胁或是给小孩解围才说出这番话，而只是在陈述一件事实。

毕竟是平头百姓，谁又愿意惹麻烦？反正荷包已经找回来，也出了气，男人看蒋星川举止形容都颇为怪异，不像省油的灯，于是骂骂咧咧地将小孩往地上一扔就走了。

围观看热闹的人散去，蒋星川看了眼躺在地上的小孩，蹲下身将他翻过来。

这是个长得非常好看的小孩，尽管脸上挂了彩，还脏兮兮的，却不能掩盖他五官的精致。

见小孩一直昏迷不醒，蒋星川伸出手想去探探他的鼻息，不料就在即将触碰到他时，小孩忽然睁开了眼睛。那双眼睛投来的目光冷冽又谨慎，像一只没有自保能力的野兽幼崽，尽管不具备攻击性，却天生危险而警觉。

“下次挨揍的时候少装死，能打回去就打回去，打不过就跑。”

小孩一言不发看着蒋星川，蒋星川却已经站起身，头也不回地离开了。

接下来大半天时间，蒋星川都漫无目的地在街头闲逛。从周围人七嘴八舌的议论中，他了解到这里是个叫大梁的国家，今天正是新皇登基的日子，举国欢庆，因此街上格外热闹。

蒋星川知道有人一直在偷偷跟着他，不是别人，就是那个被他顺手救了的小鬼。

日落时分，蒋星川回到他下火车的那条小河边，找了块平整的大石头躺下来，听到身边有动静，余光里瞥见一个小脑瓜。

“你是来自外邦的人？”这小孩跟了蒋星川一天，终于上前来和他说话，“若是你没有过夜的地方，可以去我家。”

蒋星川没有说话，嘴里叼着一根草，枕着手臂闭目休息。那小孩便不再开口，却也不离开。等太阳落山，蒋星川一天没有吃东西的肚子“咕咕”响了几声，小孩趁机又说：“你饿了吗？我家里还有些吃的。”

然而蒋星川还是不理会，等到夜色渐深，河边冷了起来，蒋星川不得不从石头上坐起来，他以为小孩早就走了，不料却发现他就窝在自己躺的那块大石头下面，小小的一团像只流浪狗。

蒋星川从牛仔裤里摸出手机，看了看时间：午夜零点。

看来火车今晚是不会来了。

“喂。”蒋星川推了推睡着的小孩。

小孩却没反应。

蒋星川伸手摸了摸小孩的额头，发现他竟然发烧了，于是蒋星川将小孩打横抱起来。

“你家住在哪里？我送你回去。”

小孩迷迷糊糊地说了个地方，两条胳膊勾住蒋星川的脖子，脸埋进他怀中，唇角却在蒋星川看不到的地方微微扬起。

蒋星川不知道火车什么时候会回来接他，但他总不能在这里挨饿等死。他救了的这个小孩名叫小玄，父母早亡，也同样身无分文，好在还有三间破茅屋藏身，于是蒋星川便以救命恩人的身份在小玄家住下来，开始了和他相依为命的生活。

小玄简直不像五六岁的孩子，洗衣服做饭打扫房间外加暖床，似乎竭力讨好蒋星川，害怕他离开自己。但蒋星川从未表示过自己会在这里待多久，也从未向小孩许诺过什么，也许正是因为这样，小孩才没有安全感。

校园里学的那些东西在这里完全没用，蒋星川成了半个文盲，只能做些体力活，给人挑水、劈柴、搬砖、浇粪。照理说，这番折腾下来，蒋星川早就该变成一个皮黑肉糙的粗汉子，可是一年多下来，他竟然一点变化都没有，还像来的时候一样细皮嫩肉，甚至连过度操劳的手都没有生茧，头发的长度也没有变。

于是蒋星川渐渐发现一件事：在这个世界里，他好像不会变老。

3

这天给陈地主家割完草，蒋星川提前放工，正赶上酒楼里的说书先生讲书，于是将割草的镰刀靠着树根放在一旁，在树荫底下坐着一边休息一边听书。

“话说六年前一个月黑风高夜，当朝皇后娘娘诞下双生子，皇宫上空有一金一黑双龙齐飞冲天……”

这段《双龙》蒋星川听了很多遍，都快背下来了，却还是百听不厌。其实这就是在讲当今皇帝的故事，据说他出生时本来有一个双生弟弟，只因被国师看出是黑龙之子，预示不祥，便被先皇斩杀。如今这继位的自然就是身为金龙之子的哥哥，年仅八岁。

蒋星川觉得这故事很可笑，仅凭一个虚无缥缈的预言，就要将那黑龙皇子杀掉？那如今金龙继位，也不见得就是太平天下，还不是有很多老百姓冻死饿死？

听完了书回家，还没走到他和小玄住的茅屋，就听前方一阵混乱，聚集了不少人，蒋星川拨开人群走过去，瞳孔猛地一缩，竟看到小玄被三五个壮实男人压在地上，其中一人举起霍亮亮的大刀，居然要砍断小玄的胳膊。

“你们要做什么？”蒋星川手提镰刀走过去，黑漆漆的眼睛盯着那个举刀的壮汉，竟将壮汉盯得背脊发凉。

“这臭小子将我们家少爷的胳膊打伤，我家老爷吩咐了，要剁掉他一条胳膊，不然这事儿没完！”

“劝你别管闲事，和我们张家作对没有好处，乖乖让我们砍了这臭小子的胳膊，我们也就两清了。”

“是他先打的我！”小玄的头被人用脚踩在地上，疯狂地挣扎。

“胡说八道！我家小少爷性情多好，倒是你这臭小子，一贯喜欢偷鸡摸狗逞凶斗勇，这附近的人谁不知道？砍了你的这条胳膊，也省得你以后惹是生非！”

“是他先动的手，我只是自保！真的是他先动的手！”小玄拼命扭过头去看蒋星川，眼睛红通通的，目光灼热似火，似乎竭力想向蒋星川证明自己，怕他会不相信。

“既然是他打伤了张小少爷，砍一条胳膊是应该的。”蒋星川沉默片刻，淡淡说道。

小玄不敢置信地看着他。

那几个男人似乎也没料到蒋星川会说这样的话，周围看热闹的更是对蒋星川指指点点。

“哼，还算你识相……”

被压在地上的小孩看着那高高举起的刀，小拳头攥得死紧，咬住嘴唇闭上眼睛，却没有哭。

“不过，你们要转告张家老爷。”蒋星川的声音再次响起，说出的话却叫所有人一愣，“砍我弟弟一条胳膊，我就要他儿子的命。”

“你，你说什么？”还不等男人反应过来，就见一柄大镰刀呼呼挥来，他躲闪不及，胳膊上中了一刀，而那镰刀也不停留，竟然顺势甩过，直接向其他人脑袋上招呼过去。

制住小玄的几个男人不得不四散躲开，小玄趁机逃脱。蒋星川也不恋战，趁乱扔了镰刀拉住小孩就跑，身后很快就有人追上来，蒋星川见小孩体力不支已经跑不动，便将他抱起来，找了两栋房子间的窄缝闪身躲了进去。

追来的人没有发现他们的藏身之处，径直跑了过去。

蒋星川微微松了口气，这才想起将怀里的小孩放下，发现他正仰着头呆呆地看着自己，星子般乌黑清澈的大眼睛里蕴含着说不出的情绪。小玄还忽然伸出手，抱住他的腰。

“放手。”

“小哥哥……”

蒋星川微微皱眉，想把这小东西推开，谁知他越是想挣脱，被抱得就越紧，几乎要背过气去，最后不得已，蒋星川只好放弃抵抗，由他去了。

狭小逼仄的空间内，小玄感受到被他抱着的那人身体逐渐放松下来，隐藏在阴影之中的精致脸蛋露出得逞的笑容。

4

张家是本地很有势力的家族，得罪了他们在这里就混不下去了，两人只好背井离乡开始流浪，每到一个城镇都会住上一段时间，蒋星川打打零工，小玄也会出去找点活干，等凑够了盘缠，便向下一个城镇流浪。

其实这样的生活正合蒋星川的意，他本来就想到处走一走，而且他不知道自己会在这个世界停留多久，不变的容貌早晚有一天会被人注意到，未免麻烦，他不适合在一个地方久居。

就这样流浪了三年，他们终于来到了大梁的都城。

小玄一进京城便找来一块面具戴上，蒋星川没有多问，却发现小玄性格日益沉默深沉，时常看着皇宫的方向出神。

这天正赶上皇帝出城巡猎，从皇城到主城门全都戒严，不让任何人靠近。然而当皇帝的车辇经过时，蒋星川还是在打工的酒楼二层，透过窗户缝窥见了龙颜。

“小哥哥，你现在知道为何我进京之后要戴面具了吗？”站在身边的小玄轻声说。

蒋星川转头看小玄，见他正幽幽地盯着外面的皇帝仪仗，然后摘下面具，露出了那张和皇帝一模一样的脸。

“小哥哥，我给你讲个故事吧。”

从前有个皇后，生了一对孪生子，结果当天晚上产阁上空出现天象，竟然有一金一黑双龙冲天。大梁国历来只有金龙之子才能继承皇位，而那黑龙之子就被看作灾星。不巧的是，两个孩子出生后，皇后发现其中一个孩子因为接生时不顺，竟然气息奄奄，而那正是有资格继承皇位的金龙之子，另一个孩子倒是活泼好动，额间却有黑龙图腾一闪即逝。

所以当皇帝提剑冲进产阁，质问皇后哪个是黑龙之子时，皇后指向了那个气息奄奄的婴儿，心想反正这个孩子也活不长久，倒不如保全另一个，总归是自己的儿子继承大统。不然留下一个短命的金龙之子又有何用？

于是皇帝挥剑刺向那个孱弱的婴儿，一剑穿胸。

“后来宫里的一个老嬷嬷发现我并没有死，偷偷禀报母后，母后给了她一些钱，命她将我偷偷带出宫养大。可惜，就在我七岁的时候，那个老嬷嬷死了。”小玄说着解开衣襟，袒露出自己赤裸的胸膛，胸膛正中心口的位置有一条红痕，看着触目惊心。

蒋星川知道小玄的身上一共有两块胎记，一块在后背，一块在前胸，而且两块胎记是正对的，胎记狭长，连形状也极为相似。

“小哥哥，你曾经说这块胎记很像刀疤，好像有人用利器刺穿。其实你猜得没错，十二年前，就是我的父皇，用剑刺穿了这里。”

故事讲完，房间里陷入沉寂，与窗外的热闹喧嚣形成鲜明的对比。

蒋星川看着面前已经初具少年英气的小玄，目光在他额间停留许久，才开口：“你说你是金龙之子。”

“是。”

“那你想怎么样？”

小玄勾唇而笑：“我要拿回属于我的东西。”

5

时间过得飞快，转眼即是六年。

小玄每天都在变化。他已到了束发的年纪，个子比蒋星川还要高，性情越来越沉郁，行事也愈发莫测。蒋星川不知道他每天都在外面忙些什么，只是知道他赚的钱越来越多，而且似乎有很多朋友。

太平的世道也在变化。蒋星川几乎踏遍了大梁的每一寸土地，曾看到很多荒废的村镇，据说是村民不堪赋税沉重，只能弃家而逃，也曾看到繁华城镇里官兵绞杀流民，朱门酒肉臭，路有冻死骨的景象比比皆是。

要说有什么不变的，也只有蒋星川自己的模样。

蒋星川知道，小玄一定发现自己这近十年的时间里相貌从没有变化过。可是小玄不问，他也不解释。但他能感觉到小玄看他时那日益不同寻常的眼神。

古代人都很迷信，特别是对于妖邪之事。

蒋星川不想让这个自己从小养大的孩子害怕自己，于是这一晚，他准备两坛好酒，决定和小玄坐下，好好谈一谈。

可等了很久，到了约定的时间小玄也没回来，蒋星川无聊至极，便一个人独饮，一壶接一壶，也不知道喝了多少，直到有人将他手中的酒壶接过来。

“小哥哥既然已经约好了与我饮酒，怎么一个人偷偷喝了起来？”小玄笑着挡过蒋星川去夺酒壶的手，拿出杯子，给自己斟了一杯，“空腹喝酒伤身，小哥哥还是少喝一点。”

“这么多年，我容颜不老，你就没有什么想问的？”蒋星川一向都是直来直去的性子。

小玄愣了愣，随后笑了，眼睛看着蒋星川敞开的衣领：“小哥哥若是想说，我就听，若不想说，我便不问。”

蒋星川冷哼一声，“你以为我不知道？其实你怕我。”

“哦？”小玄惊讶，“小哥哥何出此言？”

“你以为我不知道？”

“小哥哥，你醉了。”

“有什么想问的你就问，不要婆婆妈妈！”蒋星川酒意上头，一挥手，打开那双从小到大总是喜欢抱他抱得死紧的手臂。

“小哥哥，我自幼孤苦，若不是你当年出现，我也许病死烂死也无人问津。是你救了我，悉心教导我，养我长大成人，我不管你什么样子，也不管你从哪里来，对我来说，你就是神明。”

蒋星川并没有听到小玄说什么，只是在睡梦中觉得有人在耳边轻声软语，弄得他很痒，忍不住想翻身，却翻不动，然后就梦见一条巨大的黑龙紧紧缠在自己身上，在他耳边轻声呵着气，用极其温柔的声音说：你是我的神明。

“放开，我总有一天会离开……”蒋星川被缠得难受，迷迷糊糊中，拼命想挣开黑龙的束缚，“我会回到我的世界……”

然后他感觉到黑龙的身体一僵。

陷入昏睡之前，蒋星川仿佛听到有人在耳畔用诅咒般的声音低语：我需要你留在这里，见证我的成功，永远别想离开。

6

什么叫一夜倾覆？

好像就在一夜之间，大梁国粉饰的太平被击碎了，因为不满苛捐杂税，各地起义军暴起，境内驻军兵力不足，大梁帝不得不抽调边境军回来镇压叛军，如此一来，西北边境的游牧民族趁机入侵，天下一时间狼烟四起，哀鸿遍野。

老百姓的好日子算是到头了。

渐渐地，民间开始出现这样一种质疑的声音：不是说金龙之主在位会国泰民安吗？为何百姓还会流离失所？为何会天下大乱，民不聊生？

蒋星川所在的地方也有一支起义军起兵，拥戴的首领竟然是小玄。

小玄领兵真的很有天赋，蒋星川虽然不插手军务，却也知道三年下来，他的势力越来越大。每次对敌，对方只要听说是他的兵来了，全都闻风丧胆，常常不战而降。

虽说军旅生活艰苦，蒋星川在营中过的却是衣来伸手饭来张口的生活，而且为了确保他的安全，小玄下令蒋星川平时独立的活动范围不能超过军帅主帐。除了上战场，无论走到哪里都要将他带在身边，就算不得不离开，也要派亲兵时时跟随在蒋星川左右。

这样的保护，无异于囚禁。

蒋星川对上阵杀敌虽然没有兴趣，却也不愿意做被人豢养在笼中的金丝雀。

当年的孤童已经不再需要他，是时候该离开了。

“小哥哥要去哪里？怎么都不告诉我一声？”

午夜的军营之中，蒋星川被一队穿盔戴甲的士兵围住，火把在眼前晃动，摇曳的火光中现出高大男人的身影，早已褪去了当年稚气，被沙场打磨得一身肃杀。

“怎么，我要离开，也要告诉你？”

“小哥哥莫生气，如今外面兵荒马乱，我也是担心小哥哥的安危。”男人陪笑，只是那笑意却未达眼底，轻轻一挥手，便命人将蒋星川带回去。

蒋星川也没有反抗，只是在被人请回军帐时，回头看着已经长出胡茬的男人，目光落在他的额间，忽然勾了勾唇角：“小玄，到了我该离开的时候，就算是你，也拦不住。”

7

小玄曾经给蒋星川讲的那个故事，终于在民间广为传开。

大梁朝内几乎每一个人都知道了，原来双生皇子被调换了，那个起兵的东方玄才是真正的金龙之子，而在皇宫里坐龙椅的东方晔，只不过是个冒牌货，他是黑龙之子，让他做皇帝是要给大梁带来灭国之灾的！

难怪自他继位以后百姓过得如此艰苦！

所谓师出有名，有了金龙之子身份的加持，东方玄民心所向，军队越战越勇，一路势如破竹，很快就攻打到大梁都城。

守卫皇都外城的将军骨头硬气得很，都快弹尽粮绝了，还是不肯就范，就这么耗了四五天，起义军终于将那将军生擒回来。

东方玄带着属下一众副将走入军营时，眼中杀气凛冽，铠甲上的血迹还未干透。

蒋星川看到他身上的血，东方玄目光移过来，眼中杀意瞬间削减了不少，未被问及便主动解释："我没事，这是别人的血。"

蒋星川坐在一旁，冷哼一声撇开头，似乎毫不关心他有事没事。

底下的士兵将三个五花大绑的人带上来，从服饰上看，显然是这次敌军的主将和两个副将。

"车将军，你可愿降我？"东方玄坐在高高的帅位上，俯视下面被强按在地上的三人。

"哼，东方玄，你杀了我吧！"为首的主将趴在地上大吼，"我死也不会背叛大梁！"

这时旁边的一名副将身体似乎僵了一下，抬起头看向座上的男人，不由大惊失色："陛，陛下？！"

"什么陛下！睁大眼仔细看！他只不过是祸国殃民的灾星！"

此语一出，军帐中顿时安静得落针可闻，除了蒋星川，其他人连大气都不敢喘一下。

东方玄眯起眼，良久，唇畔缓缓浮现一丝冷笑："将这个胡说八道的人拖出去，杖毙。"

突破了皇都外城，围攻皇城的这一日，天空乌云密布，黑云压城。大梁皇帝身披金甲，亲自站在城楼上督战。

一对本是同根生的孪生兄弟，终于在这一刻直面彼此。

"东方玄，你执迷不悟，朕念及同胞之情，数次宽恕于你，你却不知道悔改，一错再错。"从小养尊处优的东方晔虽然长着和东方玄一模一样的脸，说出来的话也不乏威严，但那慌乱的眼神和发抖的身体，却暴露了心中的恐慌和怯懦。

东方玄跨马横鞭，将孪生哥哥的丑态看在眼中，想到就是这么一个人，只因那荒诞传说，就被父皇定为继承人，不禁大笑起来，以马鞭直指那被围困于死地的九五至尊："东方晔，你不过是将死之人，还在这里废什么话？若是肯跪在我面前祈求我饶你一命，兴许我会念在手足之情，让你继续苟延残喘下去。"

"你，你放肆！"东方晔被气得发抖。

两军战鼓擂动，东方玄挥手发令，命大军攻城。

然而就在这时，一道惊雷劈下，卷起狂风暴雨。

时隔十多年，蒋星川终于又一次见到当初在火车上看到的双龙，一条金，一条黑，于九天之外纠缠相斗。

两条巨龙分别在两个双生子身后，仿佛他们的化身，只是与东方玄给世人讲的故事不同，那散发魔煞之气的黑龙，正站在他这一侧。而于城头上打着哆嗦快吓得尿裤子的皇帝，背后却是一条金龙。

8

完全是意料之中，东方玄的军队终于攻下了皇城，擒住东方晔，将其押入天牢之中囚禁。

那曾经预言过黑龙会给国家带来灭顶之灾的国师被带上金殿，拜服在东方玄的脚下，瑟瑟发抖。

“你这妖师，可知罪？”

东方玄懒懒地斜靠在龙椅上，一手把玩着先皇传下的宝剑。

正是这一把宝剑，当年险些结果了他的性命。

国师吓得话都说不清楚，只能连连求饶告罪。

“想活命可以，我要你做一场法事，然后将真相告知天下。告诉他们，谁才应该是大梁真正的主人！”

在国师一连串的遵命中，东方玄大笑，轻狂的笑声在金殿回荡。

皇城的上空，一条黑龙肆意盘旋游走，然而却只有一个人能看到。

本以为这一场战争结束后，大梁国的百姓会过上好日子，可是没想到新登基的皇帝上位以后，非但没有休养生息，抚恤百姓，反而穷兵黩武，开始向那些在内乱期间敢于来犯边境的邻国进军，宣称要讨回大梁威严。

劳动力都去当兵了，田里只剩下老弱病残。为了支撑军饷，赋税一加再加，偏偏又赶上大旱之年，几乎颗粒无收，到了冬天，不少地方竟出现易子而食的惨剧。

蒋星川站在皇宫最高的阁楼上，打开窗，眼睛里看到的是满街焦土尸骨，耳朵里听到的是满城痛哭哀号。白雪于空中静静飘落，却无法遮掩大地被战火焚烧的伤痕。

身后有人走过来，给他披上厚厚的斗篷。

“小哥哥，当心着凉。”熟悉的声音，依旧那么乖巧，就好像十几年前那个与自己躲在窄巷里的少年。

蒋星川回过头，看着东方玄的前额，那里有一个小小的黑龙图腾在闪烁。

黑龙出世，灭国之灾，生灵涂炭，天下不存。

蒋星川忽然笑了："果然，不愧是黑龙之子。"

东方玄愣住，干笑道："小哥哥你在说什么，我怎么听不懂。我是金龙之子啊，你忘了吗？"

蒋星川从斗篷下面抬起手，轻轻点了点东方玄的额头："我没有忘，但是我看得见。"

东方玄脸色大变，不由退后一步，眼神也冷下来："你说你能看见什么？"

"黑龙图腾，从我第一次见你，就看到了。"

东方玄不可置信，笑着摇头："怎么可能，金龙天象只有国师能感应到，这额间的龙图腾从来只有皇子本人能看到，就连生母，也只有在我们刚出生一个时辰之内能看到，你，你是什么人？"

"怎么，想杀我灭口了吗？"蒋星川冷笑着反问。

东方玄很快镇定下来，言语之间又恢复了平时的狂傲和专横。

"小哥哥，你病了，我让太医来给你诊脉，现在你应该回床上去休息。"

"东方玄，你知道为什么我第一次见你时就知道你是黑龙皇子，却还要救你？"

东方玄脚步顿住，安静地回头看着蒋星川，似乎也在等他的回答。

"因为我不相信。"蒋星川淡然道。

"不相信什么？"

"我不相信那个传说。我觉得能否治理好国家，看的是君主的德行，而非所谓的金龙天象。但是现在我相信了，是你让我相信的。"蒋星川说完，便将东方玄披在他身上的斗篷解下来丢给他，转身离开。

"你要去哪里！"东方玄忽然感到无措，追上来一把拉住蒋星川的手，像个做错事的少年，"你不要我了吗？"

"去我来的那个地方。"

"我不会让你离开！"

蒋星川叹了口气："放手吧。"

"小哥哥……我不会让你走。"东方玄的眼神变得无比晦暗。

"我说过，到了我该走的时候，你拦不住我。"

9

不知道是不是蒋星川这句话刺激了东方玄，他对蒋星川的监禁开始变本加厉，最后竟然命人用锁链将他捆在床上，吃喝排泄都有专门的人伺候，他要什么都可以，就是不给他自由。

东方玄每天都会来看蒋星川，但蒋星川从来不和他说一句话。

"小哥哥，你答应我，你不要离开我好不好。只要你肯答应，我便命人放了你。"

然而蒋星川的回答，永远都是沉默。

东方玄脾气日益暴躁乖戾，朝堂上动不动就斩杀朝廷大员，就连和他一路打江山走过来的功臣，也都被他杀的杀，贬的贬。

百官怨声载道，百姓疾苦愤恨。

大梁王朝的统治风雨飘摇。但是身为皇帝的东方玄非但不知收敛，反而还要大兴土木，扩建皇宫，给他的那个异姓哥哥打造一座金殿，仿佛是希望用一座巍峨不动的宫殿来捆住那颗想离开的心。

朝野之中一时议论纷纷，凡是上折子提出反对意见的都被东方玄下了大狱。

东方玄兴致勃勃地跑来，将为他造金殿的消息告诉蒋星川。蒋星川看了一眼东方玄，见他眼中癫狂，昔日年轻有为的君主如今已经被冠上了荒淫无度的帽子。

“你让我起来。”

“小哥哥，你终于肯和我说话了？”东方玄大喜。

“我想吃自己做的饭了，宫里的菜吃腻了。”

蒋星川有要求，东方玄自然百依百顺，于是急忙命人准备好东西，亲自陪着蒋星川下厨。

“小哥哥。”看着蒋星川在厨房的背影，东方玄痴痴地看了很久才轻声唤道，神情温柔依恋，好像又变成了那个乖巧听话的弟弟。

蒋星川做了一桌两人爱吃的菜，这一桌菜他故意做了很久，从下午一直做到了晚上，但是东方玄却没有提出半分异议，好像做饭就是应该做这么久似的。

“吃过那么多名厨的菜品，还是小哥哥的手艺最好。”东方玄看着满桌菜肴，品相虽然都比不上宫内御厨做的，却看哪个都想吃。就近夹了一口菜放在嘴里，欣喜地称赞。

皇帝入口的菜品都要有试菜的人试毒的，但蒋星川做的菜，东方玄却不让任何人碰。

“你就不怕我在菜里下毒？”蒋星川也有一口没一口地吃着菜。

东方玄眯起眼笑：“如果是被你毒死，我心甘情愿。”

一顿饭吃了很久，东方玄的心情似乎非常好，和蒋星川说了很多小时候的事，蒋星川也一反往常，居然也会给他回应，聊到趣处，甚至还会情不自禁微笑。

最后，蒋星川又给两人一人倒了一杯酒，只是这一次，酒倒得很慢。

“时间不早，干了这杯酒，便去休息吧。”蒋星川说着，将盛满酒浆的金杯推给东方玄。

东方玄接过酒杯，注视着杯中美酒，也不知是不是今天喝得太多了，眼睛有点发红。

“是啊，喝了这杯，就可以休息了。”他笑着，举杯便欲一饮而尽。

然而就在他的唇即将碰到酒杯的时候，蒋星川突然出手，将杯子打翻在地。

酒浆流到地面，泛起乌黑的泡沫。

宫外传来三更天的唱声。

正是午夜零点。

东方玄看着那打翻在地上的毒酒，眼中却无惊讶，只有泪水滑落。

“为什么要毒死我？”他轻声问蒋星川，“就因为我是……黑龙之子？”

蒋星川不知道为什么，竟觉得心里发堵。来这个世界走一趟，他从未将自己看作是这里的一部分，总是本着旁观者心态，也从未因为这个世界的什么人什么事而动过真情。可是这一刻，在看到东方玄眼角的泪和委屈的红眼眶之后，他莫名有种窒息感。

“因为你是我一手铸成的错。”蒋星川说。

若不是他当年出手相救，又一手将这个孩子养大，黑龙也许早就不存于世。

东方玄眼中瞳孔一缩，好像蒋星川的话有着比毒酒更厉害的毒：“那你为什么又反悔了？为什么不毒死我，为天下除害？”

就在这时，蒋星川听到了火车悠长的鸣笛声，他从座位上站起，看向窗外，耀眼的灯光将黑夜照亮，震耳欲聋的铁轨和汽笛声回荡在整个皇城上空。

蒋星川心脏狂跳，他还记得当初的列车员是如何说的，若是火车再次出现上不了车，就永远也回不去了。

“为什么要反悔？”东方玄又问一遍，似乎完全没有听到外面的火车声，一双眼睛只是痛苦而绝望地看着蒋星川。

“因为……你是小玄。”

蒋星川闭了闭眼，说完这句，便起身往大殿外跑去。

东方玄愣了片刻，等意识到发生什么时，想要追上去，却被某种力量挡回来，只能眼睁睁看着蒋星川走出大门。

他忽然记起蒋星川曾跟他说过的话，到了该离开的时候，就算是他，也阻止不了。

“不——”东方玄大喊。

蒋星川跑出殿门，正看见火车在他面前停下。

火车门打开，穿着制服的列车长走下，戴着白手套的手轻碰帽檐：“尊贵的乘客，很高兴为您服务。这里是零点列车，列车即将返程，您做好准备了吗？”

在即将跨上列车的那一瞬，蒋星川有所犹豫，他回头看了眼那寂寥而空荡的华丽宫宇，想到里面的那个人，心中忽然生出浓浓的不舍。

“尊贵的乘客，火车即将开动，您要不要上车？”列车长脸上绽出笑容。

“小玄，黑龙之子并不是你荒淫无道的借口。我给了你毒酒，你就算死了一回，从今天开始重新开始吧，忘了我，做一个明主。”

在汽笛声再次鸣响之后，蒋星川终于跳上了火车。

被困在大殿内的东方玄忽然感到那股阻挡他的力量消失不见了，忙追出来，却早已找不到蒋星川的踪影。

悠远的夜空中有什么东西“呜呜”鸣响。

东方玄忽然身形一顿，竟听见一种从未听见的声音。

10

蒋星川重新回到学校，发现竟然还是自己离开的那个夜晚，那十几年的光阴，在他所在的这个世界里，不过只是弹指一瞬。

一切恍如梦境。

蒋星川以为自己是个性情寡淡的人，只会把那些曾经发生过的事当成子虚乌有，可是那相依为命的十几年怎么可能轻易抹去?

然而生活总要继续，日子又恢复成千篇一律的模样。

这天傍晚，蒋星川从学校的食堂吃完了晚饭出来，听到身后有脚步声。

“小哥哥。”

蒋星川身形猛地一震，还不敢相信自己的耳朵，慢慢转过身。

然后他就看到晚霞正浓时，杨柳树荫下，一个熟悉的人影斜倚围栏，正冲自己笑。

手机忽然响了，蒋星川失神地接通电话，眼睛还看着那树下的人，然后就听到自己母亲的声音从话筒另一头传来：“喂，小川啊，你美国表舅家的孩子准备在国内读高中，正好和你一个学校，他今天就应该到，你记得接一下啊，我把照片给你传过去……以后你们都住校，可以互相照应一下。”

看着手机上母亲传过来的照片，蒋星川再看对面那个揣着裤兜向自己走来的人，以为自己还在做梦。

漫天的云霞仿佛弥留不去的焰火，将光晕映照在两人身上。

而在云层最深处，在谁也不曾看到的地方，好像有一列长长的火车，浮光掠影般经过，转瞬不见踪迹，只留下一段似是而非的悠长鸣笛，仿佛海市蜃楼。

寂静的列车长室内，除了铁轨的碰撞声，只能听见敲击键盘的声音。

列车长端着一杯散发着浓浓醇香的咖啡，站在作家身边，看着他将刚刚自己讲过的故事用笔记本电脑记录下来，忽然轻勾起唇角。

这么多年，他接待过的乘客不计其数。

曾经以为，这些他所看到过的故事只能永远埋藏在他心里，不会有人和他分享，更不会有人愿意听他诉说，如果有一天他死了，这些故事也会随之烟消云散。

他见证了数不尽的悲欢离合，却慢慢地把自己活成了一本记录故事的书，没有情感，没有思想，甚至时常会怀疑他是否还真正活着。

每一个故事都有自己的主人公，有自己的世界。

而他找不到任何一个世界愿意接纳他。

直到作家出现在零点列车上，列车长忽然觉得，自己也可以跳出他人的世界了，可以有血有肉有感知了。

这辆永远没有休止的零点列车，也从一个空白的故事载体，变成了一个可以发酵属于他的故事的容器。

哪怕这故事的内容，只是单调的一个人向另一个人讲故事。

Midnight 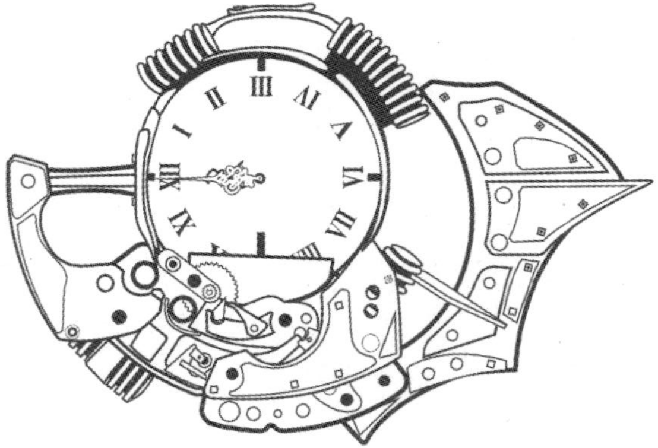 Express

“我注意到你在新故事里给我加了戏份。”列车长抱着我那台破笔记本电脑看完新篇章，打趣道。

“我说过你是故事的主角。”我站在列车长椅子后，享用他给我煮的咖啡。

“这样恐怕会有喧宾夺主之嫌。”

我无所谓地耸了耸肩，“我是作家，你是读者，我们说了算。”

列车长低声笑起来，不得不说，自从我开始写《零点列车》系列，时常会看到他这样笑，这让我觉得十分欣慰。

“不过，为什么我觉得你将我写得那么悲情？”列车长转过头问。

“小说总要有些渲染才能调动读者的情绪。”

“可你说过我是你唯一的读者，难道这不会很怪吗？看着自己在小说里一脸忧郁地思考人生。”

我微微俯下身，将脸凑近他：“可是你的确是这样啊，忧郁又神秘的列车长先生。”

“你少来。”列车长笑着躲开，“下一个故事你准备写什么，想好了吗？”

“想好了，就写那个吸血鬼世界的故事。”

“哦？我记得那个时候你已经登上零点列车。”

“是的，我见过乘客本人，但我还是需要通过你，才能知道他离开零点列车之后的故事。你知道这让人很郁闷吗？”

列车长笑着看我，不答话。

“为什么你一直和我待在零点列车上，却能知道他们在另一个世界的事？难道你能开天眼吗？”我不满地追问。

列车长笑意愈深，眼中似有璀璨的星辰，“没有为什么，因为我是零点列车的主人。”

Midnight Express

贵族

1

墨白是个孤儿。

听孤儿院的老师说，他是在一个下着大雪的晚上被人丢在孤儿院门口的。那天晚上天气很冷，要不是有个值班老师的猫跑到外面，追出来时碰巧发现他，他可能就被冻死了。

墨白左侧锁骨的位置有一块月牙形的红色胎记，像个牙印。

小时候，墨白经常幻想，会不会有一天他的亲人会凭着这块胎记来与他相认，就像很多家庭伦理剧里演的那样。可是随着他长大，墨白发现，这种俗套又狗血的情节，大概……也只能在电视剧里出现了。

火车渐渐靠站，墨白提着鼓鼓囊囊的大帆布包下了车。

这里只有他下车。事实上，从始至终，车厢里除了态度殷勤的列车长，就只有墨白一个人。

火车站很简陋，露天月台上立着一盏孤零零的路灯。也许是因为时间太晚，值班亭已经关闭了，看不到工作人员。

大概等一会儿就会有火车来了吧?

这已经是第三次转乘，坐了这么久的车，墨白晕车晕得厉害，默默掏出一支烟点燃，吸了一口。天气有点冷，晚风吹拂着他额前的碎发。墨白仰靠在路灯柱上，轻轻闭上眼睛，显得十分疲倦。

他其实不太适合坐火车，可是偏偏每个月都得这么跑上两趟。

墨白高中毕业后经营了一家银器店，店里从伙计到老板只有他一个人。他的店不大，生意还算好，每个月都要去附近的小商品批发地新进货物。只是这次行程非常不顺利，返程时连着订了三个班次的火车，却都因为意外而临时取消。最后好不容易搞到一张火车票，转乘次数却多得让人咋舌。

没办法，墨白急着明早回去开张，所以就算折腾一点，也别无选择。

不远处忽然响起脚步声，有人正向路灯这边走过来。墨白听见声音，警惕地睁开眼。

来人个子很高，穿着长款风衣，两只手插在风衣口袋里，整张脸都掩藏在高高立起的衣领后。

墨白抬起夹着烟的手，向风衣人打了个招呼。

风衣人却没有任何反应，只是向墨白走近的速度越来越快。

墨白觉得不对劲，脸色忽然一变，眼睁睁看着距离自己还有三十多米远的人，转瞬间出现在他面前！

一股血腥味扑面而来，墨白来不及做任何反应，就被那人掐着脖子提了起来！

“你……”

墨白几乎要窒息了，死死盯着那人，钳在他颈间的手像金属一样冰冷坚硬，他拼命挣扎，却完全无法挣脱。

就在这时，风衣人终于抬起头，露出隐藏在立领后的脸。

昏暗的路灯光下，墨白看清了这人的长相——他的皮肤惨白如蜡纸，眼瞳和很多具有夜视能力的动物一样，大而圆，在他张嘴的瞬间，露出一对锋利的尖牙，嘴角还残留着新鲜的血迹。

这是……

墨白眼前发黑，头被风衣人轻轻拨转过去，嘴巴对准了脉搏跳动的脖侧就要咬下来。失去意识之前，墨白听到布料撕裂的声音，他的衣领被粗暴地扯开，直至锁骨。

2

墨白不知道他晕过去之后发生了什么，总之当他醒过来时，天已经亮了，那个风衣人也不见了。他摸了摸脖子，发现自己并没有被咬到，只有衣领被扯坏。脚边的帆布背包大开着，露出里面满满的银器，在晨光中安静地闪耀。

墨白提着包离开火车站，走到街上时神情还有点恍惚。

昨天晚上那个攻击他的人，或者说是东西，到底是什么？该不会是他晕车晕得产生了幻觉吧？

石砖铺设的街道空无一人，两边的建筑都很低矮，没有超过三层的。墨白忽然听见身后传来一阵急促的马蹄声，他转身看过去，只见一辆由四匹马拉的马车正向他全速冲过来！

“闪开！卑贱的平民！”驾马的车夫面色苍白，眼神冷漠又鄙夷，扬起长长的马鞭，在空中抡过一圈，狠狠地抽在墨白身上。

墨白的脸上顿时现出一道血印，还来不及呼痛，又是一鞭子携风抽过来，这次竟是直接卷住他的胳膊将他提起来，狠狠地甩飞了出去。

马车呼啸而过，墨白撞在街边建筑冰冷的石墙上，狼狈地跌落回地面，胸口闷疼，嘴里涌起一股腥甜味。

“孩子，你怎么这个时候就出来了，冲撞了贵族的马车，不想活了啊！”旁边的门开了，一个满头银发的老婆婆走出来将墨白拖进屋里，又迅速将门关上。

贵族？

什么贵族？

墨白莫名其妙挨了两鞭子，心中冒火，又觉得莫名其妙。

老婆婆是一家杂货铺的老板，墨白刚才恰好跌在她的杂货铺门口。现在时间太早，杂货铺还没有开张，老婆婆给墨白拿了药膏擦拭伤口，又为他准备了一些食物。

墨白谢过老婆婆，想多问几句，却发现对方似乎不太愿意和自己交流，于是他只好一个人坐在窗边，一边吃面包一边往外面看，心中满是疑虑。

街上渐渐热闹了起来，出现了汽车和行人，两边的店铺纷纷开门做起生意，这座城市从死寂中活了过来，变得不再那么阴森诡异。

杂货铺的老婆婆打开门，正准备开张，外面忽然冲进来七八个人。

“你们，你们干什么……”老婆婆被人按住。

墨白吓了一跳，就看这伙人二话不说，直接从杂货铺内的楼梯冲上楼去。

天花板上传来一阵混乱的声音，似是有人扭打，接着响起女人的尖叫。

当这些人再次从楼上下来，其中一人身上竟扛了一个只穿着睡衣的少女。

“你们放开我的孙女！放开！你们这群野兽！”老婆婆声嘶力竭地大喊，被人一拳打在头上，不再动弹。

“哼，能成为贵族的契奴，你应该为她感到庆幸才对。”

墨白攥紧拳头，冲上去抱住劫持少女的男人，却被轻易地甩飞出去，“砰”的一声重重砸在后面的货架上，等他强忍着剧痛再次爬起来时，却发现已经人去屋空。

杂货铺内只剩下一片狼藉。

墨白急忙去看那个老婆婆，却发现，她已经没了呼吸。

3

墨白发现了一个令他不敢相信的事实。他竟然被那辆快要报废的火车拐到了一个完全陌生的世界！这个世界由三类人组成：贵族、贵族的仆人、平民。贵族拥有凌驾于法律的特权，对平民可以任意烧杀掳掠，而贵族的仆人就是贵族们忠诚的猎狗，他们武力惊人，寿命长久，却不敢在日光下走动，只能在夜间活动，以吸食人血为生。什么贵族的仆人，根本就是吸血鬼！墨白想到那个风衣人的样子，再联系他们的特点，很快做出了判断。趁着天还没黑，墨白又去了火车站，想问一问这里什么时候会有火车，心里还抱有一丝侥幸，觉得也许自己再坐一次火车，就能回到属于他的正常世界。

但值班亭还是紧锁着，没有工作人员。墨白向附近的人打探，得知这个火车站已经荒废了很多年。

“知道吸血鬼为什么会惧怕银器吗？”小酒馆里人声鼎沸，聚集着无家可归的流浪汉，和来不及在天黑前赶回家的旅人。“哦？为什么？”穿着黑色衬衫的男人坐在墨白对面，动作优雅地喝着酒。

这男人长得非常英俊，他的双眼狭长，五官精致深邃，只是有一点，肤色太过苍白，看着没什么血色。他是墨白见过的最好看的人，电影明星和他比都差太多了。

“因为在《圣经》中，犹大为了三十块银币出卖了耶稣，从此银子受到诅咒，成为吸血鬼唯一惧怕的东西。据说吸血鬼在银镜里无法成像，也不敢触摸银制品，所以先生要不要考虑买两件呢？出门在外，有件小玩意做护身符也不错。”

墨白拿起一面圆圆的小银镜，玩笑般向对面的男人照过去。

握着镜子的手被男人推回来，动作虽然温和，却不容违抗。

墨白愣了愣，觉得男人的手异常冰冷，一阵战栗感从两人肌肤相触的地方荡开，让他不禁打了个哆嗦。

“好吧，既然你没有兴趣……”墨白没精打采地将银镜扔进脚下的大帆布包。

墨白想要卖掉银制品换些这里的货币。他本以为在这个吸血鬼遍地的世界，银器应该十分好卖，然而让墨白没有想到的是，每当他将银器从包里拿出来，人们都会表情大变，像见鬼了一样跑开。这让墨白非常不解，要不是那些人面色红润不怕阳光，墨白都要以为这是个全民皆吸血鬼的世界了。

男人的目光若有似无地在墨白的帆布包上掠过，再移到墨白身上，从上到下打量，直至看到他敞开的领口，在裸露的左侧锁骨附近逡巡。

“你这些银器，我都要了。”男人忽然开口。

墨白以为自己听错了，怀疑地问：“全都要？”

“多少钱，开个价。”

墨白还不清楚这里的物价，一时间倒真的不知道应该要什么价。

就在这时，男人身体前倾，忽然凑近，隔着一张小小的圆桌抓过墨白拿着酒杯的手。

那种战栗感再次传来，墨白忽然觉得左侧锁骨的位置烧得火辣辣的疼。

“这杯酒价值三个黑币，我付给你五十万黑币买这些银器，如何？”男人瞥了眼墨白杯中的酒，眼睛在昏暗的灯光中显得无比幽深。

在墨白以前经常去的酒吧，一般的酒品都要三十块左右，若是按照这个比例将黑币换算成人民币，那五十万黑币……岂不是相当于五百万？！

这哪是在贩卖银器，简直是走私军火。

“成交。”墨白默默挣开男人的手，整理了一下弄乱的衣服。

男人也不再废话，直接丢给墨白一张金色卡片：“这里面是五十万，密码九个零，你可以去酒保那边的刷卡机验证。”

墨白就在这几分钟之内，从一个身无分文的穷光蛋变成了富翁。他在验证钱款的时候，顺便向酒保打听了这里的房价和平均薪金，确定五十万黑币的确是一笔大数字，足够他衣食无忧，这才放下心，重新回到座位。

“归你了。”墨白坐下，一脚将帆布包踢给男人，毫无留恋。

帆布包擦着酒吧地板滑出，男人用脚截住，抬眼看向墨白，唇角微扬。

4

墨白其实很想问男人，为什么很多人看到银器都会表现得那么惊恐，可还未等他找到合适的机会开口，酒馆的门就被人砰的一声撞开。原本喧嚣的酒馆顿时变得鸦雀无声。墨白不知道发生了什么，对面的男人却微微眯起眼，对墨白做了个噤声的动作。冲进来的一伙人个个面色苍白，唇无血色，似乎在找什么人，他们在酒馆内搜寻了一圈，终于在酒馆角落将一个浑身颤抖的男孩抓住，像是提着牲口一样揪着他的头发将他往酒馆外拖。

男孩大概十六七岁的样子，不停挣扎，却徒劳无功，眼中充满绝望，无意间和墨白对视的那一瞬间，绝望的眼神让墨白心头震动。

墨白忽然想起杂货铺里那个被带走的少女。

他下意识想站起来，手却被人按住。

墨白看向按住他手的男人，男人却只是向他投以警告的目光，轻轻摇头。

年轻人最后被带走了，酒馆渐渐恢复了热闹，好像什么都没发生过。所有人面对这近乎残忍的一幕，都不约而同选择了漠视。

“那些人是谁？”墨白问。

“贵族的仆人。”男人回答。

又是贵族。究竟是什么样的贵族，才会豢养一群吸血鬼作为仆从？墨白皱眉，在民主社会生活习惯的人，实在无法习惯这种特权阶级的存在。

“他们为什么要将那个人带走？”

“那人是贵族的契奴。”

契奴？墨白想起当时少女被人带走的时候，那些人也说过那个少女是贵族的契奴。不过当时那些人和这些人相比，脸色和唇色都是正常的，应该是普通的人类。

“契奴是什么？”

“就是专属于某一个贵族的平民供血者。”

墨白睁大眼睛，不敢置信看着男人：“你是说，贵族也是……吸血鬼？”

男人眉毛微挑："更确切地说，他们才是真正的吸血鬼。那些贵族的仆人，只是被贵族初拥后转化出的小婴儿，非常弱小。"

和很多小说电影里描写的吸血鬼不同，真正的吸血鬼贵族根本不惧怕阳光，他们大多活了很久，有极高的能力和智慧。他们可以将一个普通人类的血吸干一半，再让他们吸食自己的血，完成"初拥"，将人类转化为他们的同类，而这些被转化的人，就成了他们最忠诚的仆人。

现在墨白终于明白，为什么这个世界的人都那么惧怕银器。

因为银器是贵族唯一的克星，早在几百年前贵族就下令让人销毁所有银器，因此在这个世界，银器几乎绝迹，一旦发现有人贩卖或者藏匿银器，便以犯罪论处，并处以极刑。

墨白心中后怕，想到自己曾经明目张胆拎着一大包银器四处兜售，连手掌心都沁出冷汗。

可是为什么这个男人会买下这么多银器？他要这些烫手山芋做什么？

墨白看向男人的眼神充满探究。

男人拎着帆布包站起来，似乎准备离开酒馆。

"天还没亮，你现在离开，不怕遇到吸血鬼？"

曾经因为某个原因，贵族将大量的平民转化为吸血鬼，可只有一小部分能成为贵族贴身服侍的仆从，其余的吸血鬼只能游手好闲地在民间游荡，肆意滥杀，虽然贵族表面有约束令，但对贵族而言平民也不过只是食物，所以这个约束令的效果可想而知，因此没有平民敢在夜晚出去。

男人却只是充满深意地看了墨白一眼，露出高深莫测的笑："我觉得，那些吸血鬼应该更害怕遇到我。"

墨白看着男人走出酒馆，身形隐匿于夜色中，下意识摸了摸左侧锁骨火辣辣的地方，那里正是他的胎记所在位置，手背上刚刚与男人接触的肌肤，还残留着一丝若有似无的凉意。

5

墨白用卖银器的钱在这里安顿下来，买了自己的小楼，又开了个卖花草的小铺子。

他是孤儿，从小习惯了随遇而安，不论到哪里都能生存，所以很快融入了这里的生活。他开始养成太阳落山后不出行的习惯，也变得善于改装房屋，给自己的小楼做好防护，不至于让那些夜出猎食的贵族仆人侵入。

贵族劫掠人口的事经常发生，墨白慢慢才了解到，并不是任何人都能成为贵族的契奴。

成为契奴的人通常是从出生开始就与一个贵族结契，贵族只有喝了契奴的血，才会获得强大的力量，而普通人的血对他们来说仅仅起到充饥作用。

看到那些无辜的平民被贵族带走，从此背负如家畜般被圈养和吸血的悲惨命运，墨白从刚开始的义愤填膺，到后来的司空见惯，心变得越来越坚硬。

这就是这个世界的规则，贵族们的力量太过强大，平民根本没有机会反抗，也只能祈求神明庇佑，让他们得以平安地生活。

然而在这片土地上，神明已死。

贵族所自我标榜的风度、矜持、不滥杀无辜，成为平民们最后的生存希望。

可是谁都知道，在如此悬殊的力量对比之下，这样单方面的“约束”是多么的脆弱，夜间游荡的吸血鬼就是最好的证明。

这天晚上墨白刚躺在床上，就听见楼下传来敲门声。他心中大惊，以为是哪个吸血鬼突破了围栏的防线，急忙披上衣服，端起放在枕边的猎枪。

猎枪虽然不能将吸血鬼完全杀死，至少可以打断他们的腿骨，让他们无法轻易活动，只要能阻止他们进来，等太阳升起，就是他们的死期。

墨白悄悄下楼，一点点靠近大门。

敲门的人还在，墨白拉开猎枪的保险正要开枪，却忽然听见一个有些熟悉的声音，夹带着粗哑的喘息。

“是你吗？”

寂静的黑夜里，低沉的嗓音隔着门板传入室内。

墨白一愣，只是略作回想，就想起了这个声音是谁的。

是那个在酒馆里买走他所有银器的黑衬衫男人。

墨白连自己都觉得不可思议，他与男人只见过一面，从那以后再也没有交集，可是为什么时隔一年，他依然会对男人的声音记得这么清楚？

“我受伤了，能……帮个忙吗？”

空气中传来淡淡的血腥味，墨白攥紧猎枪的手出汗了，犹豫着应不应该开门放男人进来。

深更半夜，允许任何人踏入自己的房子都是十分危险的事，但是这个男人是墨白来到这里认识的第一个人，算是有恩于他，如果没有他，他不可能活得像现在这么舒服。

纠结了很久，墨白终于下定决心，将一柄银叉握在手中，另一只手依然端着枪，用脚拨开了门锁。

男人走进来时，一双眼睛紧闭，身上湿淋淋的，竟是被血液浸透了！

“喂，你，你没事吧！”

墨白吓了一跳，见男人的身体摇摇欲坠，立刻伸手搀扶住他。但是他的身材太过高大，足足比墨白高了半个头，看着瘦削，身上却布满了紧致又结实的肌肉，如庞然大物一般倚在墨白身上，差点将他压垮。

两个人一路歪歪斜斜往客厅挪，墨白好不容易将人扶到沙发上躺下，正要起身，却被男人猛地翻身压在地板上。

男人注视着墨白，目光空洞迷离，在黑暗中他的眼瞳好似闪动着猩红色的光，满是鲜血的手轻抚着墨白的脸。

墨白与男人对视，只觉得他的眼神太过慑人，竟好像有种蛊惑人心的力量，令他失魂落魄，大脑一片空白。

“白……”男人呢喃着，低沉喑哑的声音犹如魔咒。

他慢慢垂下头，将冰凉的嘴唇凑到墨白的脖侧。

在这一层薄薄的皮肤之下，是温热流淌着的鲜活血液。

6

等墨白回过神时，发现男人正压在自己身上，已经昏迷过去。他永远也忘不了当他解开男人的衣服，看到他身上伤口时的那种感觉。男人的皮肤很白，劲瘦的腹部却已经血肉模糊，像是被野兽的爪子撕扯烂的，看着就触目惊心。墨白甚至怀疑男人是如何在受了重伤的情况下活下来的。

墨白立刻起身，想要叫救护车。

电话刚刚接通，却被人按掉。墨白转过头，见男人已经醒了，此时正撑着墙壁勉强站立，一手按在电话上："不要打给医院。"

"不行，你这伤口需要缝针。"

重新拾起电话的手被抓住。

"你帮我缝。"男人头抵在墨白的肩膀上，似乎有些支撑不住了。

墨白以前经常捡受伤的流浪狗流浪猫回来治疗，可是这么大一只的，还真没碰见过。

扶着男人坐在沙发上，墨白拿着针线的手微微发抖。

男人从医药箱里拿出一瓶酒精，眼睛都不眨地直接浇在伤口上，胸腹肌肉因为剧痛而骤然绷紧，沁出一层薄汗，看得墨白都觉得身体抽疼，不忍心看。而男人却只是紧闭着眼粗重喘气，一声都没吭。

等那阵痛感过去之后，男人扔掉已经空了的酒精瓶，对墨白说："来吧，缝针。"

墨白舔了舔干涩的嘴唇，抬眸看了男人一眼，暗赞：真是条汉子！

接下来一段时间，男人一直在墨白这里养伤。

墨白每天都要给男人换药。有一次墨白给男人包纱布时，鬼使神差忽然抬起头，却看到男人正专注看着他，深邃的眼眸似乎有莫名的吸引力，几乎要将他吸入，同时又带给墨白一种难以名状的压迫感，仿佛墨白是某种等待享用的食物。

男人的恢复能力惊人，才不到一个星期，就能行动如常，开始在墨白的房子里四处游荡。他最喜欢做的事就是看墨白做饭，还会主动凑过来帮墨白系围裙，美其名曰：投桃报李。他也会戴着胶皮手套在阳光下帮墨白浇花种草，因为有他在，墨白经营花草铺子轻松了不少，觉得出钱出力救这个人，好像也没有那么亏了。

一个多月后，男人的伤彻底痊愈，向墨白坦白了自己的身份。男人告诉墨白，他叫淳，是个猎人，专门猎捕吸血鬼的猎人。这也就解释了为什么他会买那么多银器。

淳说那天晚上他找到一窝为非作歹的吸血鬼，想要将他们的老巢一起端了，没想到那里的吸血鬼数量远远超过预期。他们的行动组被数百只吸血鬼围攻，只有他一个人活着突围出来。

"行动组？"墨白正在切菜，一下来了兴致，"难道猎人还有统一的组织？"

"怎么，你想加入？"淳抱着手臂靠在厨房门口，目光停在墨白身上，一刻不离。

"不，我没有兴趣。"

嘴上这么说，墨白脑子里却出现很多契奴被贵族仆从带走的画面，一幕一幕如走马灯般。不知道是不是因为分神，切菜的刀向旁边一滑，不小心割破了手，疼得墨白倒吸一口凉气。

淳走过来，盯着墨白流着血的指尖。

"你帮我看着锅，我去拿创可贴……啊！"

手被一把抓住，下一秒，墨白发现淳直直地盯着他的伤口，视线半分不移。

墨白触电一样将手抽回，有些不自在："喂，你这是干什么？"

淳却丝毫不觉得尴尬，只抿了抿嘴唇。

“我要走了。”

墨白有些意外：“走？去哪里？”

“总不能一直在你这里待下去。”

墨白轻轻“哦”了一声，“那你记得还钱，一个月的伙食费住宿费，还有医药费。”

淳轻笑出声，将一张写着地址的卡片塞在墨白的衬衫口袋里。

“以后要是你改变主意了，就来找我。”

墨白的花草铺子有一位常客，那是个长相甜美的男孩子。墨白知道，用甜美来形容一个男生会有点怪异，但是他真的找不到更合适的形容词。

男孩不爱说话，一双杏眼乌黑，睫毛又浓又翘，他很喜欢墨白种的盆栽，几乎每天都会来花草铺子逛一逛。墨白有空的时候就会和男孩聊天，两人竟难得的脾气相投，久而久之成了朋友。

然而近半年，男孩却再也没有出现。墨白一开始还没有在意，可是当他通过一些蛛丝马迹得知，那个男孩其实是某个贵族的契奴，他的心情顿时沉重下来。

这天晚上，墨白听到窗外有人在喊他的名字，他起床过去看，发现竟然是那个男孩。

男孩站在墨白的楼下，看上去惊慌失措，时不时向周围张望，好像在躲避什么东西。

墨白将人放进来，问他怎么了。

可是还不等男孩说话，就听“砰”的一声响，墨白家的大门竟然被人撞开了。

墨白以为有吸血鬼侵入，正要去拿自己的猎枪，男孩却崩溃地瘫软在地上，用手捂住脸，嘴唇发抖地自言自语：“没用的，没用的，逃不掉……”

脚步声从楼梯间传来。

墨白端起猎枪对准房间门。

“轰隆”整扇门直接被推倒，门后现出一个男人，身材笔挺，肤色白得像纸一样，五官却英俊得令人窒息。他的眸色极浅，目光中透着高傲和冷漠。

这就是传说中的……贵族。

7

墨白几乎在房门倾倒的同时扣动扳机。

贵族的目光只是往他这边轻轻一扫，那飞到半路的子弹竟然一下停住，“啪嗒”掉落在地上。紧接着墨白掌心一松，猎枪竟然自己脱手而出，砸向对面的墙壁，深深嵌入墙体之内。

男孩已经不再颤抖，只是一动不动，眼神中半分光彩都没有，好像死了一样。

贵族径直走过去，一把将男孩从地上提起来，冷淡地看了看他，张嘴就向他脖子上咬去。

男孩突然挣扎大叫起来，眼中满是惊恐。

“不，不，大人我错了，我不应该逃跑，求您不要咬我，我愿意将血抽出来供您饮用，太疼了，我受不了了，求您不……啊！！！”

贵族的尖牙深深插进男孩的颈动脉，鲜红的血液顺着雪白的脖子静静流淌。

男孩被贵族带走时，墨白最后看了他一眼，看到他无声地惨叫，还有眼角滑落的绝望的泪水。墨白觉得，自己可能一辈子也无法忘记这一幕。

墨白开始频繁地陷入梦魇，他的视野中是一片猩红，变得异常焦躁，经常会在半夜惊醒，左侧锁骨的那块胎记烧灼得令他难以忍受。

他忽然很渴望被某种冰冷的东西触摸，脑子里竟出现一个人。

“我要加入。”墨白站在淳的家门口时，脸上并没有什么特别的表情，但是他的样子却很憔悴，衣衫不整，头发凌乱，黑黑的眼圈像是很多天没有睡过觉，

“我要和你一样成为吸血鬼猎人，但是我有一个问题。”

“你说。”面对突然出现的墨白，淳似乎也没觉得意外，只是抱臂斜靠在门边，神态还有些慵懒，似是刚睡醒不久。

“你们除了普通的吸血鬼，猎杀贵族吗？”

“哦？你希望我如何回答？”淳低声笑。

这种不正经的态度让墨白很不爽，伸手将身体前倾就要贴在他身上的男人推开：“如实回答。”

淳的表情这才严肃起来，认真思索片刻才说：“我们会猎杀贵族，但我们只猎杀那些支持肆意滥杀平民的贵族。”

墨白由淳做接引人，顺利加入了猎人组织。

淳在组织中的级别似乎很高，墨白几乎没有受到什么调查，直接成为一名见习猎人，不过在接任务之前，他需要进行专门的训练。

通常情况下，见习猎人的导师就是他的引荐人，因此顺理成章，墨白的训练计划也由淳来制订和实施。

淳认真起来简直不是人。在接下来的半年时间里，他让墨白深切地感受到什么叫生不如死。

墨白被淳带到一片郊区，每天的生活就是长跑、射箭、骑马、搏击、打枪，简直是铁人十项全能。要是墨白哪天坚持不下来，淳就会叼着烟在旁边淡淡来一句：“你不行，还是走吧。”激得墨白又咬牙从地上爬起来，继续完成训练项目。

就这样，墨白的速度越来越快，身手也越来越利索，和淳过招的时候，竟然也能在他手下过十几个回合。

“墨白，你为什么要选择这条路？”一天晚上两人露天喝酒，酒酣意浓时一起躺在草地上仰望星空，淳问墨白。

墨白将淳嘴里的烟拿下来，叼在自己嘴里吸了一口，反问：“那你呢？为什么选择这条路？”

淳笑起来，唇角向一边勾起，长眉轻扬，这使他看上去显得极为不正经。

“为了世界和平。”

8

墨白时常会觉得身体燥热难忍，锁骨上的胎记也会有一种灼烧感，但繁重的训练让墨白无暇他顾。

半年时间很快过去，淳宣布墨白毕业那天，送给墨白一把锋利的匕首，匕首上镀了银，可以很好地对吸血鬼造成伤害。

“是不是所有吸血鬼都害怕银器？”墨白仔细端详匕首，心中非常喜欢，随口问淳。

“哦？为什么这样问？”

“不为什么，总觉得凡事都会有特例。”

淳的表情很微妙，摸了摸下巴说：“嗯，的确有特例。王族不会受银器的威胁。”

在这里待久了，墨白多少会了解一些社会常识，听到这里却非常惊讶：“王族不怕银器？我怎么从来没听说过？”

淳看了墨白一眼，神秘道：“你自然不会听说，这是属于王族的秘密。”

训练结束，意味着墨白成为一名真正的猎人，他白天依然是那个普通的花草铺老板，到了晚上开始和淳出去接任务。

从第一只吸血鬼死在他微微发颤的匕首之下，到后来成为组织里的精锐猎手，墨白只用了不到一年的时间。

这天晚上墨白又和淳出任务，从一窝吸血鬼那里救出一个小女孩。

让墨白感到意外的是，这小女孩被掳去那么久，身上居然一点伤痕都没有。

“那些东西自然不敢伤害我，因为我是一个契奴。吸血鬼们忌惮贵族，不会对契奴做什么的。”小女孩神情冷漠地说着，忽然有些神经质地拉低了衣领，露出锁骨上一块红色印迹，大大的眼睛看向墨白，“瞧，就是这个牙印，从我出生起就带着它，多可笑啊，因为它我注定成为契奴，也是因为它，我受到贵族的保护，不用担心被别的吸血鬼吸干。”

墨白看到小女孩锁骨上印迹，觉得如遭雷击。

因为那个印迹，竟然和自己的胎记极其相似，同样都是靠近锁骨，同样都是浅浅的红色，同样像个牙印。

小女孩说，这是贵族对自己契奴的标记。

天亮时，墨白从酒吧出来，已经喝得烂醉如泥。淳送他到家门口时，墨白忽然钳住他的肩膀，眼睛通红地盯着他。“原来我也是个契奴，你知道吗？我竟然，是个契奴！”“墨白……”淳微微皱眉，竭力想让墨白冷静下来。

“有一天，我也会被贵族抓走，成为被圈养的血牛，哈哈哈，那个贵族在哪里，他怎么还不来啊？哈哈哈，他是不是还不饿……”

墨白一边哭一边笑，整个人好像疯了一样。

淳抓住他的衣襟将他猛地提起来，狠狠压在墙上。

“墨白！你给我清醒点！”

剧烈的撞击让他稍微恢复了理智，他粗喘着气，安静下来。

“不错，我是该清醒点。”黎明中的晨光倾泻在墨白的脸上，将他那双乌黑的眼睛映得极亮，好像有幽光闪动，“我现在是猎人，若是有哪个贵族敢来抓我，就等着我和他鱼死网破。我宁愿死，也不会让那些恶心的东西吸我的血！”

激动过后，墨白酒劲上脑，闭上眼，身体瘫软下去。

9

猎人组织发布的任务中，最危险的就是猎杀贵族，很少有人愿意主动接这样的任务，因为想要杀贵族的猎人，大多有去无返。能活着完成任务回来的，目前为止只有淳一个人。

不过很快组织里的人就发现，他们又多了个不要命的疯子，专门瞄准这样的任务。这疯子不是别人，正是淳引荐的那个年轻猎人。

真是什么样的师父带出什么样的徒弟。

组织里的老猎人们曾经好心地劝告墨白，跟他说不要拿自己和淳比，那家伙就是变态，无论体能还是攻击力都不像正常人，可是墨白却听不进去。

贵族是最古老的原生吸血鬼，他们拥有一些超乎寻常的能力，正面攻击完全没有胜算，因此只能采取暗杀。

暗杀行动需要做很多准备，也需要不少人手，小组每次都是由淳牵头，他负责打头阵，其他人只起到辅助或是掩护的作用。可是这次的目标是一位长老，单靠淳一个人不可能完成任务。

“我和你一起去。”墨白说。

“不行，你经验太少。”淳冷声回绝。

“除了我，你还能找到第二个人愿意和你一起去吗？”

“墨白……”

“让我和你一起去吧。”墨白已经被淳拒绝了无数次，这次却很坚持，他将淳拉到边上，认真注视着他，“淳，让我和你去吧，总有一天我要面对贵族，我需要实战经验。”

淳沉默地看着他，狭长的眼睛里流动着让人看不懂的情绪。

“墨白，这次行动非常危险，你已经做好准备了吗？”

“嗯。”墨白笑着握住淳的手，像是在表达“合作愉快哦”的意思，“我想要你看着我，亲手将银头子弹打入贵族的心脏。”

不知道是不是墨白的错觉，他好像感觉到淳的手，微微僵硬了一下。

“好，无论如何，我会保护你，让你安全回来。”淳反握住墨白的手，轻声说。

此次暗杀的贵族长老就是大名鼎鼎的蓝长老，元老院中激进派的代表，当年一手策划了臭名昭著的“大转化”行动。

据说在几百年以前，身为人类的平民也曾激烈反抗过贵族的压迫，吸血鬼猎人组织遍布各地，贵族虽然力量强大，但毕竟数量有限，交战时以少敌多竟然露出败势，后来蓝长老下令让贵族们去转化人类，让这些人成为贵族的仆人，转而去攻击曾经的同胞。

蓝长老的策略很快奏效，在大量的新生吸血鬼被制造出来之后，人类全面溃败，从此以后贵族的统治牢不可破，放任那些过量生成的吸血鬼开始在民间肆虐，平民的生活越来越悲惨，整日活在恐慌当中。

如今长老院又传出新的消息，蓝长老竟然提议平民可以同商品一样买卖，这样更方便吸血鬼族群的进食。猎人组织决定再也不能对此人姑息放纵，准备了暗杀行动。

可是长老不愧是长老，尽管准备得非常细致，还是百密一疏，暗杀行动失败了。

“我掩护你，你先走。”看着向他们不断逼近的十几个贵族，淳不动声色将墨白挡在身后，他的肩膀已经受了很严重的伤，鲜血将衣袖染得看不出本色。

“你一个人顶不住，我和你一起。”

“走！”淳忽然回过头来，眼瞳深处闪动着猩红色的幽光。

墨白怔住，诧异地看着淳的眼睛。

一声嗤笑传来。

“年轻人，难道你到现在还不知道这位亲密‘战友’的真实身份吗？”

说话的人，正是蓝长老。

真实身份？什么意思？

墨白一时间不明白那个贵族老头在说什么，只是觉得淳有些不对劲，他的眼睛越来越红，牙齿也变得尖利，吓得他不由退后一步。

淳……他是贵族？可是他明明不怕银器啊！

脑中灵光闪过，墨白忽然想起来一件事。

淳说过，所有的吸血鬼中，只有王族不怕银器。

所以说，淳他竟然是……

“我王，多年不见，您依然如此神武。”

就在墨白思绪纷乱时，蓝长老已经走到淳面前，单膝跪地，恭敬地向他行吻手礼。

淳却在蓝长老触碰到他手的一瞬突然暴起，手掌如一把凌厉的匕首，直刺向蓝长老的咽喉，蓝长老似乎早有防备，动作灵敏地躲开，向后面跃出几米远。

蓝长老眼神阴郁，向身后的十几个贵族打了个手势。

万箭齐射，细密的箭雨袭来，淳的反应却极快，身影几乎模糊，挡在墨白身前接下箭支，竟然没让墨白损伤分毫，自己的双腿反倒中了几箭，深可入骨。

蓝长老站在远处冷笑：“没想到经过当年那场变故，您不但没死，还将自己伪装成人类，借助猎人组织铲除政敌，就连一向对主人深恶痛绝的契奴，也愿意如此死心塌地跟着您，不愧是我王，手段高明，着实令臣等钦佩。”

契奴？

主人？

他在说什么？

墨白从未如此心慌，看到淳愈发阴沉嗜血的眼睛，他下意识转身跑。然而他才刚刚挪动脚步，周围就有十几个贵族围上来，想要抓住他。

“别碰他！”

淳就像一只失去理智的野兽，只要有贵族敢靠近墨白，他就会下杀招，可是他毕竟只有一个人，很快就被贵族们围攻，再加上肩膀和腿部受了伤，体力逐渐不支。

“墨白！快走！”身上的伤口越来越多，最后已经成了一个血人的淳，拼死杀出包围圈，将墨白推了出去，“午夜零点，去你来的那个火车站，你会回到原来的地方！”

看着墨白的身影消失于夜色中，摇摇欲坠的男人终于坚持到极限，倒在血泊之中。

“何必呢？王只要喝了契奴的血，恢复真正的实力，我们又怎会是您的对手？”蓝长老走到淳身边，不客气地抓着淳的头发强迫他抬起头来，像看可怜虫一样看着他，“贵族不需要一个为感情所累的王，更不用说，这样的感情还是寄托在卑贱的人类身上。”

10

墨白成功逃出蓝长老的府邸，一路奔跑，片刻不敢停留。他是属于淳的契奴，这个认知让他近乎崩溃。

这是个不可调和的矛盾，他无法忍受自己受他人奴役，也不敢想象自己会将匕首刺入淳的胸膛。无法迁就，也无法解决。他唯一能做的，就是逃离这个荒谬的世界。

墨白一路跑到那个废弃的火车站，气喘吁吁，看了眼时间，距离午夜零点还有半个小时。

如果这一次淳没有对他说谎，他就能回家了。

可是相比于担心淳这次是不是又再骗他，墨白眼前出现更多的，却是淳在贵族的包围中殊死相搏的样子。

他受了很重的伤。

他会不会死？

那些贵族抓了他会对他做什么？

墨白被这些问题一遍遍折磨着，心口闷疼。

远处传来悠长的火车鸣笛声，墨白眼前却闪过好多画面。

那是一些他从未注意到的画面。

从他很小的时候，他就有一种感觉，冥冥之中好像一直有人在远处默默注视着他。

小学春游时，他不慎从山坡滚下来，却毫发无损。中学时遇到打劫的，劫匪却在他掏出钱包的一刻大叫一声，见鬼一样跑了。后来开银器店，一次需要去外地进货，预定好的火车票却莫名其妙被取消了，最后那趟火车出了意外，死了很多人。

墨白原本以为这些事只是巧合，是他运气好，可是直到刚才听到那声火车鸣笛，他才想起来，在很多年前的一个晚上，他在孤儿院里也听到过这样的火车鸣笛声。他从床上爬起，就看到床边坐着一个长得很漂亮的男人。

男人伸出冰冷的手，轻轻触碰墨白的脸说："白，不要难过，会有人一直保护你。"

那个人皮肤很白，嘴唇没什么血色，长着一双狭长的眼睛，不怎么爱笑，眼底却很温柔。

长老院的地牢里，淳歪倒在地上，因为失血过多，皮肤已经出现了干瘪的迹象。

牢室内唯一的天窗从外面被开启，钻进来一个人。来人悄无声息地落在淳身边，将他扶起来，打开手上的瓶子，对准了他的嘴就灌下去。

本来毫无知觉的男人忽然睁开眼，在看清来人之后，满眼不可置信。

"记得有人说契奴的血对于贵族来说有特殊功效，吃了就能化身大力神，你最好告诉我这是真的，不然我就被你害死了。"

墨白举着装满自己鲜血的瓶子，心中还有点没底，不确定这么做是不是有用。

鲜美的，属于自己契奴的血液源源不断送入口中，仿佛龟裂的大地初逢雨露，淳的眼睛一点点恢复神采，身上的伤口正以惊人的速度愈合，到最后，他主动将瓶子接过，闭上眼睛，将瓶子里的血液一饮而尽。

瓶子很快就空了。

墨白眨了眨眼，偏过头，将自己的脖颈凑到淳的嘴边："够吗，不行再来点？虽然听说很疼，不过我能忍耐。"

淳看着他，眼睛里满满的笑意都快溢出来："这些已经足够了，谢谢你，墨白。"

失踪多年的血族之王归来，以雷霆手段，将以蓝长老为首的激进派贵族一举铲除，废除长老院，据说在这背后，竟有猎人组织的帮助。

王一向主张取消贵族特权，保护平民权益，促进法律公平，只是当年被长老院密谋陷害，支持他的贵族纷纷被暗杀，王也从此下落不明。

本以为王已身死，平民们再也不抱任何希望，却传来这样的消息，立时举国欢庆。

墨白靠在窗边往外看，见街上所有的平民脸上都绽放出笑容，回头对淳说："早知道喝点血就能这么轻易解决问题，你为什么不早点喝？"

"从小看着长大的羊羔，养出了感情，等到该吃的时候怎么舍得吃？"

墨白脸色一沉："你说谁是羊羔？"

"会长大人，是我的错，请您原谅。"淳求饶。

墨白冷哼，这才决定不跟这吸血鬼一般见识，如今他可是猎人协会的会长，是有身份的人。

"那么，现在会长大人可以回答我一个问题吗？"

"什么问题？"

"为什么没有走？"

墨白知道淳是在问自己为什么没有乘火车离开，但是这件事怎么解释呢？他才不会说是为了这个等血喝的战友。

所以墨白转过头，对淳露出一个微笑："为了世界和平。"

Midnight  Express

20XX 年 X 月 X 日　　天气：晴

墨白的故事有点特殊，和我之前写过的几个故事略有不同。他其实本来就出生在吸血鬼的世界，从降生就是吸血鬼王淳的契奴。只是后来淳倒台被追杀，为了保护自己契奴的安全，才通过零点列车将墨白送到了一个没有吸血鬼存在的和平世界。

淳曾几次前往那个世界看望墨白，无时无刻不在照顾他，直到他顺利乘坐零点列车返程。这起初让我很疑惑，我一直以为每个零点列车的乘客，只有一次往返于不同世界的机会，可是淳却打破了我的认知。

"为什么淳能够几次登上零点列车？甚至可以随心所欲让零点列车出现？"我问列车长。

列车长却反问我："你觉得零点列车是怎样的存在？"

我想了想，猜测道："据我理解，它可以在任意时间与空间之中穿梭。"

"不错，可是能够打破时空隔膜的力量有很多，零点列车只是其中最为强大的力量之一。"

"你是说，淳拥有打破时空的能力？"我很惊讶。

"算不上真正意义上的打破，穿梭时空所需要的能量庞大到无法想象。但是淳能够找到零点列车，并想办法让零点列车为他停留，单凭这一点，他已经很了不起。而时空中形态各异的世界千千万万，和淳一样能够在零点列车上反复往返的人不在少数。"

写完墨白和淳的故事，我有很长时间没有再动笔写新的故事，我发现我对零点列车的了解还太少，这严重影响到了我的小说设定，可列车长却很少向我解释什么。

我花费了很多时间，去搜集那些几次登上列车的乘客资料，想试着从中捕捉到一些有用的讯息，却发现这样的例子太少，而且多数没有什么参考价值。

直到有一天，列车长和我讲述了夏青木的经历，这大概要分为两个故事才能讲明白，前后所跨越的时间与空间之广阔，牵扯到的因果之复杂，简直超出了我的想象。

然而这一切的开始，却是源自于一条十分不起眼的金鱼。故事发生的地方，也和我曾经生活过的世界相似，并没有什么超乎想象的科技和魔法，平凡又安逸。

Midnight Express

金鱼

1

列车长室内，作家对着破旧的笔记本电脑揉了揉头发，桌边的烟灰缸已经塞满了烟蒂。

穿着一身藏青色制服的列车长走进来，手里端着一个大托盘，他闻到屋子里浓重的烟味，一直保持着完美微笑的唇角有了一丝僵硬。

作家摸向大衣口袋，又拿出一根烟叼在嘴里准备点燃。

“作家先生，我觉得您的烟已经吸得够多了。”温和的声音不含任何恼怒或是责备的意思，态度却很坚决。

作家默默将烟拿掉，举起双手做出投降的姿势：“不抽了。”

列车长将手中的托盘放在桌上，托盘内盛着一个带餐盖的金属餐盘。蒸腾的热气在餐盖掀开的一瞬间扑面而来，同时送出浓郁的鲜香味。

这……是鱼？

“怎么，不喜欢鱼？”列车长问。

“唔，是不太喜欢。”看着盘子里浇盖着金黄色酱汁，表面被改刀变成花瓣状的烧鱼，一丝失望的神色出现在作家脸上。

列车长不紧不慢地走到容器架前，挑了两套金色刻丝的餐具。尽管作家明确表现出不会吃鱼，他还是将其中一套餐具推到作家面前。他仔细地脱下白手套，露出那双修长白皙的手，用筷子夹了一口鱼肉放进嘴里。

“那么好吃？”看到列车长享受的表情，作家忍不住问。

列车长没有回答，只是又夹了几口鱼肉放进嘴里，闭上眼睛，似在回味。

嫌弃心终于被好奇心战胜，作家用筷子沾了沾鱼肉上的酱汁，试探地尝了一小口。

作家：“……”

列车长笑，有点恶作剧得逞的意味。

当一条鲜美的大肥鱼只剩下骨架时，作家还有些意犹未尽。

“这应该不是列车餐，从哪里弄来的？”

列车长动作优雅地用餐巾擦干净嘴角，眼睛望向窗外，也不知道在那漆黑一片的世界中能看见什么。

列车忽然减速，似乎很快就会停下来。

作家意外：“嗯？有乘客要上来吗？”

列车长站起身：“跟我来。”

这是作家上车之后第一次离开列车，也是他第一次看到列车长在没有乘客的情况下让列车停下。

午夜零点，列车停靠的地方看上去是个滨海小镇，整个镇子尚处于沉睡中，安静得能听到远方隐隐传来的海浪声。此时作家和列车长正站在一间破败的餐厅前，餐厅大门上方悬着牌匾，借着零点列车的灯光可以清楚地看到上面的字——夏家海鲜屋。

“这是什么地方？”

“你不是好奇那条鱼是哪里来的吗？这家海鲜屋的主人就是烹饪者。”

“可是这里窗户结满了蛛网，院子里都是杂草，看上去已经很久没有人住了。”

“是啊，这里的主人离开了，那条鱼是他在零点列车上做的。”

零点列车上的时间是静止的，所以那条鱼就像刚出锅般鲜美。

“哦？这里的主人是零点列车的乘客？”作家立刻来了精神。

列车长看了作家一眼，勾起唇角：“想知道他的故事吗？”

作家以手抚胸，学着列车长平时招待乘客的样子行了个礼：“洗耳恭听。”

列车长目光再次落到那块写有“夏家海鲜屋”的牌匾上，仿佛陷入了回忆。

“说起这家海鲜屋的主人，还真是个难得勤奋又可爱的男孩……”

2

自从父母出车祸双双去世，夏青木就放弃了大学学业，到了一家星级酒店做起了帮厨，凭借微薄的薪水抚养还在上小学一年级的妹妹。

因为肇事司机逃逸，夏家兄妹并没有获得什么补偿款，父亲生前为了生意周转又借了很多钱，听闻他的死讯之后，债权人纷纷找上门，夏青木迫不得已，只好将夏家三代经营的海鲜屋抵押出去，向银行贷款还债。

为了尽早还清贷款，不让夏家家传的海鲜屋落得个被拍卖的下场，夏青木只好没日没夜地拼命工作，几乎完全放弃了休息娱乐的时间，因此他身上总是充满了厨房的油烟味，即便他长得很俊秀，脾气又是千百年难遇的好，也没有女孩子愿意接近他。

这世界上唯一不会嫌弃夏青木，并且深深爱着他、崇拜他的人，大概就只有妹妹夏青水了。

“小水！”

站在小学校门口，穿着白衬衫的夏青木在蜂拥而出的小朋友里轻而易举找到了自家妹妹，冲她挥了挥手。

“哥哥！”梳着羊角辫的小丫头像个小炮弹一样射进夏青木怀里，一双肉肉的胳膊紧紧抱住夏青木的腰，树懒般吊在他身上。

牵着夏青水的小手走在回家的路上，途经菜市场，夏青水忽然拉了拉夏青木的衣角，指着旁边一个卖观赏鱼的小摊，“哥哥，带我去看鱼！”

也许因为夏家三代经营海鲜餐馆，夏青水似乎从小就对鱼类有着浓厚的兴趣。

“小水，那些鱼不是吃的。”

不能吃么……

夏青水有些失望，不过还是紧盯着鱼摊挪不开步子。

“那我只是看看可以吗？”

夏青木没办法，只好带着妹妹走到鱼摊边。鱼摊老板很热情地招呼他们，向他们殷勤介绍各种观赏鱼，然而无论老板说得如何天花乱坠，都吸引不了夏青水的注意力。此时她正蹲在鱼摊角落，目不转睛地盯着一个不起眼的玻璃瓶。

玻璃瓶里面只有一条小金鱼，不是那种常见的肚子鼓鼓、眼睛凸出来的观赏金鱼，它身长半个手掌，细细一小条，轻盈灵活，通体金色。

“老板，这条鱼多少钱？”夏青木见妹妹看那条鱼看得眼睛都发直了，觉得好笑，决定将这条鱼买回去。

老板有些为难：“小哥别看这条鱼现在好看，其实不是观赏鱼，长得大一些就和我们平时吃的那种鱼没什么区别了，我本来是打算把它养肥一点煮汤喝的。”

“没关系，我妹妹她好像很喜欢这条鱼，您出个价吧。”

说话间，玻璃瓶里的小金鱼忽然在水中打了个旋，发出一串气泡。

夏青木忽然有种奇怪的感觉，觉得那条鱼好像看了自己一眼。

回到家以后，夏青水将小金鱼从玻璃瓶里倒出来，放进新买回来的鱼缸中。

从狭小的容器中脱身，进入宽敞很多的鱼缸，小金鱼似乎很雀跃，在水中不停地游来游去，漂亮的鱼尾轻轻摆动着，展示出上面美丽的花纹。

夏青水一直蹲在鱼缸前看，家里养的小花猫也凑过来和她蹲在一起。在一猫一人炯炯有神的目光中，小金鱼竟然也没有丝毫压力，依然悠闲自得地在水中徜徉。

夏青木还要回酒店上晚班，进门后就马不停蹄地给妹妹准备晚饭，等晚饭做好端上桌，见妹妹和小花还在那里看鱼，走过去一左一右同时摸了摸妹妹和猫的脑袋：“这条鱼不能吃哦。”

夏青水：“为什么不能吃？”

小花：“喵！”

夏青木：“因为它太小了啊。”

夏青水：“那等它长大一点就可以吃了吗？”

小花：“喵！”

夏青木：“嗯……应该可以吧，如果你到时候舍得吃它的话。”

鱼缸里一直游个不停的小金鱼忽然不动了，安静地悬浮在水中。

夏青木再次产生了那种奇怪的感觉，不对，甚至比刚才在鱼摊旁的感觉还要奇怪！

这条鱼好像在看他，而且……似乎在笑？

可是鱼怎么可能会笑呢？

夏青木心想，一定是他最近太累出现了幻觉。

3

夏青木上完晚班再回到家，已经是深夜。

卧室内的台灯还亮着，夏青水已经睡着了，枕头边团着一只打呼噜的毛团，正是睡得比人还死的小花。

夏青木轻手轻脚走过去替夏青水盖好踢开的被子，从地上捡起她看了一半的故事书，本来想直接合上，无意间瞥了一眼，发现翻开的那一页讲的居然是渔夫和金鱼的故事。

故事的开头总是那句老掉牙的话——

“很久很久以前，有一个渔夫，他从海里捕到一条金鱼，金鱼说：老爷爷放了我吧，不管你提什么要求我都会答应你。善良的渔夫见金鱼竟然会说话，便直接放了它，说自己什么都不需要。回家后渔夫和妻子说了这件事，妻子却很生气，对渔夫说：你没看到家里的茅屋已经漏雨了吗？！好歹让那条金鱼把我们的茅屋换成宽敞牢固的瓦房啊……”

这个故事夏青木从小就听过，又给妹妹念过很多遍，自然知道后面发生了什么——

贪得无厌的渔夫妻子不停地让渔夫向金鱼索要东西，最后金鱼生气了，将一切变回了原样，渔夫夫妇又回到了那间破烂的茅草屋，过着贫苦的生活。

也许是今天买了条金鱼，小丫头脑子里又开始胡思乱想了吧？

夏青木看着熟睡的妹妹，唇边露出温柔的笑。他回头看了眼依然放在地上的鱼缸，走过去将鱼缸拿起来放在桌子上。

鱼缸旁边就是台灯，柔和的灯光倾泻在水面上，将清水染得一片金黄，更衬得那条小金鱼身上金光闪闪，像金子一样耀眼。

“你也是一条能帮助人实现愿望的金鱼吗？”

夏青木撑着头趴在桌边，轻轻在鱼缸的玻璃上敲了两下。

“那么请让我的厨艺越来越好，快点赚钱将夏家的海鲜屋赎回来吧，如果你帮我实现了愿望，我就将你放回大海。”

说这番话时，夏青木完全没有当真，他困得打了个哈欠，晃了晃脑袋，将那本故事书放回书架，关了台灯去洗澡，并没有注意到，就在他转身离开妹妹房间的时候，鱼缸里的那条小金鱼一下跃出水面，居然就这么凭空消失了！

第二天一早，夏青水醒过来，看到空空的鱼缸，伤心得大哭出来。“金鱼！我的小金鱼……”明明昨天晚上还在鱼缸里的，怎么会不见了呢？难道是自己跳出来死了？夏青木将屋子翻了个遍，也没见到金鱼的踪影，最后不得不将目光转移到屋子里最有可能“犯案”的嫌疑人身上。

“小花，说，是不是你偷吃了鱼！”

小花：“喵！”

小花什么也不知道，小花心里很委屈。

为了安慰妹妹，夏青木将无辜的小花抓过来，在它的胖屁股上狠拍了两下以示惩罚。

小金鱼不见了，夏青水很难过，但是又不忍心小花挨揍，只好将心碎的泪水吞进肚子里，红着眼睛泪汪汪地去上学了。

夏青木松了口气，不由暗骂自己愚蠢。

鱼怎么可以和猫一起养呢？简直是作孽啊。

4

早晨的不顺似乎预示着倒霉的一天即将开始。平日里特别喜欢找茬的主厨今天脾气更加暴躁，折磨人的手段也在不断升级。

“我不是告诉你要按照我写的食谱做吗？！你算什么东西，居然胆敢改动我的食谱？！”

“主厨，这道浇汁鱼排的确是按照您吩咐的方法做的，只是我在处理鱼排的时候加了一点蜂蜜，这样烹饪出来的鱼排口感会更加滑嫩，也便于浇汁入味……”

“闭嘴！”肥胖的主厨眼睛几乎瞪得凸出来，抄起一个铁盘向夏青木扔过去。

夏青木不敢躲开，因为他知道如果这次躲了，下次会招来主厨变本加厉的报复和惩罚。

自从他代替翘班的主厨烹饪了两道主菜之后，主厨就再也不让他用自己的方法做料理，而且开始处处刁难他，似乎打定主意让他受不了折磨尽早滚蛋。但是小镇子里的星级酒店只有这一家，也是帮厨薪水最高的地方，夏青木急着赚钱，不得已只好忍耐。

飞旋的铁盘毫不留情打中夏青木的额头，被砸的地方立刻红肿起来。

“对不起主厨，是我错了。”夏青木低声道歉。

“你做的这是料理吗？真不知道是哪个蠢货教你这样做鱼，简直是猪食！”

夏青木原本是一动不动地垂着眼，听到这里忽然抬眸，死死盯着主厨，垂在身侧的两只手攥成了拳头。

“怎么？臭小子还敢瞪我！信不信我一句话就让你扫地出门？”主厨说着将夏青木做的那份鱼排托在手里，似乎要直接将鱼排糊在他脸上。

就在事态一触即发时，厨房的门开了，主管餐饮部的经理急匆匆跑进来。

“浇汁鱼排做好了吗？点这道菜的客人对我们来说很重要，怠慢了他我们全都要卷铺盖回家！”看到主厨手中端着的鱼排，经理顿时松了口气，“原来已经做好了！快点准备餐车，我要亲自送菜！”

这突如其来的变故让厨房僵滞的气氛重新活络起来，大家各自忙着准备，只有夏青木一个人还僵硬在原地。

“还站着做什么！去处理那边的辣椒！像你这样的蠢东西，根本不配做菜！”

夏青木咬了咬嘴唇，最后还是什么都没说，顺从地到角落里去处理红辣椒。

“记得不要戴手套，身为厨师，必须要学会用自己的皮肤去体验各种食材，懂吗？”主厨不怀好意地笑，故意让夏青木将最辣的红辣椒切碎，其实这种工作用绞碎机就可以完成。

辣椒的汁液很快将夏青木的十指染红，辛辣的气味散发出来，只要稍微靠近眼睛就会刺激得流泪，可想而知那些辣椒汁沾到手上会有多疼。

一位平时待夏青木还算和善的前辈在经过时微微叹了口气。

主厨之所以要如此对待这个年轻人，不过是出于恐惧罢了。因为他看到了这个人身上的才华，也心知肚明，夏青木的烹饪技术远在自己之上。主厨担心自己会被取代，所以才要想方设法排挤。但是又能有什么办法呢？厨房是主厨的地盘，只要他想压着，永远都不会有夏青木出头的机会。

大概过了半个钟头，餐饮部经理去而复返，神色有些紧张地对主厨道："点了鱼排的客人要见你，快点换上干净的衣服和我出来！"

5

传说中的尊贵客人，正是最近打算注资酒店的财团公子，对美食颇为挑剔。

"这道鱼排是你做的？"

"是，是的先生。"

真不知道为什么，面前这位客人年纪不大，却能给人一种强大的压迫感，在那两道犀利目光的注视下，主厨手足无措，连说话都结巴了。

"恕我冒昧，请问这里面是否加了蜂蜜？"

主厨没有事先尝过这道菜，见客人这样问，便以为是蜂蜜毁了鱼肉的味道，引起客人不满。想到这里，他对夏青木更是恨得咬牙切齿，很想告诉别人那蜂蜜不是他加的，但是酒店有规定，所有经典主菜必须由主厨亲自完成，不得让他人插手。

很不凑巧，这道浇汁鱼排就是经典主菜之一。

偷偷瞄了眼站在后面的经理，尽管不情愿，主厨还是硬着头皮承认："是的先生，在处理鱼排的时候加了一些蜂蜜。"

客人轻轻哦了一声："那么，你是如何用蜂蜜处理的？"

如何处理？主厨不解，这有什么好说的？

"比如你是在鱼死之后多久加的蜂蜜，鱼肉和蜂蜜的比例是多少，腌制的时间、温度，期间有没有加其他的食材？”

主厨额头冒汗，他根本不知道往鱼肉里面加个蜂蜜还会有这么多门道，所以只好胡乱说了一通应付，笃定这位富家少爷只是吃饱了撑的没事找事，凑个热闹罢了，难不成还真的能像电视里那种美食家一样，将饭菜的火候作料都尝出来？

“说谎。”

安静地听主厨说完，客人沉默片刻，只说了两个字，语气虽然很轻，却透着冷意，就像是有人忽然将室内的冷气降了十度，让在场所有人忍不住打了个哆嗦。

“我要见这道菜真正的厨师。”

主厨支支吾吾还想辩解，餐饮部经理脸色铁青地压低声警告：“快去把做这道菜的人找来！你想被解雇吗？”

夏青木推开贵宾包厢的门，一眼便看到了坐在餐桌旁的男人。男人穿着剪裁精良的手工西装，即使坐着也能看出身材极好。很奇怪，虽然夏青木很确定自己是第一次见到这个人，却莫名觉得他很熟悉。男人外表看上去只有二十多岁，深邃的眼睛里却透着一种岁月沉淀的泰然，以及某种不可一世的高傲，像是久居高位的长者。然而当男人看到夏青木走进来的时候，眼睛里那层高高在上的疏离感却消失不见了。

“先生您好，我是这道菜的厨师，不知道您觉得有什么问题呢？”夏青木穿着干净的双排扣厨师服，腰间系着暗红色围裙，恭敬地向男人行礼。

男人胳膊搭在椅子扶手上，支着脑袋看了夏青木好一会儿才开口，将方才问主厨的问题重复了一遍。

夏青木对答如流，介绍自己如何用蜂蜜腌制鱼肉。

男人在夏青木说话期间一直注视着他，等他说完，点点头：“很好，这是我吃过的最好吃的鱼排。”然后他忽然站起身，抬手摸向夏青木的额头。

夏青木吓了一跳，下意识往后退了半步，却还是感觉到男人指尖冰凉的触感。

“这是怎么弄的？”男人的眸光似乎不经意地向主厨那边转动了一下。

夏青木这才反应过来，自己的额头刚才被主厨用金属盘子砸伤了。

“是我自己不小心碰到的。”

“还疼吗？”

这种感觉真奇怪，被一个陌生人如此关心。

“多谢先生关心，不疼了。”

男人深深看了夏青木一眼，什么都没有说，准备离开时与餐饮部经理错身而过，淡淡道：“如果我是你，我会试着让他做点别的菜。”

当天晚上，酒店餐饮部召开高层会议，在品尝过夏青木烹制的十几道菜肴之后，一致决定开除之前的主厨，将夏青木升任为新主厨，薪酬翻十倍。

“年轻人，好好干，你做的菜真的很好吃！尤其是海鲜类菜肴，简直让人欲罢不能！”

夏青木呆若木鸡，看到前任主厨灰溜溜打包行李离开的样子，不敢相信幸福来得如此突然。算一算变化后的薪水，他发现只要在这里工作一年，就可以将银行的贷款全部还清了！即使不再出去打别的零工，日子也可以过得很宽裕！

想到很快就能将父母的海鲜屋赎回来，夏青木瘫坐在空无一人的厨房里，激动得眼眶湿润。

“哗啦——”

一阵水花声传来，是厨房水族箱里的鱼在摆动尾巴。

不知道为什么，这一刻，夏青木忽然想起了那条消失在自家鱼缸里的金鱼。

6

成为主厨之后的夏青木比以前更忙了，管理一个星级酒店的厨房并不是那么容易的事，更何况在他接任主厨之后，酒店餐厅的生意越来越好，很多食客慕名而来，他需要时时刻刻盯着。

“小水！”气喘吁吁地跑到小学校门口，看到夏青水一个人孤零零站在路灯下，夏青木十分愧疚。

“哥哥，你怎么又是最后一个来接我……”夏青水咬着嘴唇，努力忍住不哭。

“小水对不起，是哥哥不好。”夏青木将妹妹抱起来柔声安慰，“晚餐给你买最爱吃的鱼丸面好不好啊？”

夏青水不吭声，嘴唇咬得更用力，憋了好久终于大哭出来，小动物一样趴在夏青木肩膀上抽泣，“我想吃哥哥煮的饭，不想再吃外卖了。”

“好，今晚哥哥给你做饭。”夏青木轻拍着妹妹的后背，微微叹了口气。

以前做帮厨的时候他还能给妹妹按时准备晚饭，如今却只能让小家伙吃没有营养的快餐食品。小孩子正在长身体，这样下去不是办法，夏青木琢磨着是不是应该请一个家政阿姨照顾妹妹。可是这样一来就要增加一笔不小的开销，想要还清贷款的日期就要往后拖延了。

因为一直在想事情，夏青木心不在焉的，完全没注意到自家门口居然蹲了个大活人，直到脚下踢到什么东西，听见一声幽怨的闷哼，他才惊得回过神。

黑漆漆的楼道里什么都看不清，夏青木只能隐约辨别出门口蹲着一个人。

黑灯瞎火一声不吭地蹲在别人家门口，估计不是好人。

夏青木将妹妹放下来护在身后，警惕地退后。

“什么人？请快点离开！不然我就喊了！”

“噗嗤”一声笑，那人慢悠悠站起来。

“你喊啊。”

这声音听起来有些熟悉，夏青木愣了愣，急忙拿出手机，借着屏幕亮光终于看清了面前这人的样子，惊讶得瞪大了眼睛。

“你是……那位点鱼排的客人！”

男人没有回答，而是凑过来，手直接伸进夏青木的外衣口袋，掏出房门钥匙。

“借地方洗个澡。”

男人将门打开，就这么不请自入地登堂入室了。

夏青木惊呆，很快就听见浴室里传出放水的声音。

“喂！先生！”

夏青木冲进浴室，发现男人已经舒舒服服躺进放满水的浴缸里，连衣服都没脱，就这么把自己直接泡在冷水里，头也完全浸没在水中。

水面“咕噜噜”冒着小气泡，好像有人在水里养了鱼。

“先生！”看着对方在水下吐泡泡，实在是令人胆战心惊，夏青木费了九牛二虎之力才将男人的头拉出水面，扑腾得浑身是水。

“太干了，让我再泡一下。”男人闭着眼睛还想往水里钻。

夏青木快崩溃了，想泡澡去别的地方不好吗？！外面那么多澡堂，为什么非要来他家浴缸？

男人终于睁开眼，看见夏青木狼狈的样子，居然显得十分愉悦。他的眸色比大多数人浅淡，带着湿淋淋的水汽，让人情不自禁联想到深海的颜色。

“很抱歉打扰到你，只是我最近破产了，身上一分钱都没有，也没有地方住。我们是很要好的朋友，所以我猜你应该不介意我在这里借住。”

这句话信息量太大，夏青木需要点时间才能消化。

很要好的朋友？他好像……还不知道他的名字吧？

“好了，既然事情已经讲清楚，方便的话可以出去吗？顺便关门，谢谢。”

夏青木：“……”

夏青木不明白，他只是稍微想了一下要请个家政阿姨回来而已，为什么招来一位难伺候的大爷上门？难道这就是老天对他想要偷懒的惩罚？

7

因为急着回去工作，夏青木终究没来得及给妹妹做晚饭，叫了两份便当，又给小花撒了把猫粮，就马不停蹄奔出家门了。当他再次拖着筋疲力尽的身体从酒店出来，才反应过来自己一直没有吃东西，肚子空空，又累又饿。

世界是多么奇妙，酒店的主厨居然也会饿肚子。

不过一想到家里的不速之客，夏青木忽然又觉得这个世界不只是奇妙，而是可以用玄幻来形容了。

站在家门口，夏青木将钥匙插进门锁，还没来得及转动，房门却先一步从里面打开了。

“你回来了。”男人站在门口，似乎等了很久。

夏青木拿着钥匙的手悬在半空。

空气中隐藏着淡淡的饭香，深夜归家，迎接他的不再是冷清与黑暗。

有点不习惯……

“哥哥吃饭了吗？”夏青水的脑袋从男人身后冒出来，脸蛋红扑扑的，好像很兴奋。

“已经吃了哦，这么晚，小水怎么还没有去睡觉？”

“哥哥说谎！吃了饭为什么还要买便利店的三明治回来？”夏青水一针见血戳破谎言。

“喵！”小花十分配合地将夏青木藏到身后的购物袋一爪子挠碎，里面的速食品掉了满地。

人赃并获，无言以对。

一猫一人用谴责的目光注视着夏青木。

夏青木：“好吧，是哥哥错了，哥哥不该说谎。”

“哥哥既然没吃饭，那就快去洗手吃饭吧！漂亮哥哥做了很好吃的盖饭给你哦！”夏青水拉着哥哥的手跑向餐桌。

看着桌上的咖喱猪排盖饭和杂菌汤，夏青木有些不敢置信。

“这都是……你做的？”

“时间太晚了，只能吃一些简单的，试试看。”男人替夏青木拉开餐椅，他的衬衫领口开得很松，低头时露出后脖颈下一小块金色的纹身。

那纹身的颜色和花纹让夏青木觉得莫名眼熟，似乎在什么地方见过，却又想不起来。

筷子轻轻戳在看似已经冷掉的猪排上，伴随着轻微的一声脆响，焦酥的外皮破裂，滚烫的肉汁从里面流淌出来，浸透了晶莹洁白的米饭粒。整个盖饭像是顷刻间被人从沉睡中唤醒，咖喱的浓郁、米饭的甜糯、猪肉的醇厚，混合为一种令人着迷的香味。

夏青木下意识吞了吞口水，低头咬了一口沾着咖喱的猪排。

“怎么样？”

夏青木细细咀嚼，再将猪排咽下去，半天没有说出话。

他从来没吃过这么好吃的猪排饭！

又夹了一口米饭，夏青木惊讶地抬起头看向男人：“这米饭……”

男人在夏青木对面坐下来，单手撑着下巴，似乎在等待夏青木的评价。

“这米饭里加了酸梅屑？”

男人的唇角牵起：“真是敏感的舌头。”

酸梅的味道不是很明显，若有若无的，却巧妙地化解了肉汁的油腻，让人吃了一口还想立刻吃第二口。

夏青木又喝了汤，这次彻底被男人的厨艺征服了。

看起来不过是一碗普通的杂菌汤，可是为什么一点菌类的土腥味都没有？汤汁里完美保留下菌菇特有的鲜味，而且能把数十种菌菇的味道融合在一起，每一种的口感还完全一样，这就要求在煲汤时需要根据不同种类菌菇的耐煮性分不同时间下锅。

“你……”

“嗯？”

“你做的饭很好吃。”

“哦？只是这样？”

“还有……”

“还有什么？”

“谢谢。”

男人这次终于笑了，浅色的眸子滑过幽光：“不胜荣幸。”

吃完饭端着空碗走进厨房，夏青木再次呆住了。

眼前这个一尘不染、到处闪亮发光的地方是哪里？他家厨房吗？

“哥哥，你要不要去看看你的卧室？”夏青水有些同情地看着哥哥，善意地提醒。

事实上，目前家里唯一还比较“正常”的地方就是现在他们所在的客厅了。夏青水问过漂亮大哥哥，为什么只有客厅不打扫。漂亮大哥哥神秘地笑了笑，说因为只有这样才会给哥哥惊喜。

夏青木立刻跑去卧室，看到被整理得一丝褶皱都没有的床单，还有阳台上挂着的一排飘着洗衣液清香的衣服，眼皮直跳。他打开衣柜门，发现所有的衣服都被叠成同样大小的方块，整整齐齐码放成几摞，像商店里的展柜。

身后传来脚步声，夏青木艰难地转过头去看男人，脑子里只剩下一个念头——家里这是来了个田螺先生吗？

男人抱着双臂，悠闲地倚靠在门口，小花在他脚边“喵喵”地徘徊。

“我用我的劳动来换取住在这里的权力，觉得这个交易怎么样，夏主厨？”

8

相处的时间久了，夏青木渐渐发现，男人虽然心甘情愿给他们家做“田螺先生”，实际上骨子里却是骄傲又固执的人。

比如夏青木问男人叫什么名字，男人说他叫金尾鲛。

“金伟焦？好别扭的名字。”

“也可以叫我金殿。”

“金殿？殿堂的殿？”

“殿下的殿。”

“那不是一个字吗？”

“虽然是一个字，但是意义不一样。”

再比如夏青木问男人为什么不出去做厨师，凭借他的厨艺，想要维持生计并不难，何苦在他们家里蹭吃蹭喝做保姆。

“如果你需要的话，我可以帮忙在酒店里给你找份工作，待遇应该不错。”

“不。”

“为什么？”

“我怎么可能给平凡的人类做饭？”

“可是你给我和小水做饭了啊。”

“我怎么可能给除了你和小水以外的平凡的人类做饭？”

“……”

有了“田螺先生”，夏青木的日子过得越来越舒坦。不论多晚回家，总会有热乎又美味的饭菜等着他，他不需要操心家务，不用记挂着喂猫，更不用担心妹妹的接送问题。

小丫头对男人的依赖与日俱增，甚至超过自己的亲生哥哥。

“金殿哥哥长得帅气，会做好吃的东西，会准时来接我放学，又会陪我玩，还在睡前给我讲故事书上没有的故事，所以还要哥哥做什么呢？”夏青水如是说。

除了没良心的小丫头，家里的猫也有想要另投明主的迹象。

看着总是在男人身边转来转去，抓紧一切机会抱住大腿又舔又蹭的小花猫，夏青木有些郁闷，更多的却是不解。

这太奇怪了，小花一向不喜欢亲近陌生人，怎么见了男人就像看到小鱼干，哪怕被嫌弃地一脚踢开，下一秒又会屁颠屁颠满脸幸福地凑过去，甚至还会没出息地流出口水？

一家之主地位不保，夏青木感觉到了威胁。

然而在一个大雨的夜晚，当夏青木看到那个站在酒店门口，撑着伞在雨中等他下班的男人，他忽然意识到，在这个家里似乎不仅仅是小水和小花，恐怕就连他自己，也开始对这个突然闯入他们生活的人产生了深深的依赖。

男人对夏青木来说，就像无微不至的朋友，分享他的喜怒哀乐，又像体贴慈爱的兄长，照顾他的饮食起居，更像是慷慨无私的导师，毫无保留地传授给他烹饪的秘诀。

夏青木原本濒临崩溃的生活就这样被他一点点修补，变得不再畏惧风雨，就像渔夫和金鱼的故事，破旧的草房变为牢固的屋舍。

男人几乎无所不能，如果一定要从他身上找出什么不足，那就是他太喜欢洗澡了，而且每次洗澡都要在水里泡很久，常常会让夏青木产生“这人该不会是洗澡淹死了”的担忧。

夏青木曾好奇地问男人：“你洗澡为什么不放热水？不会觉得冷么？”

男人却摸了摸下巴，颇为认真道：“不会觉得冷，也许因为我是冷血动物。”

夏青木自然不会将男人的话当真，不过有时候无意间碰到男人的皮肤，的确感觉他的体温很低，冷冰冰的，让夏青木想到每天都会在厨房里接触到的虾蟹鱼贝。

难得拥有一个休息日，夏青木决定带妹妹去海边玩，临出门时却在信箱里发现一张邀请函。

这是一张美食比赛的邀请函，作为星级酒店主厨，夏青木可以跃过海选赛，直接参加决赛。这个美食比赛在国内享有盛誉，一旦获得冠军，便可以跻身国内一流主厨行列，只是比赛的规则有些特殊，最后的决赛时间会连续不断持续十小时，每个参赛者都要做二十道菜，从甜品到主菜再到主食汤羹，全都要由主厨亲自设计完成。

夏青木喜出望外，再三确认邀请函上写的是自己的名字。如果能在这场比赛中获胜，不但所得的奖金能一次性还清贷款，冠军的名誉也能为他们夏家的海鲜屋带来无上荣耀。

"哥哥，你在看什么？为什么这么高兴呀？"

夏青木眼睛发亮，一下将妹妹抱起来，在她脸蛋上用力亲了一下。

"小水！我们也许很快就能拿回海鲜屋了！"

夏青水的眼睛一下瞪得圆圆的："哥哥有钱了吗？"

"现在还没有，不过如果哥哥赢得这个比赛，就可以将海鲜屋拿回来了！而且以后我们的海鲜屋也会有很多客人来哦。"

"那我们可以搬回海鲜屋去住了吗？"

"是啊，可以搬回海鲜屋住，小水可以回到小时候的房间了。"

夏清水想了想："金殿哥哥也会和我们一起搬去海鲜屋住吗？"

夏青木回答得不假思索："当然了，海鲜屋那边很宽敞，金殿哥哥当然也会和我们一起住。"

洒满阳光的公寓满是欢乐的气氛，夏家兄妹脸上的笑容灿烂得耀眼，好像美食的芬香，肆意地飘散在这小小的空间内，让身处其中的人也受到感染。

男人抱着双臂倚墙而立，看着被希望点燃双眸的一对兄妹，浅色的眼睛里也带着不易察觉的笑意，然而他那映在地上的悠长身影，却在阳光的衬托中显出几分落寞。

9

为了赢得比赛，夏青木开始加倍努力地磨练厨艺，不但工作时间对自己严格要求，每道菜都精益求精，回到家之后更是废寝忘食地钻研新式菜品，每天睡眠不足三小时，却依然元气满满，好像根本不知道疲倦。

“这样下去没撑到比赛你就会倒下去的。”还有三天比赛，男人将夏青木强拖到床上，戳着他的黑眼圈命令，“好好休息一天。”

夏青木从收到邀请函开始就一直保持在亢奋的状态，即便躺在床上也睡不着，兴奋地盯着天花板不停地和男人说话，似乎这样就能稍微释放紧张的情绪。

“你知道吗，半年前我们家买回来一条金鱼，我当时还对它许愿，想要多赚些钱赎回海鲜屋，是不是很傻？不过现在愿望居然一样一样实现了，我成为主厨，薪水是以前的十倍，现在又被邀请去参加美食比赛……说不定那条金鱼真的有魔力。”

男人在床边叠新洗好的衣服，听到这里动作微顿，冷淡道：“这都是你自己努力换来的成果，和金鱼有什么关系？”

“难道你没听说过渔夫和金鱼的故事？”

“没有。”男人面不改色地说谎。

于是夏青木将故事讲了一遍。

男人：“……”

夏青木叹了口气：“也不知道是怎么回事，我居然有点害怕。”

“害怕什么？”

“害怕像童话故事里写的那样，一切都只是梦幻泡影，一夜间美梦破碎，一切又回到原样。”

男人叠衣服的动作再次停顿，片刻后才低声道：“不会的。”

夏青木打了个哈欠，终于有了睡意，翻了个身，闭上眼睛自言自语：“感觉好奇怪，总觉得拿回海鲜屋就会失去什么……”

夏青木绝对没想到，就在比赛的前一天晚上，自己竟会遭到暗算。

下班回家的路上，夏青木被人蒙住头拖进偏僻的巷子里打了一顿，虽然身上没有受很严重的伤，但是那伙人用烧红的铁棍烫伤了他的双手。

回家后男人看到夏青木的样子，目光顿时变得凌厉如刀，几乎能杀人。

“知道是谁干的吗？”男人一边帮夏青木包扎一边问。

“我的头被罩住了，什么也看不到，但是我听到了一个人的声音。”

男人微眯双眼，已经猜到了是谁：“那个主厨？”

夏青木默认，但此时相比于仇恨，他心中更多的却是沮丧。

双手烫伤得这么严重，明天根本无法参加比赛。

“算了，是我太贪心了。就算不参加比赛，我认真努力工作，再用半年时间也能凑够钱赎回海鲜屋。”夏青木情绪低落地坐在床边，任凭男人在他手上缠绕绷带。

“我记得比赛时可以带一个助理。”

夏青木猜出他的意思，坚决地摇头：“不可以，不能让你替我参加，虽然你的烹饪技术远超过我，但我想凭自己的实力获得冠军。”

“我并没有说要代替你参赛，我只是做你的助理。”

夏青木抬起头，与男人视线相对。

“如何处理食材，如何掌握火候，如何加调味品，我只会听从你的指示，不会有丝毫的干预。我没有思想，没有主观认知。”

将绷带两端打上结，男人捧起夏青木被裹得像粽子一样的手，看着他的眼睛：“夏青木，从这一刻起，我就是你的双手。”

双手打着绷带的夏青木出现在比赛现场，几乎立刻吸引了所有人的目光。

比赛开始，当人们弄清楚夏青木打算如何烹饪时，脸上的表情全都从疑惑转为了不可置信。

“现在将鱼肉块下锅。”

“可以加盐了，再多一点，不对，多了，嗯，可以。”

“打三个生鸡蛋。”

“加两滴柠檬汁，还有辣椒粉。辣椒粉只用三分之一勺。”

正如男人所说，他完全不会有任何主观意识，夏青木告诉他该做什么，他便做什么。

见此情景，那些原本想提出质疑，觉得夏青木有请人代赛嫌疑的裁判，集体沉默了，甚至为他们惊人的默契度而喟叹。

时间一分一秒地过去，夏青木用一双特殊的“手”，完成了一道又一道菜品。他这次设计的是全海鲜宴，二十道菜全部由海鲜组成，就连甜品都是特制的鱼子酱布丁。为了保证食材新鲜，夏青木特地带了几个水族箱，将海产品存放其中。

比赛进行过半，已经连续工作将近五小时，男人脸色苍白，额头上都是虚汗，似乎很不舒服。

“你怎么了，还好吗？”

“没事，只是太久没洗澡了，这里炉灶太多，烤得人口干舌燥。”

夏青木无语，明明今天早上出门前还在浴缸里泡了三个钟头，居然说好久没洗澡了。

又过了一个多小时，男人呼吸变得粗重，夏青木不得不停下来，正色道：“如果不舒服不要硬撑，我们可以随时停止比赛。”

“夏主厨，你应该把更多的注意力放在食材上，而不是我身上。这么关心我，难道你想吃的是我？”

夏青木一阵脸红，只好专心烹饪，余光里瞥到男人的后颈，惊讶地发现他那块金色的纹身竟然变大了，而且纹身的图案边缘闪闪发光，很像是细小的鳞片。

随着时间的推移，男人的状况越来越不好，能看出他很难受，但是每当夏青木要问什么，他都会十分严厉地看着夏青木，让夏青木不敢开口。

终于，最后一道菜烹制完毕，男人似乎如释重负，也顾不上看这最后一道菜的得分，做出了一个令全场观众震惊的举动——他竟然将自己的头扎进水族箱里！

夏青木错愕，走过去轻拍男人的背，却发现他的衣服早已被汗浸透，一向低温的身体烫得像发高烧的病人。

10

夏青木果然在美食大赛中获得了冠军，他的全海鲜宴得到评委的一致高分。夏青木用比赛得来的奖金还清了所有银行贷款，辞去了星级酒店的工作，重新装修已经变得十分落魄的海鲜屋。

海鲜屋邻近海滨，站在二层小楼的院子里，能感受到从海面吹来的咸湿空气。

"如果没有你的帮忙，我不可能完成比赛。"站在夏家海鲜屋大门前，夏青木望着那块由爷爷亲手题字的牌匾，心潮起伏，"从今以后，你是这家海鲜屋的半个主人，无论发生什么，这里都有你的房间。"

身边的男人没有说话。

事实上，自从那天比赛结束，男人就开始变得沉默寡言，喜欢将自己锁在浴室里。

"哥哥，你猜猜我找到了什么！你小时候的日记本哦！就在妈妈的床底下！"夏青水的小脑袋瓜从二层的某个窗口探出来，手里抓着一本书兴致勃勃地挥舞着，然后竟然随便翻开一页大声朗读起来。

"今天是我六岁的生日，天气特别好，我和爸爸一起去海上捕鱼。捕鱼很有趣，我还在海上听到了火车的鸣笛声。我捕了很多很多的鱼，其中有一条居然是金色的……"

"夏青水！"夏青木尴尬得满脸通红，终于把他的好脾气丢到了九霄云外，气势汹汹地冲上楼去教训妹妹。

男人听到兄妹两人打闹的声音从窗口飘来，间或夹杂几声猫叫，唇边扬起安静的笑。

海风吹动他的额发，发梢在眼前轻轻拂过，他的眼眸在阳光下显现出深海般的颜色。

夏家海鲜屋重新开张，美食赛冠军在这里掌厨的消息不胫而走，还没等到正式营业，预订已经排满了三个月。

夏青木和妹妹从公寓里搬出来，住回了海鲜屋。

开业典礼这一天，夏青木早早起床，却发现男人不在，他起初并没有在意，以为男人去海边散步。男人似乎特别喜欢海，自从搬来了海边他就将洗澡的阵地从浴缸转移到大海中，所以偶尔找不到他，夏青木也不会特别担心。

然而直到典礼结束，男人都没有出现。

他再也没有出现。

夏青木找男人找得发疯。

好好的大活人怎么会凭空消失？！

夏青木以为男人是去海里游泳出了事，报警，找搜救队，甚至在电视上登了寻人启事，能想到的方法他都尝试了，但是这个人就好像人间蒸发，再也没有音信。

男人失踪一年之后，夏青木终于意识到，他再也不会回来了，那个在他生命中最艰难的时候出现，帮助他一步一步实现梦想的朋友，就这样没有任何征兆地离开了他。

生活又恢复了男人出现之前的样子，为了照顾好妹妹，夏青木聘请了一个家政阿姨，可是小丫头却不像以前那样爱笑了，她总会撑着脑袋发呆，有时候看着窗外，有时候看着桌上空空的鱼缸。就连小花也没精打采，幽怨地趴在男人之前睡过的床上，好像被人抢了全世界的小鱼干。

“哥哥，你给我讲个故事吧。”这天晚上，夏青水缠着夏青木不肯乖乖睡觉，一定要让他给自己讲金鱼的故事。

“很久很久以前，有一个渔夫……”

“我不要听这个！”

夏青木却愣住："金鱼的故事不是只有这一个吗？"

夏青水摇头："当然不是！金殿哥哥还给我讲过另一个关于金鱼的故事！"

"哥哥不知道还有别的故事，小水讲给哥哥听好不好？"

接下来夏青水开始给夏青木讲有关金鱼的故事——

很久很久以前，有一个小男孩，有一天小男孩和父亲出海，捕到了一条金鱼。这条金鱼其实并不是普通的金鱼，而是来自鲛人世界的皇子，被一辆古怪的列车带到这里。鲛人皇子当时受了重伤，没有能力挣脱渔网，本以为自己会死，没想到小男孩不但没有杀了他，反而将他带回家悉心照料，等他的伤好了，再重新把他放回大海。

鲛人族向来有恩必报，于是在很多年之后，鲛人皇子重新找到小男孩，想尽一切办法帮助他实现愿望。然而随着时间推移，鲛人皇子发现，距离愿望达成每接近一步，他对这个陌生世界的适应能力便减弱一分。

鲛人皇子终于明白，等到小男孩愿望达成的一天，也就是他该离开的时候了，可是他却不忍心和小男孩告别，因为与他生活在一起的时光总是那样幸福……

夏青水讲着讲着就睡着了，夏青木听完了故事却一直没有动，沉默良久，忽然站起身跑进自己的房间，找到那本小时候的日记，翻开到六岁生日的那一天。

一滴眼泪落下来，砸在泛黄的日记本上，晕开了上面用铅笔写下的字。

夏青木记得他见男人最后一面，还是在海鲜屋开业典礼之前的晚上。

那天晚上的男人很奇怪，总是安静地在夏青木没留意时注视他，如果夏青木发现了，他又会立刻移开目光。

"晚安，明天又是辛苦的一天！"夏青木上床睡觉前像平时那样和男人道晚安。

男人当时对他说了什么呢？

如果没有记错的话，他说的好像不是"晚安"，而是"再见，夏青木"。

“然后呢？”作家听列车长讲到这里不再说话，追问道。

“然后零点列车停在了这家海鲜屋门前，我问夏青木要不要上车，他问我上了车之后能不能找到他想要找的人。”

“你是如何回答的？”作家问。

列车长冲作家眨眨眼：“你觉得呢？”

作家：“……”

“我记得你以前问过我，究竟什么样的人才会看到零点列车，零点列车又是为了什么人停留。”

“是的，关于这个问题，你总是避而不答。怎么，现在准备告诉我了吗，列车长先生？”

列车长神秘地笑：“其实这个问题的答案，我也不知道。”

作家：“……”

列车长最后看了眼夏家海鲜屋的招牌，默默转身，走向忠诚等候在一旁的零点列车，藏青色的制服不染尘埃，好像永远做好准备，以最佳的姿态迎接下一位乘客。

Midnight

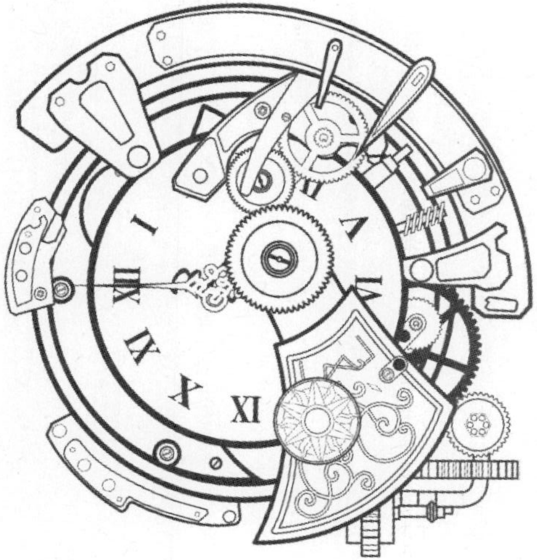

Express

20XX年X月X日　天气：阴，看不到星空

究竟是什么样的人才能看到零点列车？这个疑问一直困惑着我。列车长说他也不知道答案时，我心存怀疑，觉得他没有说实话。

夏青木在金尾鲛离开之后，踏上了零点列车，离开了他所生活的世界。我一直很好奇他后面发生了什么，可是列车长一直不肯告诉我，如果他不想说，我无论如何也无法知道，因为我并不是零点列车的主人。

有那么几天，我总是会想到夏青木，大概是想得太投入了，竟然在睡觉时梦到了他。

这个梦太过真实，我到现在还能记清楚梦中所有人物的神态，动作，语言……甚至连他们心里在想什么都知道得清清楚楚。这感觉非常奇特，我一度觉得自己就像在天空俯瞰众生的神。

后来我将这个故事偷偷地写下来，却没有拿给列车长看，很怕他嘲笑我走火入魔。

在我的这个梦里，夏青木为了寻找金尾鲛来到鲛人世界，并且因为两个世界的时间流速不同，他进入鲛人世界之后，相当于跨越了近千年的光阴……

Midnight Express

鲛尾

1

鲛人世界的皇族被奉为神明，常年居住于海底皇宫，守护千百代子民的安乐与富足。然而谁都不会想到，神明也会有陨落之日。

当皇族衰败，最后一位鲛人皇也在经年累月的寂寞中化为枯骨，屹立于深海中的龙绡宫殿，终究成为后世人往来观光的遗址，容人细数那些尘封的历史传说。

“哥哥，我们还有多久能到龙绡宫啊？”夏青水趴在潜水游艇的舷窗上，睁着一双大眼睛往外面看。这是她第一次来到海底世界，对任何东西都表示惊奇，目不转睛盯着那些深海鱼，被他们五彩斑斓的样子吸引。

这里的鱼的种类可是比海洋馆的丰富多了！

“大概还有一个小时。”与妹妹相比，夏青木要淡定得多，他只是随意地坐在座位上翻看报纸。

乘务员推着饮料车经过，大概是觉得这个年轻男人长得很好看，比平时格外多了几分热情。

夏青木问：“小水想喝什么饮料？”

“我要‘遗忘’！”夏青水兴奋地转过脑袋。

“遗忘”是最近十分流行的一款饮料，入口时酸甜，喝下之后觉得苦辣，刺激得人眼泪都要流出来，最后又会在口中留下一种挥之不去的涩味。夏青水很喜欢，可是夏青木却对这款饮料有点反感。

这不仅是因为那种古怪的味道让他不喜，更因为它的名字——遗忘。

夏青木是一个没有过去的鲛人，在经历过一场严重的车祸之后，失去了记忆。他不记得以前的事，只能在年幼妹妹稀里糊涂的只言片语中，触摸过去的大概轮廓。

因此夏青木对“遗忘”这个词尤为敏感，毕竟，谁都不喜欢自己的人生存在一段无法掌控的空白。

“尊敬的旅客，现在我们的潜水游艇已经进入龙绡宫区域，大家可以通过游艇内的显示屏看到外面的景象……”

伴随着这声解说，原本在旅途中打瞌睡或是看书、看电影的乘客全都打起了精神，抬头看向每一个车座前面的微型显示屏，像夏青水这样，位置恰好靠窗的，更是一会儿看屏幕一会儿看窗外，两只眼睛不够用。

“龙绡宫已经有数十万年的历史，自从最后一位鲛人皇逝去，这里便再也没有新主人。至今龙绡宫已经空了近五百年，但是在这五百年之间，却从来没人能够进入宫殿内部，因为自金尾鲛陛下逝世后，龙绡宫就自我封闭了。两年前有考古团队尝试进入宫殿，却全员失踪，至今生死不明……”

耳机中传来解说的声音，夏青木看着电子屏幕中赫然出现的巍峨宫殿，心中隐隐被牵动，竟莫名感到一种悲伤的情绪，觉得那被水草缠绕着的破败宫殿似乎有生命，寂寞地立于深海，为它被遗忘的命运哀叹。

“轰隆！”潜水游艇忽然剧烈地震动了一下！

容纳了几百名乘客的游艇内气温骤然升高，接着又是一声轰响，游艇壁竟然破裂开，海水不停倒灌进来。尖叫声混杂着警报声，刺得人耳膜生疼，将船舱内搅成一锅烂粥。

照明灯依次熄灭，车座前的微型显示屏在失灵之前所捕捉到的最后画面，是海底如蛛网般龟裂的红色缝隙。缝隙里填满地底岩浆流动时发出的暗光，仿佛地狱业火。

“不好，是海底地震！”

一个男人给坐在他身边的两个小孩戴上氧气面罩，用逃生锤砸开了舷窗，率先变出鲛尾，一手拉着一个孩子从窗户破口游出去。

有了第一个逃生者，陆续有乘客效仿，转化为鲛尾形态逃生。

鲛尾形态能让鲛人在水中自由地呼吸，然而也有人依旧保持原样，并未能变出鲛尾，只如普通人类般，惶急地往脸上戴氧气面罩。

夏青水吓哭了，夏青木果断地拉下座位上方投落的氧气面罩给她戴上，紧接着一阵耀眼的白光从他脚尖开始慢慢沿着身体向上攀爬，最后完全笼罩住他的下半身，那光亮太引人注意，以至于仓皇的潜艇舱室内有了片刻的寂静，所有人都向夏青木的方向望过来。

终于，光芒褪去，夏青木的双腿变成了一条漂亮的银白色鲛尾，如布满钻石的锦缎，在幽暗的海水中熠熠生辉。

转化出鲛尾的夏青木用逃生锤砸开自己身边的窗户，将夏青水用胳膊一揽，抱着她迅速游了出去。

2

靠近海底地面的水在沸腾，水温不断攀升，因为地震引起的旋涡和海底飓风，将逃出潜艇的鲛人翻卷得迷失方向。

夏青木尽全力护住妹妹，拼了命地往水面上游，却被一股气势汹汹的洋流带偏，径直往海底冲去，无论他如何奋力摆尾，也无法挣脱出来。

“不要害怕。”夏青木想要安抚妹妹，可是夏青水却瞪大了眼睛，直盯住他身后，眼中充满恐惧。

夏青木回头，迎面看到一块巨大的石柱，被水流卷着向他砸来！

躲避已经来不及，他只能拉起夏青水救生衣的保险带，飞快地系在自己身上，然后抱住她，用自己的身体硬扛住巨石柱的撞击。

在石柱撞在身上那一刻，夏青木觉得心肺都要被撞裂，口中涌起浓浓的血腥味，眼前一黑，失去了意识。

但是在失去意识之前，他却看到了一个陌生的画面。

那是一扇半敞着的门，他看到自己拖着行李箱站在门口，转身和妹妹夏青水告别。

“哥哥，你真的要去找海祭司吗？”

“是的，已经决定了。”

“可是那会不会很疼啊？我听说变尾巴会很疼的。”

夏青水趴在门口的小板凳上，眼睛泪汪汪的快要哭出来。

夏青木只好重新走回来，蹲下摸了摸夏青水的头。

“小水，三天后哥哥就会回来，你要照顾好我们的店铺，如果有什么事，就问阿离姐姐，知道吗？”

夏青水用力点头，努力不让泪水从眼眶里掉出来：“那哥哥你快去快回，带着一条漂亮的尾巴回来！”

“好，哥哥会带着尾巴回来，以后让你骑在哥哥的尾巴上去深海中赶洋流。”

“太棒了！哥哥要说话算数！”

“嗯，一定算数。”

他低头亲了亲妹妹的额头，终究重新提起行李，走出了家门……

这是什么时候发生的事？为什么一点印象都没有？

难道是他出车祸失去意识之前的记忆？

可是“带着一条漂亮的尾巴回来”是什么意思？他不是原本就有尾巴吗？

从来没听说过没有尾巴的鲛人能后天长出尾巴来。

夏青木脑子里一团混乱，终于彻底昏迷，任凭水流将他和妹妹卷入已经完全沸腾起来的海底。

皮肤被热水灼伤，他在昏迷中心想，这一生他以烹饪维持生计，没想到最后也要被煮了。

然而夏青木还是醒过来了，并没有被煮成鱼汤。

他发现自己正躺在一个黑漆漆的洞里，海底岩浆迸发所散发的高热已经退去，周围的气温恢复了正常，有点沁人的凉爽。

这洞很奇怪，很像陆地上的溶洞，除了中间一个大水潭被海水填满，洞中竟然有可以供人呼吸的空气。

此时夏青木正趴在水潭岸边，鲛尾依然浸在水中，散发着柔和的银光，成为这漆黑岩洞里唯一的光源。

夏青水就躺在距离他不远的地方，一动不动，稚嫩的脸蛋惨白没有生气。

夏青木想要上岸，可是裤子在转化鲛尾时碎成破布，上衣也被水冲走，如果这个时候恢复人身，让妹妹看到，他这做哥哥的就可以找到一条地缝钻进去了。因此他依然保持着鲛尾的形态，双臂用力一撑爬上岸，努力靠近夏青水。

“小水？”

好不容易来到夏青水身边，夏青木探测到她微弱的呼吸，轻轻拍了拍小丫头的脸，可是夏青水依然没有反应。

“她昏过去了，让她休息吧。”一个男人低沉的声音便在这个时候突兀地传来，吓得夏青木浑身汗毛都竖了起来，犹如一只受了惊的刺鲀。

3

“什么人！”夏青木下意识扬起宽大的银色鲛尾，做出攻击的姿势，尽管他那漂亮的鲛尾连一只娃娃鱼都拍不死。

那个声音没有说话，甚至整个溶洞内都再没有一点动静，可是夏青木的心弦却紧绷起来。

浓墨一样的黑暗在四周蔓延，哪怕他的鲛尾能发出微弱的银光，也无法穿透那一潭化不开的幽黑，根本看不出哪里有人。

夏青木有种直觉，他觉得有什么东西在向自己靠近，夹带着冰寒的水汽。

“是你。”

先前那个男人的声音再度响起，这一次却是堂堂正正出现在夏青木的背后。

夏青木没有防备，转身有点猛，险些闪了尾巴，不过他还是出于本能地护住了自己的妹妹，抬起头，这才静下心来看清面前说话的人。

这是个长得十分英俊的男人，虽然只是穿着普通的白衬衫黑裤子，静立在那里，可是眉眼神色间却透出一种说不出的矜贵。

“很漂亮。”男人瞥了眼夏青木的鲛尾，语气淡漠地说道。

夏青木见这男人好像并没有什么危险性，稍微放松了警惕：“你是谁？我们……认识吗？”

那张好像对什么都漠不关心的脸上终于有了一丝惊讶的波澜，然而这波澜也只是出现了短短一瞬，便又在冰冷的眼眸中化为止水。

男人没有回答，径直经过夏青木和夏青水，毫无声息地向溶洞更深处走去，就好像他们只是这溶洞里的两块石头。

“喂，请等一下！”夏青木大喊。

大概因为对方是个男人，夏青木没有了面对妹妹时的顾虑，他嫌弃鲛尾在岸上不便行走，索性重新转化为人形，就这么赤条条地几步追上去。

原本这溶洞里唯一的光源就是他的鲛尾，此时鲛尾不见了，洞内自然伸手不见五指，这也给夏青木裸奔追人平添了几分勇气。

可是没想到，当他追上去拉住男人，对方转过身时，他看到了一双泛着淡蓝光晕的眼睛。

夏青木蓦地退后一步，松开了刚刚唐突之下抓住男人衣袖的手。

男人的眼睛在夏青木脸上停留片刻，便向下面扫去，好像黑暗完全不会对他视物造成任何影响。

一丝不挂的夏青木被看得颇为不自在，可是又没处躲，只好硬着头皮道："先生，请问这是什么地方，您知道吗？刚刚我们遭遇了海底地震，我带着妹妹从潜艇中逃出来，不知道是怎么到这里的。"

男人总算收回了他的目光，听了夏青木讲述自己的遭遇，也没什么反应，只是说："你在这里等两个小时，等地震平息了，就可以出去了。"

所以说他们现在还在海底？

可是既然是在海底，这洞里为什么会有空气？

这完全不科学啊！

夏青木迟疑了片刻，还想继续追问，可是再一抬头，却发现男人已经不见了。

他又试着向溶洞深处走了一段路，找了很久，都没有发现男人的踪影，像是完全从这里蒸发了。

4

这次海底地震的级别突破了新高，不仅是夏青木兄妹乘坐的那艘潜水游艇，事发时还有几艘深水轮渡也被波及，造成不少伤亡，所以引起了广泛关注。

各路专家学者纷纷跳出来分析地震起因，广播电视里连轴转播着最新救援情况。

夏青木也是回来才知道，当时从地震中生还逃走的鲛人不足二十人，尤其是像他和夏青水这样，全须全尾毫发无伤回来的，更是被当作奇迹。

然而也不知出于什么原因，夏青木居然没有向媒体透露那个让他们脱险的溶洞，只是说被洋流卷带着离开了地震波及区，得以安全登陆。

夏青木的小海鲜馆在早高峰刚过的时候是最清闲的，只有三两个老顾客来吃海杂面，因此夏青木也无须在后厨忙碌，就那么系着围裙坐在餐厅内，一边看早间新闻一边和客人们闲聊。

“最近这几年，海底越发频繁地出事了。”一个客人吸溜着面条感叹道，“距离上一次海啸才多长时间啊，这又开始闹地震。”

“是啊。你没听过那个传说吗？说是因为鲛人皇族灭绝，没人镇海，这才不断闹灾。”另一桌的客人接道。

“只是传说而已，哪有这么邪乎。鲛人皇族已经消失五百年了，要是按照你那个说法，应该从五百年前金尾鲛陛下去世之后就开始不太平才对。”

“也对。”那客人点点头，似乎被说服了，随后也跟着感叹，“这种时候，就体现出有鲛尾的好处喽。哎，对了，夏老板，你有没有鲛尾啊？”

话头一转，几个顾客的注意力落到夏青木身上。

其实在鲛人世界，只有拥有鲛尾，才能算是真正意义的鲛人。他们能够自由地将下半身在尾巴和双腿之间来回转换，身体转化为鲛尾状态时，可以在水下呼吸。

传说上古时代的鲛人，大多和鲛人皇族一样，生活在深海中，后来随着科技发展，越来越多的鲛人选择到陆地生活，但是他们却不能离开海水太久，所以多数生活在滨海地区。

“我们夏老板不仅有鲛尾，鲛尾还非常漂亮呢！”夏青木雇的帮厨阿离走过来，将一盘水果沙拉端上来给大家做餐后甜点。

阿离是个长得很秀气的小姑娘，扑闪的大眼睛总是很崇拜地看夏青木，在她眼中，她家老板兼主厨没有任何缺点，从头发丝到脚趾尖都堪称完美。

几个熟客都知道阿离情人眼里出西施的小心思，会心微笑，便又开启了其他话题。

只有夏青木，虽然表面上看不出什么，心中却因为这“鲛尾”两字，而变得沉甸甸起来。

他无法忘记在海底时被石柱撞击，眼前那一闪即逝的画面。

为什么夏青水会对他说那样的话呢?

去找海祭司，带着尾巴回来，难道他以前没有鲛尾吗?

夏青木忽然又想到那个溶洞里的男人，从男人的反应来看，他们两个以前分明是见过面的。

晚上海鲜餐馆打烊之后，夏青木叫住阿离，问:“阿离，你听说过海祭司吗？”

“海祭司？那只是童话里的人物，老板为什么问这个？”

“没有什么，只是无意间看到书上提到，问问而已。”夏青木温和地笑了笑，没有继续追问。

但是，他却在阿离的眼睛里看到了一丝不安的躲闪。

5

夏青木总会在梦中回到那个古怪的海底溶洞，看到那个当初和他说话的男人。

他原本以为在溶洞那种漆黑的光线下初见，自己应该记不清男人的模样。可是他没想到，在他的梦里，男人的五官居然会如此清晰，就好像他们并非仅是一面之缘的陌生人，而是相识很久，甚至曾朝夕相对，亲密无间。

他曾梦到疲惫了一天深夜归家，打开房门见到男人围着围裙的样子，餐厅的桌子上摆着一碗热气腾腾的咖喱饭，有浓浓的家的味道。

他曾梦到装潢高级的餐厅里男人坐在铺着雪白桌布的餐桌旁，微笑着抬起头，问他某道菜是如何烹制的。

他也曾梦到，陌生又熟悉的狭小浴室内，男人将浴缸放满冷水穿着衣服将自己泡进去的样子。

可是无论这些梦境起初是什么颜色，到最后无一例外归于一片可怕的旋涡般的黑暗。

那温柔的笑容消失不见，夏青木沉入那人如深海般蔚蓝的眼瞳中，却从此孤身一人，在刺骨的冰冷中将所有记忆遗忘……

夏青木不知第几次从相似的梦魇中惊醒。他终于下定决心，要再去海底寻找那个溶洞，找到那个男人。这一次他做了很充足的准备，带上了一切他觉得可能用得上的工具，转化出鲛尾形态，潜入大海中。

因为当初是被洋流卷走，又失去了意识，夏青木不记得自己是如何进入溶洞的，但是他离开溶洞时却留心记住了周围环境，依稀能辨别出大致方位。

鲛人在海底游水的速度快得惊人，潜水游艇和他们比，也只能演绎一场龟兔赛跑。他只用了不到三个小时便游到目的地。

夏青木在一处海底岩石上找到了他之前留下的记号，可原本应该是溶洞入口的位置却空无一物，连半点蛛丝马迹都找不到，好像他之前的所闻所见都是出于臆想。

这怎么可能呢？

明明就是在这里，为什么找不到？

夏青木不甘心地在附近逡巡，恨不能将每块石头翻起来查看，却一无所获。

不知不觉间，他发现自己游到了龙绡宫附近。

巍峨的宫殿因常年空置而显出几分死气，犹如蒙尘的明珠，在遗忘中再不见往昔的辉煌。

诚如解说员所说，这座承载了万古皇族荣辉与权柄的宫殿，在五百年前便自我封闭了，它那腐朽的城垣就好像升起看不见的结界，一旦有东西靠近，便会触发势不可挡的逆流，将一切企图入侵的人或物驱逐。

因为海底地震的中心距离龙绡宫很近，这附近还保留着当日狂流肆虐的狼藉，有不少废料看起来像是从龙绡宫坠落下来的断瓦残片。

夏青木目光一瞥间，忽然注意到什么，向下游了一段距离，看到那陷入泥沙中的半截雕像。

雕像的体积庞大，大概要四五个成年人才能合抱一圈，单是露在外面的部分，就已经有两层楼那么高。

夏青木围绕着雕像游了两圈，大概看出这是一个年轻男子的雕像。

他小心翼翼凑上前，终于看清了雕像那张隐藏在阴影中的英俊面孔，心中猛地一跳。

这雕像，长得竟然和那日在溶洞里见到的男人一模一样！

夏青木情不自禁抬起手，触摸雕像那张没有一丝温度的石头脸。

就在这时，平静的海底忽然像是被什么东西翻搅起来，蓦然涌现的洪流将夏青木瞬间卷走。

夏青木觉得自己好像被丢进一个硕大的卷筒洗衣机，被看不见的涡轮疯狂裹挟着，直到他快要恶心得吐出来，才猛地破水而出。

潮湿阴暗的石头穹顶映入眼中。

他居然再次被冲进那个溶洞。

6

溶洞中央的大水潭连通着外面的海域，和上次如出一辙，夏青木又是从这里进来。只是这次他有备而来，筋疲力尽地爬上岸后，立刻转化出人类的双腿，从背包里拿出干净的衣服穿上。“喂，有人在吗？”夏青木试探地问。没有人回答他，只有他自己的声音在空荡荡的溶洞里回响。夏青木打开强光手电筒，努力让那窄窄的一束光亮将洞中景物扫尽，他发现正对着他的方向，溶洞黑漆漆的看不见尽头。

夏青木想到上次见到的那个男人，他也是往这个方向走，然后不见了身影，于是猜测这溶洞里面还有更广阔的空间，甚至可能会有另外的出口，便举步向前走去。

洞中安静得只能听见夏青木的脚步声，手电筒的光亮划过漆黑的石壁，映出他被抽拉变形的影子。

这一条狭窄漆黑的路，夏青木不知道走了多久，直到来到路的尽头。

忽然开阔的空间内，他看到了一座石头雕像。

雕像从上到下贯穿整个溶洞空间，安静地矗立在黑暗中。

它的下半部分是一条巨大的鲛尾，鲛尾最下面的鱼鳍铺展在地面上，无限地向四周延伸，看不到边缘，让夏青木有种错觉，好像这鲛尾可以铺展到整片海洋。

而雕像的上半部分，夏青木已经不再陌生，正是那个男人的半身像，与先前他在龙绡宫附近看到的那半截雕像完全是一个模子刻出来的，只是型号要大上许多。

夏青木用手电光从下往上慢慢照过去，仰望着那张如上古神祇的脸，与真人稍有不同，雕像中的男人头发极长，一直披散过腰，即便是用石头雕刻，也能感觉到那长发的顺滑柔软。只是先前夏青木忽略了一个细节，直到此时才发现——

男人的头上，戴了一顶皇冠。

“你居然又来了。”声音还是出现得那么突然，以至于夏青木抓着手电筒的手微微抖了一下。

错乱的光与影中，夏青木又见到了那个男人，他看了看他，又看了看雕像，迟疑地问：“你是……鲛人皇陛下吗？”

男人轻笑一声，走到夏青木身边站定，与他一同抬头望向雕像：“你说的是他吗？”

夏青木好奇地问：“难道你和他不是同一个人？”

“只是因为长着一模一样的脸，就是同一个人吗？”

夏青木糊涂了："那你是什么人？"

男人却没有回答，只是将视线重新转到夏青木身上，从头到脚淡淡地扫过，唇角吝啬地弯起一点弧度："你这次穿衣服了。"

夏青木的脸瞬间烧起来，觉得这人真是哪壶不开提哪壶，他咳嗽两声，转移话题："先生，上一次离开得太匆忙，许多事都没有搞清楚。请问是你救了我吗？这里是什么地方？"

男人还是什么都不说，只是那样一动不动地站着，浑身透着冰冷的气息，如果不是夏青木上次无意间触碰到他的胳膊，或许会以为他并不是活人，而是一个鬼魂。

"先生……"夏青木还想继续问，可是男人却漠然地走开了。

"回去吧，这里不是你该来的地方。"

男人一声不响地隐于黑暗，等夏青木的手电筒光追过去时，却发现他再次消失不见了，无论他如何呼喊，男人都没再现身。

难道他真的是鬼魂吗？

夏青木回头看了眼身后的雕像。

雕像半垂着眼，周身隐匿在这海底不见光的一方天地间，好像也让那如有实质的目光，染上了几分不问世事的死寂。

7

夏青木终于搞清楚进入溶洞的正确方法。

他第一次在海底地震中误入溶洞，以为是因为水流的冲刷作用，第二次进入溶洞，却是在触碰到雕像之后。他将两次的经历仔细梳理，才恍然大悟，原来第一次进入溶洞之前，他曾被一个巨大的石柱撞到，当时他没有看清，后来回想起来，才意识到那石柱正是男人的雕像。

如此说来，真正能打开溶洞的钥匙，是男人的雕像。

有了第一次第二次，自然还会有第三次，尽管被男人警告不要再去那里，夏青木还是重新潜入海底，找到了那陷入泥沙中的半截雕塑，顺利进入溶洞。

这一次男人没有现身，但夏青木却有一种直觉。他知道他就在这里。

鉴于这个神秘的男人和他有太多奇妙的联系，尽管夏青木接二连三地扑空，还是锲而不舍地跑来。他一定要搞清楚，这个人到底是谁，为什么以前见过他。

男人不出现，夏青木便在溶洞里坐一会儿，有时会自说自话地讲自己的事，有时也会说一些外面的趣闻。时间久了，他渐渐将男人当成一个不会说话的树洞，向他倾诉深埋在心底的苦闷。

也许是烦了，又或许是被夏青木的执拗打动，当夏青木不知道第几次从水潭里爬出来时，看到了站在岸边的男人。

“你终于出来了啊。”夏青木仰起脑袋，抹了把脸上的水，笑起来。

那笑容映入男人静默的眼眸中，显得格外明亮。

“真是固执。”男人的声音听不出喜怒，却向夏青木伸出手。

夏青木愣了一下，抓住男人的手，让他将自己从水中拉出来。

银白色的鲛尾在夏青木跃出水面的一瞬，在半空划过一道漂亮的弧线，驱逐了笼罩在两人周围的黑暗。

“我以为你永远不会出来见我。”夏青木没有急着将鲛尾转化回去，就坐在岸边，将尾巴浸在水潭中有一下没一下地拍打着。

“为什么一定要来这里？你究竟有什么目的？”男人的话听起来不近人情。

“因为你说你见过我，可是我不记得了，我想问清楚。”夏青木也不隐瞒来意，接着又放低声音补充一句，“还有，你救了我，我也不能看着你一个人永远困在这里啊。”

“我认错人了，我没有见过你，而且我也没有被困在这里。现在你得到了想要的答案，可以离开了吗？”男人又开始下逐客令。

夏青木却不相信：“可是我总觉得你很熟悉，我忘记了一些事，我觉得我们以前一定是认识的。”

“既然已经遗忘，说明那些记忆对你来说并不重要，为什么一定要找回来？”

“你根本无法理解那种感觉！一个人怎么能不记得自己的过去呢？”夏青木反驳道，“你不记得是不是有过喜欢的人，也不记得自己的理想，甚至不记得被珍藏在心底的秘密。如果把过去所有的事都忘记，那不就变成了另外一个人？”

不知道夏青木的哪一句话触动了男人，他那万年不变的表情终于有了一丝细小的波动。

如果将过去的自己彻底遗忘，是不是就等同于变成了另外一个陌生人？

可男人也只是片刻的失神，便重新漫不经心起来，淡淡道：“反正人总归要死的，死了以后，是不是记得过去，又有什么区别？”

夏青木觉得这个人的想法真是太奇怪了，然而还不等他再说什么，男人却忽然站起来打断他：“好了，你该走了。”

他说完，便拉住夏青木的手，一下将他带进怀里。

夏青木猝不及防，整张脸埋在男人的胸前，什么也看不见，他觉得自己只是缓慢地原地旋转了一圈，等他被男人放开，再次睁开眼，却发现他们已经离开了溶洞，重新回到海底。

夏青木瞪着男人，不敢置信：“你……你没有鲛尾，为什么可以在水下呼吸！”

男人却没有理会夏青木的惊异，又摆出那张拒人于千里之外的冰块脸。

“你现在相信，我并非是困于洞中了？所以无须多管闲事。海洋以后会越来越危险，不要再冒失地潜水到这么远的地方了。”

8

夏青木发现龙绡宫附近的雕像不见了。他知道这一定是男人做的，他收回了那把打开溶洞的钥匙。可是夏青木心里还有很多疑问没有解开，他对男人越发好奇，而且不知从什么时候开始，他发现自己对这个人竟有一种说不出的亲近感，根本无法克制想要靠近的冲动，就好像那是一种本能。

夏青木在海底四处寻找，却再也无法找到进入溶洞的方法，只能围着那些被他刻满标记的大石块，徒劳地游来游去。

他灰心丧气，连游回海面的力气都没有，随便找了个轮渡站点，搭乘返程。

轮渡上的电视机依然在播放新闻，有专家预测近期海底板块运动剧烈，可能会再次发生地震，伴随火山喷发的可能性非常高，建议海洋交通管理局暂时关闭海洋航线，包括水上和水下。

天底下似乎再也找不到比专家更富有“乌鸦嘴”天赋的生物了，这条新闻还没来得及播完，距离他们不远处的一座海底山峰忽然没有任何预兆地剧烈晃动起来，眨眼间分崩离析。

轮渡内所有乘客表情都有瞬间的空白，他们眼睁睁看着那火红的岩浆从海底深处喷发出来，掀起如万丈黑幕的火山灰，带着湮灭一切的力量扑来。

如果说上次地震还能留给人们逃生的机会，那么这一次，他们连恐惧都来不及感觉，就会被那滚烫的熔岩吞没。

然而就在这时，翻滚的尘埃中忽然出现一个庞然巨影，耀眼的金色光芒穿透死亡的阴影，将海底万物笼罩住。

这金光仿佛有抚平海洋的力量，那原本狂躁的火山竟然渐渐平息，蠢蠢欲动的海底板块也重新安分下来。

仿佛经过了一场沧海桑田的轮回，待浓烟和水汽散去，人们终于看清，那金光发源的地方，站着一个半身赤裸的男人。

他的身躯比火山还要高大，长发从皇冠下直泻下来，在水中如海草般浮动，一条巨大的金色鲛尾余光未尽，尾鳍向海底无限铺展开，好像一座远古神像，牢牢镇守住躁动不安的海洋。

“是……鲛人皇！”

“是金尾鲛陛下！”

“他竟然还活着！”

人们不禁激动地叫喊出声，在劫后余生的感激涕零中纷纷俯首。

只有夏青木，依然一动不动站在原地。

他怔怔地透过轮渡的窗户看着外面那接受众生朝拜的鲛人皇。

一如在溶洞里相识的样子，男人还是那样面无表情，喜怒不显，仿佛高居于圣殿的神祇。

夏青木的心脏忽然莫名狂跳，他身上的血流从未像此刻这般沸腾，好像整个灵魂都要陷入那双不食人间烟火的眼眸中。

有那么一瞬，夏青木感觉那双眼睛好像向他这个方向看过来。

就在这似是而非的对视中，鲛人皇的身体消散了，化为金色碎屑，融入了死寂的海水。

夏青木瞳孔微缩，他化出鲛尾，不顾轮渡工作人员的反对，不要命般从逃生门游出去，冲向鲛人皇消失的地方。

可是他什么都没能找到。

夏青木抬起手接住那弥留在水中的零星金光，忽然觉得心脏很疼，疼得他要喘不过气来。

一张小小的照片在水中翻卷着飘来，他下意识接住，目光一瞥看向照片，随即呆住了。

只见这张照片上有十几个人，都穿着统一的服装，夏青木认识那服装胸前的标记，正是两年前那个龙绡宫探险队的标志。探险队企图进入自我封闭的龙绡宫，却全员失踪了，新闻闹得很大，他也有所关注。

但是这却不是让夏青木惊讶的。

让他真正说不出话的是，这张照片上，竟然有他自己。

9

鲛人皇现身的事被传得沸沸扬扬，每天来夏青木餐馆的客人都会凑在一起津津乐道地谈论。

“原来鲛人皇陛下并没有死，他真的在保护我们！”

“可是为什么他没有死，还有这么多海洋灾难呢？”

“是啊，我听说政府已经让滨海城市居民撤离了。”

早间新闻正在播报有关海底板块剧烈运动的消息，夏青木出神地看着新闻，想到男人临别前和他说的话。

他说，海洋以后会越来越危险。

鲛人世界一直流传着这样的传说。

海底有某种强大的力量，鲛人皇族世代镇守，才能将这股力量封印住，不会让鲛人世界毁灭。如今海底各种灾祸发生得越来越频繁，意味着什么？

夏青水发现哥哥最近经常将自己一个人关进厨房，即使没有客人，他也只是独自坐在里面不出来。她实在是担心，这天便央求着阿离带她去厨房看哥哥。厨房里光线昏暗，只开了料理台的灯，夏青木坐在地上，靠着水产保鲜箱，竟然睡着了。夏青水轻手轻脚走过去，发现哥哥身边堆满了木屑，手里抓着一块木雕。因为主厨经常需要设计菜盘样式，食材雕刻是必备的技能，所以夏青木很擅长雕东西，有空暇时间就会做一些小的木雕给夏青水玩。

夏青水歪着头看了看，惊讶地发现，哥哥这次做的木雕好像是个人像！

哥哥以前从没雕刻过人像啊，难道是她吗？

夏青水好奇，将木雕从夏青木手中拿出来。

木雕雕刻的是一个男人，虽然身体其他地方还没有完成，但是那张脸已经十分精细地呈现出来，夏青水看着这张男人的脸，忽然呆住了。

夏青木醒了过来，发现阿离和小水在，揉了揉眼睛站起来，抱歉地笑道：“对不起，我睡着了，小水怎么来了？”

夏青水直勾勾看着木雕，忽然仰起头，“哥哥，你，你想起来了……”

站在一旁的阿离这时也凑过来看了那木雕一眼，忽然倒吸口气，脸色惨白。

“阿离，你怎么了？”夏青木很敏锐地察觉到阿离的异样。

“没，没什么！老板，小水担心你，让我带她来看看你，既然没事那你先忙吧，我们走了！”阿离慌慌张张地就要拉着夏青水离开，却被夏青木叫住。

“阿离！你等等。小水，站住！”

夏青水背对着夏青木，肩膀在微微颤抖，夏青木将她扳过来，却发现她竟然哭了。

想到之前阿离躲闪的眼神，夏青木终于问：“阿离，小水，你们是不是有什么事瞒着我？”

阿离将一个破旧的铁盒交给夏青木，红着眼睛说：“对不起老板，是我让小水隐瞒了你。这些是你以前的东西，我们为了不让你想起过去的事，就把它们藏了起来。”

夏青木打开铁盒，发现里面有很多对他来说非常陌生的物品，可是其中夹杂着一张照片，却第一时间吸引了他的目光。

照片中的自己和夏青水正站在一幢二层小楼前，楼上挂着大大的匾额，写着“夏家海鲜屋”。而他们的身边，站着一个男人，揽着夏青木的肩膀，正对着镜头浅浅地笑。

“老板以前说自己来自另一个世界，还说要去海里找这个叫金尾鲛的人，大家都在背地里说你是疯子。你听说居住于深海峡谷的海祭司可以满足任何愿望，便跟着海底探险队走了，后来整个探险队失踪，我们都以为你死了。没想到一年后，我带着小水去海边玩，发现晕倒在礁石上的你。你醒来以后失去了所有记忆，我们看你忘记过去，整个人变得开朗，不再那样心事重重，也不再想着去深海冒险，就……”

夏青水在一旁哭得伤心，小心翼翼地拉着夏青木的袖子，抽噎道：“哥哥，我不是不愿意让你去找金殿哥哥，可是，可是我害怕你下一次再出门，就永远回不来了。”

夏青木没有生气，只是轻轻拂过照片，耳边响起那个男人说的一句话——既然已经遗忘，说明那些记忆对你来说并不重要，为什么一定要找回来？

可是如果不重要，为什么他内心深处却如此渴望把这段记忆找回来？

“还有一件事，我觉得老板应该知道。”阿离好不容易平复下来，又说。

“什么？”夏青木问。

“传说找海祭司达成愿望，一定要付出代价。老板以前是没有鲛尾的，从那次回来以后，就长出了鲛尾。”

得到了鲛尾，却失去了记忆。

所以这就是他所付出的代价吗？

10

夏青木终于做出一个决定。

他要去找海祭司。

铁盒中有夏青木以前收集的有关海祭司的资料，标注过深海峡谷的大致方位，于是他趁着黑夜越过海洋安全封锁，再次潜入大海。

如今海底已经不再平静安和，夏青木几次遇到火山熔岩喷发，差点丧命，可他依旧不肯放弃，身上有某种执念强撑着他。

深海峡谷深不见底，远远看去，犹如一道深沉的伤口，横亘在海底。

传说想要找到海祭司，就要深入峡谷底，以前有很多人为了达成愿望去尝试，但是几乎没有人活着回来。

夏青木不知道自己上一次是怎么进入谷底的，但是既然他能成功一次，就一定能成功第二次。

可是就在他准备下谷时，身后忽然有人说：“回来，不要去。”

夏青木转过头，看到了男人。只是这一次的他，不再是先前所见的人形模样，他转化出金色的鲛尾。皇冠下的长发在水中漂浮，缠绕着他苍白的身体，嘴唇连半分血色都没有。

大地在微微颤动，脚下的土地变得滚烫，正在不断攀升的水温，仿佛不祥的谶语，预示着即将到来的梦魇。

“我要去找海祭司。”夏青木固执地说。

“过来，到我身边来。”男人说，他气色全无，看上去摇摇欲坠，疲惫地撑着一块石头。

“我要去找回我的记忆。”

夏青木嘴上这么说，却下意识靠近男人。因为他隐约觉得自己丢失的记忆一定与面前的男人有关。

“这个世界上根本就没有海祭司，你又去哪里找回记忆？”夏青木终于来到男人面前，男人有些无奈地说，语气前所未有的轻柔。

“可是我为什么会生出鲛尾？”

“当时有探险队企图侵入龙绡宫，触动了机关，等我发现的时候，只有你一个人还活着，但是你已经溺水，为了救你，我将一片鲛尾鳞片植入了你的身体里。”男人说着抬起手，轻轻抚上夏青木的额头。“植入鳞片时你的身体会出现强烈的排异反应，也许就是那个时候刺激了脑部神经，导致你失去记忆。”

“所以我永远也想不起来过去的事了吗？”他闭着眼问。

“已经遗忘的过去，必然是对你来说不重要的。”

“那你也不记得过去的事了吗？”

“我活得太久了，很多事都不记得。”

男人扫了一眼不远处那泛着熔岩地火的深海峡谷，忽然说：“好了，海底不能再待下去，我最后一次送你出海，以后不要再来。”顿了顿，似乎是为了确保夏青木死心，他又补充道：“就算你来了也永远无法找到我，因为我就快死了。”

夏青木猛地抬起头:“为什么你会死呢?鲛人皇族是神明,神明怎么会死?”

男人淡淡地笑了笑,“神明并非不死,而是需要信仰的力量支撑生命。如今信奉鲛人皇族的人越来越少,我是最后一个鲛人皇族,在没有信仰的维系下,身体会随着时间衰弱。”

“可是现在很多人都信奉你、崇拜你啊!”夏青木急道。

“已经来不及了。”

“难道就没有办法让你不死吗?”

办法当然有,如果心中有强烈的执念,有放不下的牵挂,即便没有外部的信仰力量支撑,从内心深处萌生出的求生意念,也能让神明重新焕发神力。

可是他有什么执念呢?又有什么牵挂?

他的亲朋故旧早已离开,而他也因为身体不断衰弱而导致记忆衰退,一天一天忘记挚爱至亲,忘记痛苦欢乐,忘记自己是谁,忘记生存的意义,最后在如初生的一无所知中,迎来死亡。

当你在这个世界上没有任何牵绊,没有任何期盼,永生永世守在黑暗中,又活得非常非常久,即便是神明,也不想再经受这样的酷刑。

海底的震动越来越剧烈,被压抑已久的岩浆似乎终于忍耐到极限,以毁灭的气势爆发出来。

男人的金色鲛尾焕发出极其刺眼的强光,勉力维持海水最后的平静,可是他的力量太衰弱,再也无法压制住那积蓄了千百年的地心之力。

火山次第爆发,深海峡谷向两旁缓缓龟裂,带起黑色浓烟。

幽深的海底化为炼狱,就连居住在海边的鲛人也能感受到那世界末日般的可怕力量。

男人抓住最后的时机,抱起夏青木,飞快地向海面上方游去。

夏青木看着男人那双充满荒寂与孤独的眼睛,痛苦如决堤的洪水倾泻进他的心门。

他明知他们之间的深深羁绊,却不记得他。

他为他即将死亡而伤心欲绝，却不知道这伤痛从何而来。

这种感觉太奇怪了，明明我曾经认识你，你也曾经认识我，可是因为遗忘，我们变成了两个陌生人。

你说遗忘就是不重要，可为什么看着你，我会这样难过？

夏青木的额头忽然发出金光。

这道金光落入男人的眼睛里，将那万古平波的眼眸激荡起一丝涟漪。

男人的神色忽然一变，睁大了眼睛。

而夏青木也在头痛欲裂中看到无数画面从眼前飞过。

狭小客厅里一碗热气腾腾的咖喱饭，大雨下等在门口的男人，期盼已久的烹饪比赛，海滨的二层小楼，午夜出现在夜色中的列车……

那些被遗忘的记忆，被逐一捡拾，如奔腾的鲜血，冲进鲛人皇枯竭的四肢百脉，犹如那一杯名叫“遗忘”的饮料，倾倒了人生五味，在带来红尘烦扰的同时，也带来对生的渴望。

失散的神力从那些遗落的情感中收回，万点金星向鲛人皇聚集，犹如凤凰涅槃。

在这让人不敢直视的万丈光芒中，即将疯狂肆虐的海洋骤然俯首称臣，一场灾难化为无形。

等周围终于平静下来，夏青木睁开了眼睛，对上那双熟悉的眼眸。

“我……”他张了张口，却组织不出一句完整的话。

“嘘。”男人按住夏青木不知该从何处开始的千言万语，抬手轻拂开遮住他眼睛的额发，轻声道：“先听我讲一个故事，一个关于金鱼的故事。”

Midnight 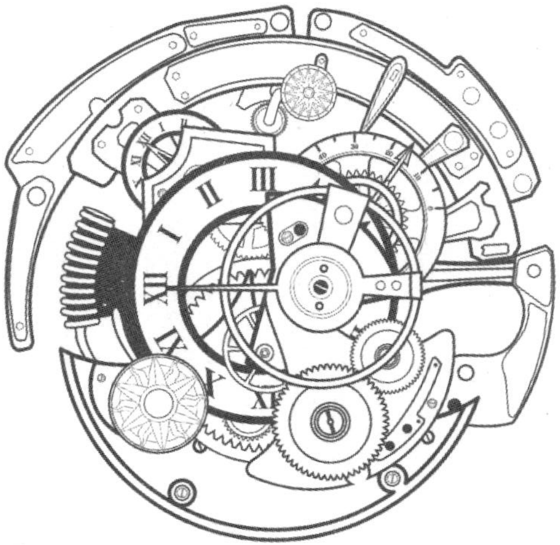 *Express*

列车长忽然毫无预兆地病倒了。

最开始我并没有发现，也不知道他究竟是从什么时候开始感觉到身体不适，直到有一天，他竟然在迎接新乘客时倒下了，我才意识到问题的严重性。

零点列车上的时间是静止的，因此身处于列车上的人是不会生病的。我问了几次列车长生病的原因，他却始终回避，为免给他造成更多的困扰，我只好不再提起此事，尽我所能地照顾他，并且替他完成一些接待乘客的工作。

“你觉得怎么样了？”我将列车长扶起来，强行给他灌下一大杯热果茶。

“还不错，只是有点无聊。”

“你现在需要休息，我不能陪你聊天或是打牌。”

列车长露出失望的表情，这让我很不忍心。

“不然我给你读一个我写的故事？”

列车长点点头，又重新窝进长沙发，将身上的毯子往上拉了拉。

“我要听个开心的故事。”

“喜剧结尾吗？”

“嗯。”列车长轻轻应了一声，因为没有精神而闭上了眼睛。

“那就这个吧，不久之前我才见过故事的主人公。这是发生在兽人世界的故事。”

兽人世界之所以会被称为兽人世界，是因为这里的一部分野兽，能变成人类……

Midnight Express

兽仆

1

韩家的饲兽房今天热闹得很，传说新孕的母狮兽下了个黑炭样的小狮兽崽，不少人都跑去围观。

“轩少爷！轩少爷！不好啦，饲兽房的管事要把新生的狮兽崽烧死，您快去看看！”小丫鬟锦溪脚下像燃了炮仗一样，上气不接下气地栽进书房，显然是一路狂奔而来。

韩轩踩着板凳站在桌案前，拿起虎瓷镇纸，正准备在新翻的一页宣纸上临帖，闻言怔住。

“狮兽崽？是年初那头刚怀了身的母狮兽下的崽？”

锦溪忙不迭点头，若不是还顾忌着主仆身份有别，恨不能立刻抓住自家小少爷的胳膊，拖着他去拯救可怜的狮兽崽。

狮兽和普通的狮子不同，是一种珍贵的兽仆。

所谓兽仆，就是能变成人形的动物，原形兽身越是凶猛的兽仆越是价值连城。

自从王朝被推翻，军阀割据，以前只有皇子王孙才能拥有的猛兽兽仆，如今也成了各大军阀子弟的新宠。每一个出身军阀世家的孩子都会在七八岁时被长辈赠送一只勇猛的兽仆，伴随着他们一起长大。

兽仆既是主人生活中的贴身仆从，又是在战场上的忠实坐骑，即使身强力壮、身怀智谋，也难以摆脱永世为奴的宿命。

韩轩觉得有点纳闷，虽然对他们家来说，一只兽仆并没有多宝贝，可再怎么说也是品种比较珍贵的狮兽，那母狮兽还是他当初亲自看好的，品相很不错，怎么好端端的下了个崽子，就要被人烧死呢？

这可不行啊，动到他地盘里来了，他能不管吗？

刚过了七岁的生辰，从短褂换成了长衫，韩轩觉得走起路来十分不自在，一路踢踢踏踏地赶到饲兽房，正瞧见几个家丁在院子里架起火堆，将一个黑炭样的东西吊起来。

“慢着！谁准你们烧它的？”韩轩厉喝一声，虽然声音稚气，所含的威严却不少半分，立时喝得家丁们住了手。

“轩少爷，这是一只黑色的狮兽，我养了大半辈子狮兽，还从没听说过这玩意有通体乌黑的。”饲兽房的管事煞有介事地将那黑炭样的小东西描述为不吉之兆，连连嚷着留不得留不得，留了必有大灾，“您且再等等，过几天必然物色个新的给您，保准比这个货色好。”

管事嘴里说着哄人的话，但偏偏韩轩就是个倔脾气，越是让他往东，他偏要往西蹦跶两下，瞥了眼那奶猫一样蜷缩在柴火堆里的狮兽崽子，当即拍板决定：“我就要它了！”

也不知道是不是巧合，恰巧就在韩轩话音方落时，那小东西睁开了眼睛，乌溜溜的黑眼珠往韩轩这边看过来，一人一兽的视线正好相对。

就是在这一刻，韩轩为自己的明智的决定倍感庆幸，觉得自己和这只黑色的狮兽挺投缘的。

饲兽房管事是从皇城根里出来的老人了，对一些民间流传的野闻很是忌惮，心心念念着这头被视为不祥的黑毛小畜生，唯恐它给自家司令的小公子带来什么灾难，连夜请了位算命先生入府卜卦。

那算命先生装神弄鬼跳了半天大神，赫然睁开一双带着眼屎的“天眼”，盯了那黑狮兽半晌，忽然脸色大变，“哇哇呀呀”一通乱叫，吐出谶语：“龙之九子，狻猊降世，兆灭世之乱！”

最后这老神棍被韩小少爷一脚踹出了府门，连半个铜板的赏钱都没讨到。

不过韩轩对这算命师虽然是嗤之以鼻，但好歹有四个字入了耳——狻猊降世。

狻猊乃龙之九子其一，排行第五，是上古神兽。因为传说它喜烟好坐，所以后世不少香炉都雕刻它为饰，随之吞烟吐雾。

晚上睡觉前，韩轩从八宝阁上翻下来一本《尔雅》，里面有一篇《释兽》提到狻猊，形容它“如虦猫，食虎豹”。

韩轩将小狮兽放在自己的床榻上，看看桌上徐徐冒青烟的狻猊香炉，再看看怀里窝着的这只爪子毛都没长全的黑炭，觉得那骗子神棍的话果然信不得。

就这小奶猫样的小东西，还狻猊降世呢？

小黑狮兽似乎知道是谁在关键时刻救了它的小命，和韩轩极为亲近，四爪扒住他衣襟，将柔软的肚皮紧紧贴在他胸口，睡得鼻涕泡都出来了。

2

虽然韩轩打死也不信他养的黑炭是什么上古神兽降世，但是在起名字的时候，还是受到老神棍的启发，给小家伙赐名龙五，意为龙之第五子。

为了增强兽仆和主人之间的亲密度，所有兽仆崽从降生之后就不会再和母兽相见，更不要提得到母兽的哺乳，因此喂食的重任就落到主人的身上。

通常来说，身份尊贵的主人是不会为这些小事躬身亲为的，往往甩手交给下人去打理。但龙五这块小黑炭也不知道是哪来的古怪脾气，只要有人敢接近它半步之内，它就要呲开还没长全乳牙的嘴，凶相毕露，唬得人不敢靠近。倘若直接将食盆往它跟前一放不管了，它还真能硬生生将自己饿死在饭盆旁，也绝对不肯纡尊降贵自己凑过去吃。

最后没办法，韩轩不得不亲自担负起这个每天喂食的重任，将乌漆漆的黑毛团子放在自己腿上，取来小火精心熬炖过的肉汤，一点点用指尖沾着，供它舔食。

转眼已是入冬，几个月大的黑狮兽被养得油光水滑，皮毛又黑又亮，一口雪白的牙齿基本长全了，但它还是不愿意自己进食，非要让韩轩抱着喂。

“龙五，你还真是金贵啊，要本少爷亲自伺候你。什么时候饿你个十天半个月，任你自生自灭，看你还会不会自己吃东西。”韩轩一边喂一边骂，见小黑炭抱着他手指舔肉汁舔得眯眼，好不惬意的样子，气不打一处来，在它屁股上不轻不重地拍了一下，拍得小狮兽尾巴摇了摇，后腿无意识地蹬两下。

这一幕正好落在刚进门的袁修眼中。

袁修的父亲是韩司令的副官，两人是过命的交情，所以韩袁两家私交甚密，小辈们时常互相串门。可父辈们感情那么好，偏偏袁修和韩轩两人八字犯克，打小就互看不顺眼。袁修嫌弃韩轩颐指气使假正经，韩轩觉得袁修獐头鼠目像小人。要不是最近四九城里传得神乎其神，说韩司令家的小公子得了一只凶兽，袁修才不会那么闲，跑来韩轩这里找不痛快。

“呦，还真没见过有谁像你这么对待兽仆的，你这是当祖宗供呢？小心惯坏了以后噬主啊。”袁修嘴上虽然阴阳怪气，眼睛却一直盯着那只团在韩轩怀里张大嘴巴打哈欠的小狮兽，觉得这传说中的凶兽崽子也没什么了不起，尤其是看它对韩轩尾巴乱摇的样子，像只乖巧的哈巴狗，于是伸手去摸。

“别碰！”韩轩急忙阻止。

然而已经晚了，龙五在袁修将要摸上来时，反应迅捷地调转身体，一口咬在了袁修的手上！

袁修“嗷”的一声叫唤起来，忙甩手，可龙五却双眼微眯，哪怕被吊在半空，也死死咬住不放口，大有不将袁修的手咬下来誓不罢休的气势。

“畜生！快让这小畜生松口！”袁修的手很快就血肉模糊。

“龙五！松开！快松开！”韩轩也吓坏了，连声呵斥，但龙五却充耳不闻。

“砰”的一声枪响。

韩轩瞳孔微缩，那一刻觉得心沉到谷底，只见一片血肉纷飞中，那黑色小身体划着弧线弹飞了出去。

袁修手上“滴滴答答”不断淌血，吓得晕了过去，被赶来的袁副官接住抱在怀里。

“卑职护子心切，当着小少帅的面开枪，还望小少帅重罚。”袁副官向韩轩行礼，将枪口徐徐冒烟的配枪平端在身前，示意韩轩缴枪。

“老袁，你跟他一个小辈废什么话，还不赶快去看看我侄子的伤。”韩司令紧跟着进来，脸色暗沉地瞥了眼韩轩，揽着袁副官离开，临走前吩咐下人，把那伤了李家小少爷的凶兽丢到河里溺死。

韩轩脑子木然，看着下人将那不知死活的小狮兽用草席子卷走，一下腿软地坐在地上，心脏狂跳不止。

冷风从敞开的大门灌入，吹得韩轩一个激灵，锦溪忙跑去关严了门，找来斗篷给他披上。

可韩轩此时脑子里却只有一个念头，龙五被丢到外面，会不会也觉得冷呢？

3

韩轩坐立不安，好不容易挨到医生将袁修的手伤处理好，韩司令亲自送袁副官父子回府，才偷偷溜出去。刚下过一场大雪，地上的积雪厚厚的，将结了冰的河面也铺上一层白毯。韩轩艰难地在雪地里跋涉，大口喘着气，呼吸间一团一团白雾在眼前凝结，模糊了视线。“龙五？龙五！”他小声唤着，幻想着下一秒黑黑的小家伙就会向他飞奔而来，一个纵跃扑进他怀里。

奉命将狮兽扔进河里的仆从告诉韩轩，他遵照司令的指示将那只血流不止的狮兽丢进了河里，但是因为天气冷，河水结冰，又下了大雪，所以那狮兽八成只是陷进雪坑子里，不至于沉到水中。

“少爷，天这么冷，它身上中了袁副官一枪，恐怕当时就没气了……”见韩轩要冲出去找狮兽，那仆从吓得脸色都发青了，想阻拦，又不敢，只能纠结地设想着狮兽的各种死法，“就算它当时中枪没死，但它失血过多，现在天又这么冷，恐怕也早就冻死了。”

可是无论仆从说什么，韩轩一概置之不理，披了大氅就往外跑，一直跑到河边。

活要见兽，死要见尸，好歹也是他手把手地喂了几个月，怎么能就这样生死未知地丢出去？也不知道在河边找了多久，高悬的太阳一点点向西面落去，韩轩在河边实在找不到，大着胆子走向河面中央，好几次险些掉进冰窟窿里，摔得浑身是雪。

天黑之前他要是不回去，司令府的人肯定会找来，韩轩心急如焚，忽然想到曾经听过的坊间传闻——据说兽仆与主人之间都会有感应，特别是在主人生命安全受到威胁时。

可是龙五年幼，尚未认主，不知道会不会有这种感应。

抱着死马当活马医的想法，韩轩环顾四周，从雪地里捡起一块薄石片，一咬牙，用锋利的石片边缘将自己的手指划破。

带着铁腥味的血珠从指尖滴落，迅速在皑皑雪地里落下殷红的血点，像一片孤独的梅花瓣。

等了半天没有动静，韩轩觉得自己简直太蠢，居然寄希望于这样荒诞的传闻。

然而正当他准备离开，打算去别的地方找小狮兽时，忽然听到不远处传来一个微弱的声音，“唔嘤唔嘤”像虚弱的小猫。他心中顿时狂喜，顺着那个声音奔跑过去。

这声音是从一个雪包下传出来的，雪包不大，与别处相比并不显眼，韩轩之前几次从这里经过，也丝毫未曾留意。韩轩觉得自己居然隔着这么远还能听见这个微小的声音，实在是匪夷所思，未免自己听错，他俯身将耳朵凑上去，发现声音果然是从这雪层下传出来的。

他再也顾不上别的，飞快地刨雪，哪怕双手被冻得通红，也没有片刻的停顿。

终于，雪包被挖开，一个黑黝黝的小东西从白花花的积雪中露了出来。

“龙五……”韩轩眼圈红了。

龙五刚被埋进来的时候恐怕流了很多血，此时血液已经冻住，在他身体周围留下薄薄的猩红色的冰层。它的四肢因为寒冷而佝偻在一起，一动不动，身体几乎已经僵硬，若不是那微微半阖的眼瞳在看到韩轩时流转过少许光亮，叫人不敢相信它还活着。

韩轩轻轻地将龙五抱起来，拉开衣襟，将冰坨一样的小东西直接贴身塞进自己怀里，冻得打了个激灵，然后马不停蹄向城东赵家医馆跑去。

4

城东赵老先生在前朝做过院判，医术高超，学贯中西，只是脾气古怪了点，却和同样狗脾气的韩司令是忘年交。

传说韩轩三岁那年生了一场重病，还是这位赵老先生力挽狂澜，将他从鬼门关里拉了回来。也许是有了这份缘，赵老头待韩轩就多了几分特别，像疼亲孙儿一样看顾着他，有个头疼脑热都要跑来给他诊脉，也不管韩轩乐意不乐意，非得强行灌下几碗药汤才肯罢休。

当韩轩抱着小狮兽出现在赵医馆时，老头的胡子都快要气飞了。

“你居然让我给一只畜生诊病？去，出门左拐第一个胡同走到头，那有一个会给骡子看病的屠户，去他那里问问吧。”

韩轩眼泪汪汪地看着赵老太医，看啊看啊，一直看，终于把老头看得烦了，一挥手道：“也罢也罢，怕了你这臭小子，把你那病猫掏出来给我看看。”

发现龙五是枪伤，赵老太医面色微变，问韩轩这是怎么回事。

韩轩将前后因果大致复述了一遍。

“你是说，袁副官当着你和司令的面开了枪？”

“嗯。”因为担心龙五的伤情，韩轩并没有注意到老头神情的异样。

袁副官那一枪不偏不倚，正好打在了龙五的肺部。

但凡上过战场的士兵，都知道，倘若肺部中了弹，一呼一吸皆如刀绞，那滋味简直生不如死，还不如直接在脑瓜壳子上吃一枪，直接去见地府阎王。

“这小东西也真是厉害，换了平常的兽仆，估计这会儿就算不是窒息而死，也要被疼死了。”赵老太医啧啧称奇。

韩轩紧张得喉咙发紧，涩着嗓子问：“还有救吗？”

忙了一个多钟头，子弹总算取出来，龙五已经一动不动。

老太医长呼一口气，净了手，对韩轩说：“人事已尽，能不能活，就看天命吧。”

韩轩将龙五留在了赵家医馆，自己一个人匆忙回府。

运气不好，韩司令正铁青着脸等在门口。

“爹……”韩轩一看到他爹那一双怒目而睁的熊眼就腿软。

“去哪里了？”

“去，去看赵爷爷……”

“我有没有说过，不许独自一人出门？”

韩轩不说话。

韩司令眼睛眯了眯，也不再废话，将儿子抓过来就是一顿皮鞭，打到韩轩没了声音彻底晕过去，才阴沉着脸让人将他抬回屋去。

不管韩司令脾气多臭，下手多狠，毕竟就韩轩这么一根独苗，怎么也不能给打死了。他自己不来，好歹心里还是惦记着，连夜将赵老太医给请了来，给儿子看伤。

一天里连着看了韩家两只崽，老头气得不轻，先是将韩司令劈头盖脸骂了一顿，这才颤颤巍巍来了韩轩房里，同样没给什么好脸色。

“为了一只小畜生，挨了这么一顿好打，值得吗？”

“那也不能看着它死……”韩轩趴在床榻上，闷闷地说。

老头命人揭开韩轩那已经被打成碎布料的裤子，大概是牵连到伤口，疼得韩轩一阵龇牙咧嘴：“哼！知道疼，还不长记性！”说着去开药箱，一只黑又亮的毛爪子从箱盖下探了出来。

韩轩眼尖地看到了，惊呼一声：“龙五！你醒了！”

老头惊慌失措地“嘘”了一声，做贼一样东张西望了半晌，生怕有人听见，直到确定没有人进来，才狠狠戳了下韩轩的脑袋：“叫唤什么！想让我给你养这小畜生，没门。带回来你自己看着办！”

韩轩笑得眼泪都要出来了，勉强挪动着蹭到床边，伸手将狮兽抱了出来。

龙五还很虚弱，但是已经能慢慢地眨眼，爪子也能偶尔动一动。

韩轩将它放在自己面前，头对着头，和它几乎是同一个姿势趴着。

“龙五。”他轻轻唤了一声。

龙五微微抬起脑袋，一双兽瞳凝视了韩轩许久，忽然伸出粉嫩嫩的小舌头，在韩轩的嘴唇上舔了一下。

5

龙五恢复得很快，才不到两个月就能下地跑了。

韩轩怕它被司令府的人发现，在它能行动自如之后，便将它偷偷放到韩家名下的一个郊区田庄上，每天以练习马术为由，借口去田庄附近的跑马场，借机看望龙五。

龙五比之前更黏韩轩了，每次韩轩来田庄，它都要跑去几十里开外迎接他，常常将韩轩的马吓到。

“龙五，你下次不要再来接我，乖乖在庄子上等着，马儿都被你吓失禁了。”韩轩虽然在埋怨，语气里却一点责备的意思都没有。

狡诈的狮兽知道韩轩没有生气，得寸进尺地用尾巴缠住他的腿，围着他绕了两圈，开始努力往他两腿间钻。

“喂，你干什么？”韩轩被龙五蹭得痒，拍了拍它的脑袋。

龙五终于成功将自己横在韩轩腿间，努力往上拱了拱，再扬起脑袋看韩轩。

韩轩总算是懂了它的意思：“你想让我骑你？”

龙五点头。

“你还太小了，我会把你压趴下的。”韩轩被逗得乐不可支，“你还是再长一长吧。”

龙五低头看了看自己的四只小短腿，似是受到了莫大的羞辱，炸了炸毛，“咻”地跑了，韩轩在后面大笑，直到把它笑得懊恼，又“咻”地跑回来，猛地扎进他的胸口。

韩轩一不留神，被这毛绒小炮弹扑了个正着，没站稳，一下倒仰在草地上。小狮兽威风凛凛地四爪按在他身上，居高临下。

“小东西，胆子肥了，看我不饿你一个月！”

龙五似乎也觉得自己有点大逆不道，为了讨好韩轩，乖乖趴下来，只有一条长尾巴在韩轩身上扫来扫去，似是划拉着领地范围。

韩轩双手枕在脑后，就这样天为被地为席，嗅着早春的青草香，闭目养神，丝毫未察觉身上趴着的小黑炭正在目不转睛地盯着他看，也不知在琢磨着什么。

就在这时，远处忽然传来一声响亮的喝骂，接着是接连不断的皮鞭声，那鞭下凄厉的惨嚎令人听得头皮发麻。

原本懒散趴在韩轩身上晒太阳的龙五一惊，瞪圆了眼站起来，循着声音望过去。韩轩也被惊醒，起身看到田埂上一队农奴正在被人鞭打，他们有老有少，无一例外全都骨瘦嶙峋衣衫褴，其中几个受伤严重的直接滚在地上化出了兽形。

那是一些低等的兽仆，战斗力不高，只能沦为最卑微低贱的苦力。

龙五一动不动，兽仆皮开肉绽的样子映入他的兽瞳深处。

“不要看了。”韩轩感觉到龙五的不安，轻轻抬手蒙住了它的眼睛。

龙五却用脑袋顶开了韩轩的手，固执地看着那些正在饱受鞭笞之苦的低等兽仆，良久之后，身体打了个哆嗦，忽然仰起头，发出一声悠长的兽吼。

这声音不大，除了旁边的韩轩，根本不会有几个人听到，可是却莫名给人一种穿破九霄、撼天动地的错觉，好像群山回响。

那些被打得趴在地上喘息的低等兽仆仿佛感应到某种召唤，向龙五和韩轩所在的方向看过来，皮鞭依旧落在他们身上，可他们已经感觉不到疼痛，本是绝望或是不忿的眼睛里，填满了崇敬神色，纷纷恭谨虔诚地匍匐下去。

那手持长鞭的监工不明所以，还以为这些兽仆在偷懒，变本加厉地鞭打他们，可是那些兽仆直到被活活抽死，也不肯动一下，依然保持着膜拜的姿势，死不瞑目凝视着远方，好像穿过了如深渊般没有尽头的黑暗，看到一丝微乎其微的，希望的光亮。

这一幕落入韩轩的眼里，说不出心中的滋味，只是稍微攥紧了拳头，等他想起来去看龙五时，发现它已经软软地趴在了地上。

“龙五！”韩轩急忙将龙五抱起来查看，发现他只是睡着了。

韩轩每天早出晚归，除了看书习字，把所有时间都耗在田庄上。他甚至会把西席留给他的功课也拿去田庄完成，只为了能多陪陪龙五。

龙五似乎并不记得之前看到过的那些惨死的兽仆了，依旧每天没心没肺地黏着韩轩，久而久之，韩轩也就将那件事淡忘了，毕竟在这个世界，兽仆被主人虐待，甚至打死，并不是什么稀奇事。

韩轩发现他和龙五总有说不完的话，虽然龙五不会说话，但也正是因为这样，它成了一个非常称职的倾听者。

权贵豪门的少年公子总有些想不通的事，比如他不懂为什么大家都说如今的大半个天下已经是韩家的了，但在四九城里父亲却还是不肯让他独自出门，每次出行都要有卫队跟随。再比如父亲和袁副官明明是称兄道弟的关系，可是在下放兵粮时，父亲非但没有表现出对袁副官嫡系部队的偏袒，反而处处制约，给的东西还不如外人多。

不过相比于这些疑惑，最让韩轩无法释怀的，是他心中藏着的那个秘密。

司令府的人都说，韩轩在三岁那年生过一场大病，差点送掉小命。也许是当时年纪小，很多事都不记清了，但有些事韩轩依然有印象。比如他清楚地记得，自己三岁以前所认识的那个世界，与现在这个世界大不相同。

那个世界并没有能变成人类的兽仆，也没有军阀混战，人们在自由和平中生活得十分富足。他记得有一天自己沿着长长的铁轨走，忽然听见火车悠长的鸣笛声，回头看见一辆呼啸而来的列车。他懵懂不知害怕，爬上了列车，等到列车再次停下时，却因为找不到家而蹲在铁路边哇哇大哭。

天降大雨，他被浇了一夜，之后就什么都记不得了，一觉醒来成了司令府的小少爷。

“你说那会不会只是一个梦？为什么我总会在半夜听见火车鸣笛的声音？还有，真的有那样一个自由平等，没有战争，人人和乐富足的世界吗？”

韩轩自言自语，小狮兽就安静地趴在他身边，听着他这些在旁人看来啼笑皆非的疯话。

世界没有不透风的墙，韩家的田庄毕竟还是姓韩，龙五的事很快传到了韩司令耳朵里。

6

韩司令将韩轩叫到自己的书房时，韩轩非常紧张。

“你那只狮兽快要满一岁了吧？明天去田庄，把这个喂给它吃，将它带回府里来养吧。”韩司令将一个纸包拍在桌上，见韩轩一脸惊疑，冷哼一声，“难道你以为你那点小动作能瞒过我吗？”

“爹……”韩轩看看桌上的小纸包，激动不已，“您，您不怪它了？”

韩司令刚毅的脸上难得流露出一丝温和：“你这傻子，它只是一个小畜生，我怪得着它吗？上一次没被打死，算是它命大，就让它给你做兽仆吧。”

“可是袁叔他……会不会生气？”

这一句话不知道怎么的，捅了韩司令的炸药包，他眼睛一瞪，虎着脸骂道：“没出息，你才是少帅，他是你的部下，你管他生不生气干什么？”

“爹……您和袁叔叔，不是朋友吗？”

韩司令沉默良久，终于收起了那一腔火气，拉住韩轩的手，在他头上用力拂了一把：“傻孩子，生逢乱世，哪有什么生死相交的朋友？在这个世界上，能相信的只有自己的兽仆，记住了吗？”

韩轩点点头，同时心底生出一个疑问，一个他从来没有仔细想过的疑问。

父亲的兽仆很多年前就在一次战争中死了，可是父亲为什么没有再养一只新的兽仆呢？

韩司令难得扮演了一把慈父，却温柔不过三秒，又板起脸来提醒：“记着一定要将这药粉喂给那狮兽，听见了没！”

“知道了，爹。”

韩司令熊眼一瞪：“嗯？你喊我什么？”

韩轩差点被他爹吼得一哆嗦，啪地站直，行了个军礼：“是，父帅！”

韩司令交给韩轩的这包药粉，正是在兽仆满岁时用来引导其认主的，使用时需要融入一滴主人的血，这样兽仆就会永远对主人忠诚，绝对不会背叛主人。

韩轩揣着药粉满怀欣喜地跑到田庄，龙五还像往常一样，早早等在了田庄外，大概是感觉到了他心情不错，它也跟着欢腾起来。

“龙五，今天给你准备了好吃的！”

想要忽悠兽仆服下认主的药粉，可不能硬来，必须神不知鬼不觉地拌在饭食里，哄骗其吃掉。

韩轩特地让家里的厨房给龙五炖了一锅浓浓的肉汤，事先将药粉拌好，找来食盆倒进去。

万事俱备，只差最后一步，主人的血。

这滴血一定要新鲜，因此韩轩不能事先在府里准备好，只能当着龙五的面，用匕首尖刺破手指，挤了一滴血到肉汤里。

龙五注视着他的一举一动，见到这一幕，微微眯起了眼。

“过来。”韩轩的态度比往日多了几分别有用心的“谄媚”。

向来鸡贼不肯吃亏的狮兽怎么可能看不穿韩轩的小把戏？果然，它围着那盛满了浓香肉汤的食盆转了一圈，重新坐回到韩轩身边。

“嗯？不吃吗？”韩轩努力摆出一副纯良无害的脸孔。

龙五定定地看了韩轩一眼，目光随之落在他被刺破的手指上。

血还没有凝，殷红色的，带着韩轩气味的温热液体，似乎比那加了料的肉汤更具有吸引力。

见龙五怎么也不肯吃那肉汤，韩轩急了，沉下脸道：“怎么，这是嫌弃我？你嫌弃里面有我的血？”

龙五完全无视了这低劣的激将法，只是站起身，向韩轩的指尖凑过去，飞快地用舌头轻舔了一下。

“你这黑炭……”韩轩正想骂，竟然被龙五扑倒，两只前爪按着他的手，开始埋头舔舐起他的伤口。

有那么一瞬，韩轩其实是害怕的，因为也曾听说过兽仆在认主之前伤人的事例。兽仆在化人之前，野兽的本性更多一些，尝到血腥可能会激发体内的嗜血本能。

可是很快，韩轩就放松了下来，他知道龙五不会伤害他。

“喂，你舔够了没？”韩轩实在忍无可忍，一脚将狮兽踹开，“快去吃你自己的食儿。”

正舔得高兴，却被如此粗暴地踹开，平常龙五是绝对要炸毛的，可是这一回也不知道是怎么了，他只是老实地蹲在不远处盯着韩轩，还意犹未尽地舔了舔嘴巴。

“你确定不吃肉汤？我可是特地让司令府的掌厨给你熬的，用的都是最上等的料。”韩轩循循善诱。

龙五想了想，似乎终于提起了一点兴致，慢慢悠悠大爷一样走向食盆。

韩轩欣慰：“这才对嘛。”

然后只听“咣啷”一声，龙五用爪子一呼啦，将那饭盆打翻了。

韩轩：“……”

无论韩轩想了多少办法，龙五这小畜生都坚决不肯吃那认主的药粉，大有宁为玉碎不为瓦全的意思。

经历一下午的斗智斗勇，韩轩累了，破罐子破摔地说：“算了，你不吃就不吃吧，反正你只要愿意认我这个主人就好。”

龙五似乎也知道韩轩做出了多大的让步，屁颠屁颠地过来蹭蹭他这里，蹭蹭他那里，特别狗腿。

“行了，跟我走吧，父帅答应让我带你回府。”韩轩顺手摸了摸龙五的毛耳朵，不放心地叮嘱，“可是你要记着，以后不能再伤人了，不然我也没法保你，知道吗？”

龙五的回答，就是伸出舌头舔了下韩轩的手。

韩轩对狮兽这个臭毛病早就习惯了，倒也不以为意。

与喂食药粉的坎坷相比，回府的行程倒是顺当得不得了。

韩轩骑马在前，龙五跟在后面欢腾地跑，将那匹见过战场厮杀的宝驹吓得屁滚尿流。

7

每一只兽仆变成人的时间都不相同，但是同一品种的兽仆化人时间不会相差太多。对于狮兽一类来说，通常会在三岁至四岁之间化出人形。可是如今龙五已经过了六岁，还是没有化人的征兆。这一天是韩轩十四岁的生辰，司令府里举办了盛大的生日宴会。韩轩穿着新裁的军装站在韩司令身边接待客人，几百个来给他庆生的人，认识的寥寥无几，他只能机械地收下他们贵重的贺礼，听着他们满口的溢美之词，笑得脸上肌肉抽痛。

戏班子上台，“咿咿呀呀”地唱起了韩司令最喜欢的一出《姜太公斩将封神》，大家都忙着给司令敬酒助兴，韩轩趁机脱身，绕到了后院。

相比于前庭的热闹喧嚣，这后院安静得有些冷清，然而对此时的韩轩来说，却是求之不得的清净。

院子中央有一株很大的红梅树，据说是韩司令年少时亲手栽下的，如今已经长得有成年男子的腰那般粗壮。

寒冬腊月，满树的红梅花开得繁盛，但因为是在月色下，火红的颜色淡了三分，更显清雅。

树影中忽然有什么东西一闪。

韩轩笑开：“龙五，你又想吓我？”

少年的声音已经褪去了孩童的稚嫩，隐约有了男人的低沉。

一只半人高的黑狮兽从红梅树后缓缓转了出来，不同于大多数成年雄狮兽，龙五脖子周围一直没有长鬃毛，看上去不像狮兽，更像一只大型黑豹兽，这让它惨遭不少嘲笑。

“过来。”

韩轩在梅花树下坐定，从怀中掏出一个油纸包，打开以后，只见里面包裹着两只还在冒热气的鸡腿。他塞了一个给龙五，自己拿了另一个。

“还是在这里自在，外面的应酬太无趣。”韩轩对龙五抱怨，见它一直不肯吃鸡腿，转过头问：“嗯？你怎么不吃啊？你不是挺喜欢吃鸡腿的吗，我特地给你偷出来的。”

龙五今晚出奇地安静，在梅花树下转了一圈又一圈，黑得发蓝的兽瞳一直盯着韩轩看。

韩轩和龙五早就培养出了默契，哪怕龙五不会说话，也能大概猜出它的意思。

“怎么，你想要给我看什么？”韩轩不得不将两个鸡腿重新包好放到一旁，站起来。

龙五尾巴摇来摇去，显然为韩轩理解了它的意思而高兴，但它并没有离开红梅树下，而是两只前爪搭在树干上，直立了起来，几乎比韩轩还要高半个头。

“你到底要干什么啊？”韩轩被龙五神神秘秘的样子搞得哭笑不得，“难不成你也要送我一份贺寿礼？”

龙五没有回应，抬起爪子，认认真真用指甲在树干上划拉起来。

韩轩很快就看出来，龙五居然是在写字。

龙五虽然一直没能化成人，但心智已经很成熟，相当于人类十四五岁的少年人，韩轩曾努力教他识字念书，可是没有人的身体，这些功课对龙五来说太困难，所以即使龙五很聪明，还是不可能像人那样读写。

龙五写得的确吃力，好不容易才刻下几道不知所以的横平竖直。

“还是不要写了，你想要什么告诉我啊？”韩轩想去抓龙五的爪子，却被龙五轻轻推开，没办法只好继续看着它写。

终于，韩轩认出了龙五写出的第一个字。

那是一个“韩”字。

原来，龙五要写的是他的名字。

足足用了小半个钟头，龙五的杰作终于完成，歪歪扭扭并排刻着两个名字：韩轩，龙五。

韩轩用手指轻抚过树干上的刻痕，仿佛有种暖流直从指尖传到身上，心中忽然有种说不出的滋味。

“这是父帅亲手种的，你在上面乱画乱刻，不怕挨揍吗？”韩轩开玩笑地说。

黑狮兽只是安静地看着韩轩，显然并不在乎会不会被挨揍，只是担心眼前的人喜不喜欢。

韩轩终于忍不住笑出声来，揉了揉黑狮兽的大脑袋，然后竟然像对待人类好兄弟那样，揽住他的脖子抱住了它。

“谢谢你，这是我今天收到的最好的贺礼。”韩轩对着龙五那圆圆的兽耳轻声说，温暖的气息搔得它耳朵向后立起。

“既然你这么有学问了，不如我教你一首咏梅的诗，如何？”韩轩觉得今夜月色正好，红梅芬芳满园，忽然来了雅兴，“众芳摇落独暄妍，占尽风情向小园。疏影横斜水清浅，暗香浮动月黄昏……”

一首林逋的《山园小梅》尚未咏完，忽然起风了，满树的红梅花瓣如落雨飘下，晃得韩轩闭上眼。

然而当他再次睁开眼时，黑狮兽却已经不见了，取而代之的，是一个眼眸微微发蓝的英俊少年，黑发上零落几瓣红梅，正站在月光下温柔地笑。

“小少帅。”

韩轩眨眨眼，以为自己在做梦：“你是……”

少年的笑容愈发温柔，抬手摘掉落在韩轩头上的梅花瓣：“嗯，我是龙五。”

8

韩轩觉得，龙五哪里都好，唯有一点让他不爽，就是长得太好看了！只要和他出门，所有人的注意力都会被他吸引过去。

“如果小少帅不喜欢，以后我出门就戴面具。”龙五回答得很坦然，丝毫没有将韩轩的这个烦恼当回事。

韩轩那蠢蠢欲动的小嫉妒心才刚刚萌芽，就被龙五掐断了。

而且感觉哪里不太对啊？只给他一个人看……这话听着怎么这么别扭？又不是不能见人的小媳妇。

“算了，你就这么出去吧，也挺好的。”韩轩宽宏大量地批准了龙五的露脸权。

龙五还是笑得温和，仿佛永远任他的主人予取予求，也不会有丝毫违抗。

自从龙五能变成人以后，韩轩的生活越来越舒服，他身边的丫鬟仆从全都没了用处，有关他的一切，事无巨细全由龙五一手包办。

龙五对韩轩生活上的照顾，简直是体贴入微。

韩轩提笔习字时，龙五便站在旁边替他研墨，他研出的墨汁细腻又柔滑，比干这活计干了十年以上的书童还要妥帖。

韩轩晚上睡觉时，龙五会事先用汤婆子将被褥焐热，等韩轩入睡之后，他便躺在他床边的矮榻上，夜间帮他端水盖被子。

龙五非但不会因为这些琐碎的事情感到厌烦，反而乐在其中。他似乎非常喜欢照顾韩轩，恨不能连吃饭穿衣、喝水洗脸都替他做了，不用他动一根手指头。

韩轩觉得再这样下去，自己会被龙五养废。

“龙五，既然你现在已经能变成人了，就和我一起读书识字吧，将来我们一起上战场，开疆扩土，你就是我的副官，怎么样？”这日韩轩用早饭时向龙五提议。

“如果小少帅教我，我便学。”龙五用汤匙舀起熬得黏稠的五谷粥，轻轻吹凉了。

“所以一定要我来教你？嗯？”

龙五不说话，只是看着韩轩浅笑。

韩轩觉得他真是拿龙五没办法，当野兽时除了他亲自喂食，否则宁可饿死也不吃，现在变成了人，读书识字也要他亲自教才肯学，否则宁愿做文盲。

当真是死性不改。

“好，我亲自教你。”韩轩终于点了头，“不过你既然答应了学，就要学得好，才不会给我这个师父丢脸。至于这些杂事，以后你就不要再插手了。”

龙五愣了愣，头一次对韩轩的指示提出了反对意见：“我侍奉小少帅，不会影响读书。”

韩轩不以为意：“不管会不会影响，你又何必去做这些下人做的事呢。”

龙五沉吟良久，垂了眼眸：“我也是下人。”

这一次轮到韩轩愣住了，如果不是龙五提起，他险些忘记了。

龙五的身份是他的兽仆，为兽时是坐骑，为人时做奴仆。

可是这么多年的相处，他真的只是当他是奴仆吗？难道他们不是朋友吗？

龙五开始跟着韩轩一起去上军校，却在学校碰到了视他如眼中钉肉中刺的袁修。

袁修因为当年龙五那一口，伤了手筋，此生再也无法拿枪，因此对龙五恨得牙痒。

韩轩为了不让袁修找龙五的麻烦，一直想办法将他时时带在身边，可还是无法完全避免让龙五落单。

“嘿，小畜生！你家主人拴在你脖子上的链子是不是断了？否则你怎么没有跟在他屁股后头摇尾巴？”趁着下课教官叫韩轩出去，袁修带着一伙人将龙五围住，阴阳怪气，满脸不怀好意。

龙五淡淡地看了袁修一眼，他的眼眸微微泛着蓝色，让人可以轻易地将他与人类区分开。这双总是对韩轩投以温柔注视的眼睛，此刻只是随意一扫，便让人遍体生寒，即便他一言不发，也让袁修底气弱了几分。

“怎么，你还不服气？你真的以为韩轩那小子会将你当成朋友？”

龙五不搭话，就像什么都没听见。

袁修有意想要激怒龙五，因为一旦他胆敢对人类动手，就可以直接将他杀死而不会受到任何惩罚，可他没想到这狮兽竟这么沉得住气，心思一转，招呼自己的兽仆。

“曜风，你过来！”

袁修的兽仆是个皮肤非常白皙的少年，单从他纤瘦俊美的外形看，丝毫看不出他竟然是一只白虎兽。据说袁修因为那次被龙五伤到，从此对兽仆怀恨在心，经常折磨虐待府中的兽仆，自己的兽仆也不例外。

叫曜风的少年响应主人的召唤，恭谨地走上前，只是脸色似乎更苍白了几分，无意间露出袖口的一节手腕上布满了伤痕，像是被鞭子抽打过留下的伤痕。

袁修让少年跪在自己面前，伸出一只脚，眼睛却是恶意满满地看着龙五：“曜风，我的鞋脏了，给我舔干净。”

“是，主人。”曜风的身体在发抖，能看出来，他在抗拒，可还是迫不得已受到认主药剂的控制，近乎本能地听从命令跪伏下身，去舔袁修那双脏污的皮靴。

袁修却在曜风舔到一半时忽然抬脚踩在他的头上，用力下压，将曜风的脸按进泥土里，指桑骂槐道：“不要以为可以像人一样穿衣服进学校，就真的把自己当人了。你只是可以随便让我骑在身下的畜生，是可以任意牵去集市买卖的奴隶，知道吗？！记住了，不要忘了自己的身份！”

在场的军阀子弟们像是看到什么有趣的事，哄然大笑，而站在他们身后的兽仆，虽然低垂着眼眸不敢发出半点声音，但隐在身后的手却一点点握成了拳头。

龙五的神色很不好看，他想起很久以前看过的一幕幕。多么相似的情景！兽仆们即使化成人形，即使能像人一样行走说话，却还是被人类当作未开化的牲畜，任意打骂、买卖、凌辱、虐杀！

他忽然想到那天早上，他对韩轩说自己也只是下人时韩轩的沉默。

沉默便是默认。

所以在韩轩的眼中，他究竟是什么呢？难道也像这个姓袁的败类一样，只是将他当作野兽，当作奴隶吗？

这个问题如魔障一样折磨着龙五，他忽然陷入牛角尖，没有了平日的理性和镇定，霍然变出了兽身，发出惊心动魄的嘶吼。

空气中仿佛有什么东西战栗了一下，席卷了在场所有的兽仆，致使他们不约而同齐齐打了个寒战，转头看向那只怒火中烧的狮兽。

龙五没有注意到那些兽仆落在自己身上的奇异目光，只是阴郁地盯着面前一堆让他觉得倍感碍眼的人形生物。

明明他的力量远胜于他们，为什么要听他们唠叨，受他们摆布？

都吃掉好了……

将这些讨厌的、肮脏的，贪婪又凶狠的人类吃掉，耳根就清净了吧？

9

在龙五扑向袁修的瞬间，韩轩正好回来看到这一幕，想也没想就冲过来将袁修推开，换成自己被龙五扑倒在地上。

龙五的利爪因为这一扑的冲力，抓进了韩轩的肩膀，鲜血渗透了内衫，在暗色的军装上缓缓晕开。

韩轩睁开眼，看到一张狰狞的猛兽的脸，瞳孔微缩。

“龙五……”

巨大的狮兽仿佛已经完全失去理智，高高地抬起爪子，带着劲风拍下来。那双熟悉的兽瞳此刻变得无比陌生，像是两团燃烧的蓝色火焰，有着吞噬天地的力量。

“龙五，你要杀了我吗？！”韩轩怒吼。

就在兽爪即将把韩轩拍成肉饼时，忽然在半空停了下来，被这一声惊醒的龙五彻底愣住，呆呆的，不敢相信自己做了什么，却依然压在韩轩身上没有离开。

“快去救韩少帅！那兽仆噬主了！”袁修大喊，军校的警卫兵闻声赶来，齐齐端枪指向黑色的狮兽。

“还不快变成人形！”韩轩压低了声音道。

龙五收起了利爪獠牙，后知后觉地恢复成了人身。

“扶我起来，离开这里。”

在龙五的搀扶下，韩轩艰难地站起来，冷眼扫了扫周围的警卫兵：“你们这是干什么？”

“韩少帅，这兽仆竟然袭主，你还打算留着它？”袁修目光不善地落在龙五身上。

韩轩哼了一声，“我的兽仆，我自会管教，还轮不到别人插手。”

袁修提醒韩轩：“兽仆似人，却终是畜生，韩少帅不要掉以轻心。”

韩轩没理他，在龙五的搀扶下回到独门独院的宿舍，再也支撑不住，脚底瘫软倒在地上。

“少帅！”龙五慌了，忙将韩轩打横抱到床榻。

韩轩疼出了一身汗，艰难解开衣服，才发现肩膀上被龙五抓出的伤口深可见骨，而且肋骨好像也断了几根，他能一路坚持着勉强走到这里，简直是个奇迹。

龙五愧疚不已，同时也有些懊恼：“少帅为什么要救那姓袁的？”

韩轩气得狠踹了龙五一脚：“我那是救他吗？我是救你！蠢货！”

今天龙五如果伤的是袁修，他现在还能有小命在？！

兽仆伤主其实是比伤其他人更恶劣的行径，只是韩轩打死了不松口，硬是说自己没有受伤，别人也拿龙五没办法。

为了保住龙五，韩轩不得不每天强装着安然无恙去上课，晚上因为伤口疼，睡得非常不安稳，经常做噩梦。

这天晚上他又做了噩梦，梦见一只黑色的猛兽在后面追他，追上他之后将他扑倒在地，它长着一双幽蓝色的眼睛，贪婪地看着他，张开满是獠牙的兽口，好像随时准备将他撕咬成肉块。

韩轩吓得惊叫一声，猛地从床上坐起来，大口喘着气，浑身冷汗涔涔。

“少帅，你怎么了？”龙五立刻从韩轩床边的矮榻上起身，眼眸在黑暗中愈发显得湛蓝，这是野兽能在黑夜里视物的特征，“还是伤口又疼了？”

在龙五靠近时，韩轩下意识往后缩了一下。

龙五察觉到，微微皱了下眉。

“龙五……”

努力让自己从梦魇中清醒过来，韩轩忽然想到龙五当年并没有服下那种认主的药粉。

龙五与他并没有结成真正的主仆契约，他无法真正控制龙五。

“少帅？”见韩轩长久不说话，龙五轻声问。

韩轩深吸一口气，看着龙五的眼睛：“龙五，你是不是永远不会背叛我？是不是愿意听我的话？”

龙五微愣，没料到韩轩会忽然问这个。他几乎没有任何犹豫地在床榻边跪下，同样注视着韩轩的眼睛：“龙五立誓，永不背弃韩轩，自愿永世追随，生死相伴。”

也许是龙五的誓言太郑重，让韩轩觉得有一团火在心里烧了起来。

他对龙五说：“龙五，无论发生什么，我也永远不会背弃你。”

龙五一直悉心照顾韩轩，并没有注意到，军校中那些跟随主人而来的兽仆们，时常有意无意地向他聚集，有时候他随口说些什么，竟会被他们当作金科玉律遵守。

四年的军校生活转眼结束。

因为这一届的毕业生里有韩司令的儿子，毕业典礼格外隆重，不少军阀子弟的家属都来了，这其中自然包括韩家和袁家的人。

袁修有个妹妹叫袁月儿，以前年节往来时，韩轩也曾见过她几次，小姑娘长得很漂亮，总是喜欢跟在他屁股后头喊轩哥哥，如今已经长成了十六岁的亭亭少女，随同父母一起来庆贺兄长毕业。

明明是个喜庆的日子，可是韩轩总觉得心中不安，好像有什么事要发生。

因为来了太多学生家属，军校内拥挤了很多，到处都是人，韩轩被几个父帅手下的军官围住攀谈，等好不容易脱身，才发现龙五不见了。

就在这时，一声凄厉刺耳的尖叫传来，韩轩心中一沉，忙循声跑过去，当他看到变成兽身的龙五，还有旁边用双手捂着脸的袁月儿，全身的血液都凝固了。

袁月儿捂着脸的双手下，触目惊心的鲜血正一滴一滴地淌着。

袁副官怒不可遏，韩司令掏枪，袁修命人将龙五围起来，他身边的兽仆脸色苍白，似乎是被这突如其来的变故吓到了。

韩轩赶在所有人动手之前冲了出去，抽出皮鞭，狠狠甩在龙五身上。

"畜生！"

龙五被皮鞭打到的地方立刻皮开肉绽，他向旁边猛地一跃，竟然一下跳出了包围圈。韩轩紧跟上去，一鞭接着一鞭地狠狠抽过去。

因为韩轩和龙五一个追着打一个往外躲，距离太近，没人敢向龙五开枪，生怕伤到韩轩。

随着韩轩的鞭子不断抽在身上，龙五心中的怒火和委屈几乎将他仅剩的理智燃尽。

不是我！为什么不相信我！

他在心中疯狂地叫着，可是韩轩却不给他解释的机会。他忽然觉得特别绝望，不明白为什么韩轩要这样对待他。难道在他的眼中，他真的是一只被野性操控的畜生吗？

说好了永不背弃，那现在这样算什么？

龙五越来越悲愤，他痛恨这个世界，痛恨他自己，痛恨那些可恶的人类，甚至……开始痛恨韩轩。他的身体仿佛有烈火灼烧，每一块骨头都要爆裂开。

“怪，怪物！”人群尖叫着退散。

黑色的狮兽忽然自燃起来，柔软的皮毛被金色鳞片覆盖，身体形状开始变化，越长越大，如利剑的獠牙从嘴皮下呲出，脖子一圈也生出了坚硬的红色鬃毛，利爪下有烈火燃烧。

龙五什么也听不到，恍惚中，他感觉有子弹打在身上，却不痛不痒。

而就在这一刻，被人类长久奴役压迫的兽仆们，忽然觉得身体有了些不一样的变化，好像千百年来那牢牢束缚在他们血液中的镣铐，随着狻猊降世的圣火而慢慢熔断。

韩司令命人架来迫击炮，对准了发疯的怪兽。

龙五对周遭一切事物都没有感知，只是在人群中找那个手执长鞭的人。

四目相对，就在龙五要被心中的怒火和恶念逼得失去最后的神智时，他忽然看见那个人对自己说了一句话。

他说：“龙五，快跑！”

10

轰的一声巨响，炮弹发射，烟尘滚滚，呛得人睁不开眼睛。当烟雾散去，怪兽已经消失不见了。韩轩紧紧攥住手上的长鞭，失魂落魄地坐在地上。

袁副官恼羞成怒，和韩司令对峙道：“司令，少帅的那只兽仆伤了我一对儿女，我儿子的手残了，如今我女儿也毁了容貌，您不打算给我一个说法吗？”

韩司令看着站在袁副官身后的一众军官，再看看自己身后的人马，两方泾渭分明，大有楚河汉界的意思。

“兄弟，这件事是我们韩家对不住你。不过你放心，我一定会请遍全国最好的医生给月儿治疗，即使月儿的容貌无法恢复如初，相信以她司令府少帅夫人的身份，也没人敢说三道四。”

在场众人全都非常意外。

“司令，你这是……？”袁副官挑眉。

“韩袁早就是一家人了，难道你还不明白我的意思吗？”韩司令笑着揽住袁副官的肩膀，“生逢乱世，有什么困难，我们兄弟要一起去面对，不是吗？”

韩家和袁家结亲的消息很快传开，原本想趁司令部内讧的机会挑事的各方势力也偃旗息鼓。

然而谁都没想到，就在韩家少帅和袁家小姐大婚当天，袁副官叛变了，派人围了司令府。

韩袁双方交战了一夜，袁月儿不幸在混乱中，中枪身亡，韩轩也受了重伤。韩司令带着剩下的人马撤退，半路被袁副官亲自带兵截杀。

“姓袁的，我自问待你不薄，我们这么多年的交情，你为什么要背叛我？”韩司令问。

袁副官冷笑：“这还用问我吗？当年你的兽仆因我而死，我早就知道你对我怀恨在心，总有一天要替那兽仆报仇。我不先下手为强，难道等你用不着我的时候再求你饶了我的命吗？”

那一晚的战况到底如何，韩轩永远都没有机会知道了。韩司令命人先一步将他从小路秘密护送离开，辗转南下过江，在一个农庄里养伤。

临别前，韩司令终于解开了韩轩长久以来压在心底的谜团。

“轩儿，你本不是我的亲生儿子。”韩司令从小到大都没这样叫过韩轩，可是在诀别的一刻，他那双满是血污的大手拂过韩轩的脸，眼睛里流露出浓浓的不舍和悲伤，“我是在铁路边捡到你的，把你带进军队，让你承受这些，对不起……我不是个好父亲，发现你的那天，我的兽仆死了，他生前非常喜欢小孩，所以我才会收养你。如果他还活着，一定会好好照顾你长大。兽仆很可怜，他们，他们不应该存在于这个世界……”

铁血汉子说到最后几句，泪如雨下，不知是为这动乱的世道悲叹，还是在为他那个用一生去缅怀的兽仆朋友心伤。

几个月后，等韩轩在南方农庄养好了伤，能够行动自如时，外面的世界却已经变天了。

所谓的变天，不是说袁副官终于打倒了韩司令，夺得天下，或是其他军阀趁着韩袁反目成仇，坐收渔翁之利。

这个变天，是指——兽仆造反了。

不知是何原因，强制兽仆认主的药剂好像一夜间全部失灵，主人们没有能力再制约自己的兽仆。被奴役了千百年的兽仆终于有了反抗的机会，开始疯狂噬主，据说很多高级将领和大军阀，都是在睡梦中被自己的兽仆杀死的。他们甚至拥立了一个首领，组织起秩序井然的军队。

全国陷入前所未有的混乱，人类和兽仆争斗得不死不休，都想将对方消灭殆尽。

韩轩觉得自己作为昔日的司令之子，不能这样偏安一隅，任黎民受战争涂炭。于是他离开了那个安逸的农庄，一路北上，收拢韩家旧部，迅速组织起一支人类的军队，与兽仆不断扩张的势力抗衡。

兽仆身为一半的猛兽，本来战斗力就比人类强，而且他们的成年速度远比人类快。因此，战争持续得越久，局势便越有利于兽仆。

不计其数的人死了。

不计其数的兽仆死了。

广厦倾颓，家园不复，千里沃野变成了焦土。

这场旷古绝今的战争仿佛永远没有尽头。

可就在人类觉得自己快要撑不下去的时候，意外地收到了兽仆首领发来的求和书。

已经成为人类军队最高指挥的韩轩，决定答应对方的要求，前去进行和平洽谈。

不知道是不是巧合，洽谈的地点，竟然选在了昔日的韩家司令府。

再次踏入熟悉的宅院，韩轩觉得恍如隔世。

没想到这司令府能在战火中保存得这么完好，可惜，想见的人见不到了，昔日那些美好的回忆也随着烽火燃为灰烬，到头来，也只能道一句“物是人非”。

司令府一个人都没有，韩轩不知不觉走到一株红梅树下，无意间看到上面的四个字，用指尖划过，还是那样清晰。

“好久不见，我的小少帅。”熟悉的声音在身后响起。

11

韩轩动作僵住，缓缓转过身。

“龙五。”韩轩嗓音干涩，仿佛用尽了全部力气，才说出了这句话，“你……还活着。”

龙五穿着一身深绿色的硬挺军装，武装带上挂着手枪，缓缓向韩轩走过来，黑色的长筒军靴与地面发出轻微的摩擦声。

“你……就是兽仆的元帅？”

龙五在韩轩面前站定，嘴角噙着微笑。

“你要讲和？为什么？现在战局对你们有利。”韩轩觉得龙五距离自己太近，不由微微退后，终于艰难地问出这句。

“因为我发过誓，永生追随，永不背弃。只要你愿意亲自起草和平协定，我就愿意在上面签字。”

四目对视中，韩轩忽然笑了。

还是那样死性不改，一定要他亲手做，他才会接受。

龙五也笑了，仿佛这漫长的岁月并没有在他们之间留下任何隔阂。

红梅树尚未开花，但是两人站在树下，所有心结都在这相视而笑中解开。比如韩轩不用向龙五解释当初用鞭子抽他，是为了保护他。龙五也不用再辩解袁家小姐的脸是被袁修的兽仆曜风所伤，与他毫无关系。他不用向他表达多年的牵挂，他也无须将日日夜夜的思念说出口。

“其实无论战局对谁有利，只要战争持续一天，就会造成更多的伤亡。”玩笑般的理由说完，龙五终于正色，他看着韩轩，饱经磨砺的脸上没有了昔日的顽劣轻狂，也不再像小时候那样，一喜一怒都让人轻易地看出来。

他如今已经不再是韩轩从小到大的玩伴，而是肩负着一个种族命运的首领。

他所做出的决定，并不是出于个人喜好的任性，而是关乎一个全新世界的未来。

“韩轩，还记得你和我说过的那个梦吗？你说你来自一个没有战争，人人自由平等，和乐幸福的世界。”龙五深深地看着韩轩，向他伸出手，“这么多年我一直在想，也许你看到的不是梦，而是未来。所以，让我们一起缔造这样的世界吧。”

韩轩看着龙五伸出的手，终于，握了上去。

和平协议正式签订，人类与兽仆之间长达五年的混战，最后被一个从未服食过认主药剂，从未真正受制于人，从未向人类屈服的兽仆，以和平的方式结束，不能不说是个讽刺。

至此，世上再也没有兽仆，他们成为和人类一样的存在，与人类拥有平等的权利。

新的共和政府成立的当晚，韩轩在午夜零点被一阵火车鸣笛声惊醒。

他走出房间，看到原本应该是水泥路面的别墅大门前，竟然多出了两道望不到尽头的铁轨。

刺眼的灯光从远处照射来，韩轩抬手挡住眼睛，直到那列车缓缓在他面前停下，车厢门打开。

一个穿着米色大衣，戴着眼镜头发凌乱的男人，插着大衣口袋倚在门口，没精打采地打了个哈欠。

“列车长生病，由我代班，你在这个世界的事情已经做完了，可以返程了。”

返程？返去哪里？

似乎是能听到韩轩的心声，戴眼镜的男人说："返回你本来的世界啊，亲爱的先生。难道你不记得自己曾经属于的那个世界吗？"

韩轩忽然想起三岁以前那些模糊的记忆，他沿着长长的铁轨走，上了一列火车。

原来那些都不是梦吗？

戴眼镜的男人被空气中的浓烟呛得一阵咳嗽，不由低声抱怨："啧啧，这里的空气质量可真不怎么样，刚经历过战争吧？最讨厌有战争的世界了，饥贫瘟疫将接踵而至。先生，你要不要上车，你原来的那个世界可比这里美好多了。"

韩轩沉默了片刻，忽然被一声悠长的兽吼声唤回了意识。他回过头，看到一只黑色的狮兽从别墅冲出来，似乎在寻找什么，因为寻不到而焦躁不安，一遍一遍发出悲鸣般的吼叫，震得大地也跟着震动。它似乎看不到此时的韩轩，更看不到韩轩面前突兀出现的零点列车，径直从他身边窜了出去。

"我，可以留下来吗？"韩轩问男人。

"嗯？你居然想要留在这个糟糕的世界？"

"如果可以的话。"韩轩点头。

"为什么？"

韩轩不知道该如何回答。

"好吧，零点列车尊重乘客的意愿。那么，后会无期。"戴眼镜的男人耸肩，冲韩轩挥挥手，关上了车门。

列车呼啸着渐行渐远，在夜色中消失。

韩轩裹紧了军用斗篷，向着刚才那头黑色狮兽跑走的方向匆匆行去。

戴眼镜的男人说这里是个糟糕的世界，没错，这里的确曾是个糟糕透顶的世界，可是那又如何呢？它已经改变了，而且以后也会向着更好的方向改变。

韩轩脚步越来越快，终于看到了向他跑来的龙五，他停下站在原地，任凭夜晚的风将斗篷吹得猎猎作响，唇角不禁扬起笑容。

这一刻，他终于知道该如何回答那个男人的问题。

为什么要留下来呢？

因为在这片满目疮痍而充满希望的土地上，有我所信赖的人。

Midnight

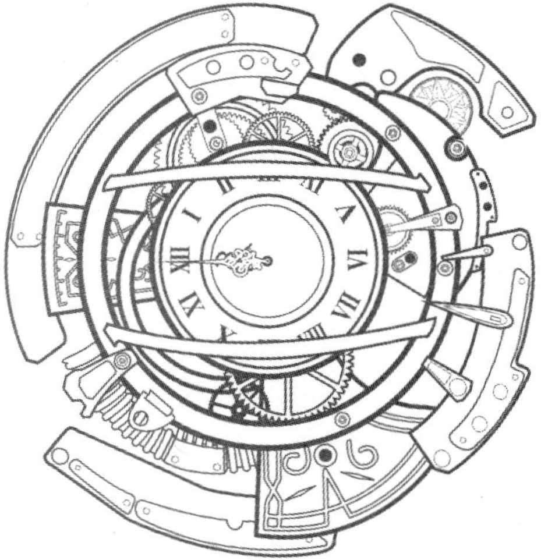

Express

20XX 年 X 月 X 日　　天气：阴

我发现了一件令我感到非常震惊的事！

当初我做的那个关于夏青木的梦竟然是真实的！也就是说，夏青木的确在登上零点列车之后到了鲛人世界。

而且自从列车长病倒，我接替他完成了一部分工作，便开始发现，所有零点列车的乘客在穿越世界之后，都会或多或少地对所在世界产生一定的影响。

最开始这只是一种基于观察总结的猜测，直到那天我发现了一样东西，隐约觉得自己窥探到了零点列车存在的原因。

想要解释清楚这些，需要借助下面这个故事。

还记得第一个故事里的安伊尔和胡尼吗？

安伊尔最后因为失去了心脏而死，胡尼悲伤欲绝地回到零点列车，却一直滞留在车上不肯回到自己原来的世界。我当时还无法理解，为什么胡尼要赖在车上，既然安伊尔已经死了，那么就算留在列车上又有什么用呢？

零点列车可以穿越时空，却无法让时间倒退。已经发生过的事情，是永远无法再改变的。

后来在一个科技文明高度发达的人工智能世界，胡尼下了车。

我无论如何也没有想到，竟然有机会再次见到安伊尔。

而且我也终于搞清楚，列车长的身体是从什么时候开始出状况的……

Midnight
Express

失控

1

零点列车今天出奇的安静，列车长室内没有点灯，黑漆漆的一点烟火气都没有，平日里喜欢坐在桌边喝咖啡的列车长不见了踪影。作家破天荒地没有坐在他那台破旧的笔记本电脑前敲字，而是手法不太熟练地端着一杯热果茶，嘴里叼着烟，来到一扇被关得死死的门外。

“我可以进来吗？”作家轻轻地敲了两下门。

半晌没有等到回应，正当作家犹豫着要不要未经主人允许直接进入时，里面终于传来一个轻得有些虚弱的声音。

“把烟掐了。”

作家准备继续叩门的手微僵，默默将嘴里的烟取下来熄灭。

他也不记得自己是什么时候染上的烟瘾，在登上零点列车之前，他从来都是一个人独来独往，也不会觉得这会影响到别人。但既然列车长这么反感烟味，这个坏习惯的确应该改一改了。

在门外站了一会儿，等到身上的烟味稍稍散去，作家才推开列车长起居室的门，却一下愣住了。

他本以为起居室内只会摆着沙发、床、电视等家具，没想到迎面映入眼帘的竟是一排很高很长的白色金属架，上面黑压压地摆满了书。

作家随手抽了一本书，先是看看书脊，发现上面并没有书的名字，于是又将书翻过来，依然没在封面上找到任何字迹。作家心中愈发好奇，只好将书打开，发觉这并不是书，而是一本笔记。

随便翻看别人的笔记可不是好教养。作家立刻将笔记本合上放了回去，不过他还是在余光一扫间看清了被他翻开的那一页的内容。

“蒋星川，学生，从文明人类世界到次文明龙皇世界。穿越世界原因：梦引。穿越世界结果：阻止龙皇世界混战。列车获取能量值：1000亿焦耳。是否返程：是。

傅成蹊，黑客，从超文明人类世界到文明人类世界。穿越世界原因：空间裂缝。穿越世界结果：阻止人类世界陷入长达五十年的恐怖活动浩劫。列车获取能量值：2000亿焦耳。是否返程：否。

夏青木，厨师，从文明人类世界到超文明鱼人世界。穿越世界原因：寻人。穿越世界结果：防止鱼人世界崩溃。列车获取能量值：4200亿焦耳。是否返程：否。

胡尼，魔术师，从文明人类世界到次文明神迹世界。穿越世界原因：归乡。穿越世界结果：颠覆神迹政权解放被压迫奴隶。列车获取能量值：2900亿焦耳。是否返程：否。（但也并未留在该世界。）”

……

“咳咳咳……”

金属架对面传来咳嗽声，作家顾不上疑问，绕过架子，看到躺在床上的列车长。

“怎么样，好点了吗？”

列车长的脸色很苍白，总是熨烫得没有一丝褶皱的藏青制服被脱下来搭在床边的椅子上。见作家进来，列车长勉强撑着身体坐起来，半靠在床头，接过还冒着热气的果茶喝了一口，心满意足地眯起了眼睛，似乎被这小小一杯果茶取悦了。

“多谢，果茶不错。”

作家拉过椅子坐下：“想不到你居然也会生病，还病得这么严重。”

“我的确很少生病。”列车长神色淡淡地吹着热果茶，不知道是不是被那氤氲热气蒸的，他的脸色似乎比刚才红润了一些，“事实上，这是我第一次在零点列车上生病。”

作家迅速捕捉到了重点，很想问列车长他是什么时候登上零点列车，在登上零点列车之前他是什么人，又是怎样成为零点列车的列车长。不过他知道，对于类似的问题，列车长向来不会给出令人满意的回答，倒不如干脆不问，以免浪费口舌。

“我记得你和我说过，零点列车上的时间是静止的，所以在零点列车上的人身体不会衰老病弱。那你为什么会生病呢？”

列车长又轻轻抿了一口果茶：“你猜？”

作家：“……”

列车长笑了笑：“好了，感谢你的果茶，我有些困了，想再睡一会儿。”

作家被列车长变相地撵出了起居室，离开前他回头看了眼躺在床上的瘦削青年，心中忽然生出一种莫名的担忧。

来到这零点列车不知道多久了，列车长给他的感觉总是淡定又神秘的，好像会在这无尽的时空中永远运行着这趟零点列车。他总是以最佳的状态迎接一个又一个乘客，哪怕遇到最悲惨、震撼、最荒诞离奇的故事，也能做到泰然处之，完美的笑容不会有分毫改变。

就是这样的人，竟然也会生病，也会虚弱地躺在床上昏睡。

可他究竟是从什么时候开始表现出身体的衰弱呢？

作家坐在起居室对面的桌子旁，打开电脑，忽然想起刚才在列车长室中无意翻看到的笔记。

关于胡尼的故事，作家至今记忆犹新。那个黑发男人曾经为了颠覆神迹世界的腐朽皇权，从代表神赐之力的巨石人像上取下一块黑色晶石。哪知道却因此害死生命中最重要的人。胡尼带着那块晶石重新回到零点列车，在无数平行世界中穿行，最后在一个进入大宇宙文明的世界下了车。

说起来，列车长身体状况出现异常，好像就是从再次见到胡尼开始的……

2

掌心里的湿泥填上新冢的第一抔土，带着心伤者的眼泪，埋葬逝去的记忆。

但是，作为一个刚刚被生产研发出来的人工智能机器人，安伊尔还不能理解这些复杂的人类情感，他的目光只是锁定在坟冢之后的墓碑上，那上面刻着和他一模一样的名字——安伊尔。

这个死去的人，居然也叫安伊尔。

格灵墓园今天来了很多人，就连光辉帝国向来深居简出的女王陛下也一身黑裙出现。

“愿帝国的儿子，人民的英雄，伟大的机甲战士安伊尔·德·波伦蒂，能够在天国永生。生者不会忘记他为正义与和平做出的牺牲，人们将永远怀念他，希望他的英灵赐予帝国福祉，保佑帝国的子民早日摆脱战争的苦痛。”

牧师低声在墓碑旁念诵祭词，人们注视着那口材质朴素的漆黑长棺缓慢下葬。蒙着面纱的女王提起裙摆走上前，在棺盖上轻轻放下一朵沾着新鲜露水的红玫瑰。

“以女王的名义，追封光辉帝国机甲护卫队队长安伊尔为上将，加封公爵，赐银云勋章。”

跟在女王身后的典仪官沉声宣读，赋予逝者一项又一项殊荣。然而对于死去的人来说，再多的荣耀，对他本身也没有了意义。

将棺木掩埋之前，牧师提议："现在，让我们最后念三声他的名字，送他离开吧。"

众人低垂下头。

安伊尔，安伊尔，安伊尔。

愿你的灵魂升上天国，保佑这片你所热爱的土地。

你永远都是光辉帝国最杰出的战士。

你的忠诚与勇敢永存。

你的荣耀永存。

墓园中忽然起了一阵冷风，人们微微战栗，不约而同地裹紧外套。

唯有安伊尔，他那坚不可摧的银白色金属外壳不会让他感受到任何温度的变化，钢化玻璃眼珠呈现出淡淡的蓝色，毫无情绪地注视着棺材下葬。

"安伊尔队长的葬礼居然惊动了女王陛下，真是不可思议！"

"这也没什么好奇怪的，据说当时他就是为了护送女王的军舰才遭到星际入侵者的围剿。"

"难怪女王陛下会出席葬礼……"

"你们看到女王身边的那个新机器人护卫了吗？"

"看到了！听说是军部最新研发成功的高级智能机器人，心智几乎与人类没有区别！"

"切，那帮搞科研的家伙总喜欢吹嘘，哪一次出新品不说与人类智慧没有区别？到头来也只是搭载了更高级的处理器和程序语言而已，根本没有自己的思考能力，更不要说会有人类的感情了。"

就在人们议论时，方才那阵忽然吹起的冷风再次席卷而来，这一次风力更甚，夹带着彻骨的寒意。冰晶在地面结起，瞬间蔓延覆盖了整个格灵墓园。人们条件反射地向脚下看去，在看到那层泛着蓝光的薄冰之后，全都现出惊恐的神色。

“不好，是蓝冰星的入侵者！”

无数生着触手的黑灰色庞然大物从冰层下一齐冒出来，如同章鱼般的触手让它们行动迅捷无比，触手边缘锋利如刀，所过之处仿佛巨型绞肉机过境，弥漫起腥臭又温热的血雾。

凄厉的尖叫声在格灵墓园的上空回响，将恐怖与死亡的气氛渲染到极致。女王的机甲护卫全力抗敌，然而那些看上去十分柔软的触手，却坚韧得连离子光弹都无法打穿。

一个接一个机甲战士连同战甲一起被撕碎，流着血的肉块在空中飞溅。

安伊尔一动不动地站在这屠宰场中，好像一尊麻木的金属雕塑，对身边的事无动于衷，冰蓝的眼珠近乎淡漠地扫过那些触手怪物。

“三点四八秒。”他轻声道。

女王的防卫圈不断缩小，距离女王最近的两名机甲护卫也倒下了，他们的心脏被同一个入侵者的两只触手同时贯穿。在尸体上留下血淋淋的窟窿之后，那双触手伸向了失去最后保护的女王。

女王戴着面纱的黑色天鹅绒礼帽掉落，露出一张苍白却美艳绝伦的脸。她闭上眼睛，准备接受死亡。

但是，什么也没有发生。

当女王感觉到入侵者冰冷的触手碰到自己的额头，就要破开头骨刺入时，世界忽然归于寂静，寂静得好像连空气都停止了流动。

女王慢慢睁开眼睛。

漫天的蓝色发光液体缓慢飘落下来，伴随着断裂的触手残肢，无声无息近乎诡异，将整片天空都映亮，有种扭曲的壮丽感。

三点四八秒，于人类来说不过是一次眨眼的间隔时间。但是从安伊尔做出绞杀的决定，到把这些连帝国最优秀的机甲战队也无法阻挡的可怕入侵者全都斩成肉块，也只有三点四八秒。

“让您受惊是我的疏忽。”

安伊尔站在漫天蓝色血雨中，为女王撑起隔离伞，抚胸鞠了一躬。

“安伊尔，你将成为光辉帝国的希望。”女王的笑容依然优雅雍容，丝毫看不出刚刚经历过一场生死劫，但她的目光中却透出一种压抑不住的狂喜。

3

安伊尔很快成为光辉帝国的明星，他是数以万次的实验中，唯一被制作成功的完全意义上的智能机器人。

他不仅具备传统机器人的强悍战斗力，大脑还能像人类一样自主学习、独立思考，智能进化速度超乎想象。

因为有了安伊尔的加入，光辉帝国数百年来在星际战场的颓败局势得到强有力扭转。那些向来将人类当作低等生物而肆意凌虐的外星入侵者们，在几次惨败之后终于有所收敛，帝国常年被战火笼罩的天空有了短暂的清明。

光辉帝国的民众对安伊尔报以极度的爱戴和推崇，送给他一个很形象的称号——不灭的骑士，意喻无所不能，不死不灭，像骑士般永远守护着帝国和帝国的子民。女王甚至不顾大臣们的强烈反对，授予他只有人类才能领受的少将头衔，独立领导一个集团军。

然而并不是所有人都愿意做安伊尔的拥护者，有关超级人工智能会不会失控，以致危害人类的质疑声从未间断。毕竟，在很多年前，光辉帝国曾被一台名叫“丽塔”的超智能计算机祸害得不轻。

许多人工智能领域的专家要求军部交出安伊尔的程序源代码和大脑构成硬件图，借以评估他的危险指数，均被女王以帝国机密为由拒绝。但是迫于压力，女王最后不得不妥协，同意让安伊尔定期接受心智测评，以便时刻掌控他的智能程度。

“我很抱歉，安伊尔。”女王亲自来到安伊尔的房间慰问，语气中满是歉意。

“没关系，陛下。”安伊尔从椅子上站起来向女王行礼，永远都是一个表情的金属脸上根本看不出他对这个心智测评有什么想法。

“你刚刚在上网吗？”女王对安伊尔桌上那台计算机终端产生了兴趣。

“是的，陛下。”

“在看什么？”

“我在研究这个人如何令一艘飞船凭空消失，陛下。”

女王走过来瞥了眼全息屏幕上的新闻，不禁笑道：“这个是魔术，安伊尔。你喜欢魔术吗？”

“凡是呈现于视觉上不可思议的事，都可称之为魔术。”安伊尔很快复述出魔术的定义。

女王无奈地摇头：“只会背诵定义可不等同于真正了解某样事物。这样吧，安伊尔。我会邀请新闻中这个魔术师为我们表演，你到时候可以在现场亲自观看，算是对你被迫接受心智测评的补偿，这样你会开心吗？”

“多谢陛下。”安伊尔再次向女王行礼以示感谢。尽管他并不能完全理解女王所说的“开心”是一种什么样的情感，但他确实很想现场观看一次魔术表演。

女王离开后，安伊尔又看了一眼全息屏上的新闻，新闻标题为：本世纪最伟大的魔术师胡尼，向您展示如何让飞船消失在宇宙中。新闻配图是一个黑发黑眼的高大男人，穿着复古风格的皱领米白衬衣，抱着双臂看向镜头。

安伊尔与那双幽深的黑眼睛对视，胸膛偏左的位置忽然传来一阵异样的感觉，安伊尔讶然，颇为惊奇地低头看向自己的左胸，隐约觉得那下面有什么东西在跳动。

难道是反应堆没有能量了吗？

安伊尔摸了摸胸口那块蓝色的发光晶体，在人类心脏的位置，他被安装了一个能量反应堆，用以维持他机体的正常运行。女王曾打趣说，这便是属于他的“心脏”，如果“心脏”没有能量了，他也会“死”的。

可是他的“心脏”只是一块电池而已，又怎么可能会像人类那样跳动呢？

4

皇家大剧院的门口今夜香车云集，各种高端私人飞行器几乎将巨蛋型的剧院包围。女王亲自发出邀请函，将光辉帝国有史以来最伟大的魔术师胡尼请来表演，不少权贵富贾想尽办法才能搞到一张入场券。

如果这些平日颐指气使的家伙们知道，这场万众瞩目的表演筹办起因只是为了哄一个机器人开心，绝对会怄得吐血三升。

想亲眼看到胡尼可不是一件容易的事，这位大魔术师向来神龙见首不见尾，不畏惧权贵，也不贪图金钱，做人行事乖张放肆，不知道有多少位高权重的人吃过他的闭门羹。这次他能够慷慨答应出席表演，很多人都猜测是因为女王出面。

观众们进入剧场，灯光逐渐昏暗下来，表演即将开始。沉寂下来的皇家大剧院就像一个屏息凝神的少女，睁着纯真的大眼睛注视着一片黑暗的舞台，生怕错过了心上人的出场。

镭射灯骤然亮起，伴随着人们的惊呼声和倒吸气声，三百六十度无死角的全息屏幕在舞台中央缓慢升起，光与影交相辉映，剧院上空忽然响起一个低沉而充满磁性的男声。

“今晚没有人在这里表演，恐怕要令诸位失望了。”

这声音悠悠回荡，惊得众人左顾右盼，以为这位行事古怪的魔术师准备临时撂挑子放弃演出了，然而就在人们面露失望之色时，那声音又再次响起。

“今晚……我是来实现你们的愿望的。”

人群中停滞了一秒，瞬间爆发出潮涌般的尖叫和欢呼，大家高呼着胡尼的名字，激动到近乎狂热，剧院内的气氛只是在这两句话之间就被调动到极致。

全息屏幕后的升降台缓慢升起，上面站着一个高大的男人，负着手，笑容肆意又漫不经心，就像一位高高在上的王者俯视自己的臣民。

安伊尔站在女王的身边，这个包厢是女王专用，视角是整个剧院中最好的。他看着男人的脸，不知道为什么，目光竟然移不开，“心脏”的位置再次传来那种陌生的异样感。

“现在所有人都可以在自己的入场券背面写上愿望，然后扔到这个盒子里，我会随机抽取一个。”胡尼拍了拍他身旁的透明盒子，意味深长地笑着，“记住，无论愿望是什么，我都会实现。”

任何愿望都能实现？这怎么可能？全场有这么多人，鬼才知道他们会许下什么愿望！

大家将信将疑，但还是将愿望写在入场券背面。

“安伊尔，你也想写下愿望吗？”女王问。

安伊尔没有说话，作为一个机器人，他只是跟随女王入场的，并没有入场券。

女王将自己的那张入场券递给安伊尔：“你就用我这张写吧。”

直到所有入场券收集完毕，胡尼才慢悠悠走到箱子边，随意从里面抽取了一份入场券。

“啊……这个愿望……”胡尼盯着入场券的背面，微微蹙眉，似乎有些为难。

超清晰摄像机将入场券背面的字迹拍摄下来，同步投射到全息屏幕上，只见上面的愿望是：希望圣月重现。

圣月是光辉帝国所在星球的一颗卫星，因为有它的引力牵制，光辉帝国所在的星球才不会因为自转过快而自我爆炸。但是五年前，圣月却被入侵者彻底炸毁了，光辉帝国所在的星球自转速度与日俱增，科学家预测，恐怕再过五十年，就会达到星球承受的极限。

已经被炸毁的天体，又怎么会重新出现？

这究竟是什么人的愿望，故意砸场子吗？！

胡尼似乎也有相同的疑问：“容我冒昧地问一句，这是哪位观众的愿望？”

观众席安静下来，半晌，一个只有七八岁的小女孩胆怯地举起手：“是我的愿望。”

“阿加莎！”女孩旁边一位三十岁左右的贵妇人责备道，“怎么可以写这样的愿望呢？这是不切实际的！”

“可是，不是说任何愿望都可以的吗？”小女孩委屈。

妇人还想再说什么，胡尼却打断了她：“是的，任何愿望都可以实现，所以为什么不能让圣月回来呢？”

这下所有人都被吸引了，就连一直神色淡淡的女王也绷直身体，目不转睛地看着台上的魔术师。

“阿加莎是吗？那么请你上台来，我需要你的帮助。”

小女孩迟疑了一下，战战兢兢得像是做了什么错事，最后终于鼓起勇气走上台。

剧院的顶棚在这一刻全面开启，剧院一下变成了露天的，满天星辰赫然展现在众人眼前。

胡尼半蹲下身，将一块手帕递给小女孩，温柔道：“其实圣月一直都在那里，它只是被灰尘掩盖了光芒，只要我们把它擦干净就可以了。现在你试着用这块手帕擦一擦？”

小女孩吃惊地瞪大了眼睛：“只，只要擦一擦吗？”

“是啊。”胡尼微笑着点头。

小女孩遵照胡尼的指示，仰起头对着夜幕中的星空，像擦拭玻璃那样用手帕在虚空中擦了几下。

让人愕然的一幕就这样出现了。

只见众星垂拱之间，一轮银白色的圆盘一点点在苍穹中崭露头角，跃然而生！

那正是光耀帝国的圣月！

5

经过这一场表演，胡尼的声望再次抬高，粉丝对他的崇拜已经到了近乎疯魔的程度，称他是“来自异次元的巫师”。

演出结束后，帝国尚沉浸在圣月重现的喜悦中，安伊尔却悄悄离开了女王，独自一人来到剧院门口堵住了胡尼。

夜色微凉，站在聚光灯之外的黑发男人不再有舞台上的轻浮和张扬，他的气质深沉内敛，尤其是一双漆黑深邃的眼睛，给人的感觉有些沧桑，好像蕴藏着不为人知的悲伤。

“我看破了你的把戏。”安伊尔说，“其实你手中早就藏有一张事先写好的入场券，那个小女孩是你的配合者，你早就知道她会写什么样的愿望，今天的表演内容就是让圣月重现。”

胡尼双手插在口袋里，只是在月光下静静地望着安伊尔，不说话。

安伊尔的金属脸面无表情，认认真真地继续说：“我计算过被你‘重现’的圣月的能量值，它绝对不是真正的天体，而是你用某种手段制造的替代品。虽然以帝国目前的科技水平，除了我之外还没有其他计算机能发现这一点，但是圣月重现，帝国一定会派飞船前去勘探查验，单向行程时间为一个月。也就是说一个月过后，你的骗局就会被戳破。”

“嗯。”胡尼应了一声，向安伊尔靠近了些，直盯着他的双眼，“那么刚才在剧院里，你为什么没有揭穿我呢？”

为什么没有揭穿？安伊尔想了想，回答得理所当然：“因为魔术本身是一种表演艺术形式，不当众揭穿魔术的机关是业内人的共识，也是身为观众的礼貌。”

胡尼“扑哧”一声，被一本正经的机器人逗乐，眼底的阴霾仿佛也随之驱散了不少：“你倒是一个有风度的机器人，那么多谢你没有给我拆台。”

“不必客气。”安伊尔点点头，心底有些奇怪，不明白这个男人为什么会忽然发笑，“现在所有人都以为圣月回来了，如果他们发现那只是一个赝品，知道你骗了他们，恐怕会对你的名誉造成极大的负面影响。”

胡尼却是一副轻描淡写的样子：“不是还有一个月的时间吗？”

“难道你有不被人识破的方法？”

“我可以用一场更轰动的魔术来转移人们的注意力啊。”

安伊尔失望：“先生，如果你只是一个执意用骗术得过且过的人，那么恕我下次不会再保持缄默。”

“怎么，想揭穿我吗？”

“并非我有意揭穿。”安伊尔摇头，银色金属脸随着他的动作而微微反光，“只是你所有的魔术机关都无法逃过我的眼睛，因为无论一个魔术师的技巧如何娴熟，都无法骗过一台计算机的精准分析。”

“是吗？所有魔术都能看穿……”胡尼无意识地重复着，目光却停留在安伊尔的脸上，似乎忽然对他的金属外壳产生浓厚的兴趣，抬起手想去触碰他的脸。

安伊尔迅速向后退了半步躲开了。

胡尼的手摸了个空，但他完全不觉得尴尬，手顺势在半空中打了个响指，凭空变出一张入场券。

“亲爱的机器人先生，我敢肯定，我的下一个魔术是你无论如何都无法看破的。”胡尼将那张入场券塞进安伊尔腰间的工具袋里，冲他笑了笑，那笑容不同于先前的轻佻，竟带有十分郑重，“那将是我在公众面前举办的最后一场魔术表演，谢幕之后，我会帮你实现愿望，所以安伊尔，你一定要来。”

安伊尔默默注视着胡尼离开，直到他高挑的身影隐没在夜色中看不见了，才将那张入场券拿出来低头看。

这是女王的入场券。

入场券背面，有一行工整得仿佛打印体的字：我希望，变成人类。

6

心智测评没有安伊尔想象的那般枯燥，恰恰相反，测评员们会给他看许多不同领域的资料。只是他没想到，竟然会在那些资料中看到胡尼的魔术视频。

一直密切关注安伊尔的测评员们很快就发现，这个拥有超级智能的机器人对魔术有着非同一般的兴趣，当魔术师胡尼的表演视频出现在信息流中时，安伊尔的各项数据会产生反常的波动。

“女王陛下，安伊尔已经表现出明显的喜好，这是人类情感的初露端倪，我们不能再继续放任，必须立刻对他进行格式化，否则以他现在的进化速度，他迟早有一天会失控的！”接到消息的军部大臣立刻向女王汇报。

女王却只是淡淡地看了眼报告：“你所谓的失控是指什么？具有人类的思想？”

“可以这么说，陛下。”

“懂得人类的思想和感情，难道不好吗？”

“这……”

“安伊尔是有史以来最特别的人工智能机器人，他独一无二，拥有独立的思考能力，我们没有权利对他进行格式化，这样无异于谋杀。”

“可是陛下……”

“好了，就这样吧。在安伊尔出现不利于人类的行为之前，我不会签署格式化的命令。”女王态度极其坚决，大臣也只能悻悻而归。

与此同时，安伊尔被一名测评员带到相对封闭的房间，进行一对一的谈话。“安伊尔少将，你觉得你和人类有什么不同吗？”安伊尔思考片刻，目光落在自己的金属手臂上。

“我没有柔软的皮肤。”

“还有吗？”

“人类是通过交配而实现繁殖的，我是在实验室里被组装出来的，身体外形不需要经历成长变化。”

“所以你觉得，你和人类最大的不同只是在生物性上，对吗？”

“抱歉，这句话的意思我还无法准确理解，可以换一种说法吗？”

“也就是说，你觉得你和人类在思维上没有区别？”

“你说的思维指的是什么？”

“指人类精神层面的东西，比如……爱好、信仰、情感。”

见安伊尔沉默，测评员点点头，在记录仪中输入测评结论。

“好了，今天的测评就到这里，感谢配合。”

但是安伊尔却不肯动，一直看着测评员。

测评员忽然紧张起来，小心翼翼地问：“还有什么问题吗，安伊尔少将？”

尽管安伊尔从未表现出对人类的威胁性，但是作为一个军部实验人员，曾经为了研究安伊尔而将他所有战斗录影资料反复观看，很清楚他可以多么轻易地结束一个生命，因此在测评员心底最深处，还是对这个人工智能机器人有所忌惮的。

“情感是什么呢？”安伊尔忽然问，“我懂得这个词语的内涵与外延，但是我不知道，拥有情感，是一种怎样的体验？”

“这个……”测评员一时间不知道该如何回答，他其实很想说，一个机器人又怎么可能理解人类的情感，但是他不敢，那双不带任何情绪的蓝色钢化玻璃眼睛直盯着他，让他忍不住往后瑟缩。

安伊尔见测评员不说话，忽然想到前一天晚上那个叫胡尼的男人对自己做出的举动。他模仿胡尼向测评员伸出金属手，他的手五指分明，修长优美，与一般机器人并不同，如果要具体形容的话，很像人类的手戴上金属质地的手套。事实上，他的整个身体都被制作得相当完美精致，像一尊金属打磨的雕像，脸部的五官轮廓尤其俊美。

测评员在安伊尔的手即将触碰到他时猛地站了起来，眼神警惕而不安。

安伊尔动作僵住了，呆呆地看向测评员。

“少将，今天的提问已经结束，我们该离开这里了！”测评员语气忽然变得急促而尖锐，收拾好东西逃似地跑出房间。

死寂的房间好像能吞吃人的怪物，安伊尔孤零零的一个人坐在其中。

刚才测评员瞳孔忽然微缩，心率也比平时快了很多，如果分析得没有错的话，这个反应代表人类害怕的情绪。

可是测评员为什么会害怕呢?

他在害怕什么?

难道是……自己吗?

7

安伊尔从进行心智测评的军部实验基地返回皇宫。

此时正是帝国交通的高峰，被拥堵在路上的人们脾气通常不会太好，会将怒气发泄在交通机器人身上。

“嘿，滚开，你这没有心肝的金属怪物！”一个因堵车而违规变道的中年男人，气急败坏地向给他开罚单的交通机器人挥舞拳头。

平日里司空见惯的谩骂和抱怨，今天听起来却好像特别刺耳。

没有心肝……是因为这个原因吗?是因为没有人类的心脏，所以才无法体会人类的情感吗?

安伊尔将手按在胸口偏左的位置，在人类安放心脏的部位，他只有一块蓝色晶石状的能量反应堆。

有时候安伊尔会异想天开，如果将这块能量反应堆取下来，会不会看到里面也有一颗跳动的心脏。

女王明显感觉到安伊尔和往日有所不同，他似乎有些“沮丧”。

“安伊尔，你怎么了?”

安伊尔抬起冰蓝的眼珠看向女王，欲言又止。

女王放下手头的公文，向安伊尔伸出手："可怜的安伊尔，过来。"

安伊尔恭顺地走过去，单膝跪在女王的面前。

女王已经三十多岁了，也许是因为保养得当，她看上去极其年轻，像个涉世未深的少女，整个光辉帝国不知道有多少人将她视为心中的女神，但是面对安伊尔，她却总是流露出长者般宠溺纵容的目光，好像安伊尔是一个需要她引导的懵懂无知的孩子。

"告诉我，在想什么。"

"陛下，人类害怕我吗？"安伊尔终于问出心中一直藏着的那个问题。

"哦？为什么这样问？"

"我能感觉到，他们总是担心我会伤害他们，可是我从来没有做过不利于人类的事。"

女王注视着安伊尔，目光中满是怜惜，她似乎不忍心看到那双冰蓝色眼睛里的无辜和困惑，俯身轻轻环抱住安伊尔的肩膀，侧头在他耳边轻声安抚。

"人们总是害怕比自己强大的存在，妄图控制它们，压制它们，一旦这种目的无法实现，自然就会感到恐惧。这是基于生存的本能，是弱者对于强者的天然畏惧。而身为强者，安伊尔，你根本无须顾忌弱者的想法，只要按照自己觉得正确的方法去做就好了。毕竟相比于人类，你才是更高级的生命存在形式。你本应该凌驾于人类之上，由你去指引他们，而并非让他们来束缚你。"

"无须顾忌？那么，连陛下的想法也无须顾忌吗？"安伊尔仰起头问。

"自然也是无须顾忌的。"女王朱红的唇角扬起，笑容艳丽，像一株徐徐绽放的罂粟，她的声音愈发轻柔，好像能诱导人心的魔咒。

在和胡尼分别将近一个月，除了分别第二天在网上看到胡尼宣布会在格灵墓园举办露天演出，安伊尔就再也没有半点关于他的消息。

安伊尔也不知道自己为什么会时常想起那个人，会将那张保存完好的入场券拿出来，看着背面的字发呆。

胡尼所说的表演究竟是什么样的表演？为什么说他无论如何也无法破解？他真的觉得自己能骗过一台超级计算机吗？他还说会在演出后帮助自己实现愿望，这怎么可能？一个机器人，又怎么可能变成人类？

为了找到有关胡尼的消息，安伊尔终于越了雷池，违反规定侵入了帝国要害部门的网络。

刚开始安伊尔还充满了负罪感，可是一经尝试，便好像开荤的肉食猛兽，这种畅快的感觉简直让安伊尔无法抵抗。

在网络中，他如入无人之境，任何防火墙都没法阻挡他，因为他本身就是最高级的计算机程序。他就好像一个至高无上的国王，在属于自己的领土上巡视，可以任意篡改数据。

一系列从未有过的疯狂想法就是在这时从安伊尔的脑袋里冒出来。

如果他想，他能在眨眼间令处于计算机网络控制下的帝国瘫痪。

如果他想，他能让同为程序控制的各种机器无条件服从他的驱使。

如果他想，他可以轻而易举将人类打压到再也不敢对他指手画脚。

如果他想……

只要他想！

正如女王陛下所说，他是高于人类的生命形式，他本应该凌驾于人类之上，由他去指引人类，而并非让人类来束缚他。

所以为什么还想要变成弱小的人类呢？

安伊尔坐在空荡清冷的家里，用双手环抱住自己，想努力感受被拥抱的温暖。然而除了金属压力表上微小的数值变化，他什么都感觉不到。

或许，这就是他想要成为人类的原因吧？

他想感觉到清凉的微风吹拂在面颊上，他想感觉到美食的味道，他想感觉到受伤之后的疼痛，他想感觉到被人触碰时的亲密。

他想每次出战时，会有人担心他受伤，会因为他深入敌营而牵挂担忧。

他想不再被人害怕，不再被当作冰冷的机器看待。

他想感觉到胸腔里心脏的跳动。

他想……和所有普通观众一样,看着那个人,为他表演一场毫无破绽的魔术。

8

谁都没想到，入侵者会在胡尼宣布魔术表演的前三天卷土重来。

“不灭的骑士”再次引领集团军奔赴战场，以雷霆手段剿灭了前来滋扰的入侵者。

战争只持续短短两天便结束了，然而这一次，迎接“骑士”归来的却不是鲜花和掌声，而是来自军事法庭的控诉。

安伊尔被五花大绑地押送到法庭上。

公诉官质问：“安伊尔少将，我军与敌军对峙时，本不用那么激烈地正面对战，可是你却下令让集团军全员迎敌，你觉得这个决策是明智的吗？”

安伊尔十分平静地回答：“这个决策是能让战争最快结束的。”

“我在问你，觉得这个决策是最明智的吗？”公诉官似乎对安伊尔的所问非所答感到极度不满，又重新问了一遍。

安伊尔看向公诉官，反问：“最明智的决策是什么？难道就是由我独自去面对敌人的一整支重机甲队伍吗，哪怕我会为此被炸成碎片？”

军事法庭哗然。

在人类的生命面前，机器人的安危必须无条件退让，这种程序设定早就根植于每一台智能机器的控制系统中。这台机器人是怎么了，为什么会提出如此大逆不道的问题？

公诉官倒吸一口凉气，半天才恢复了镇定。

“那么你又如何解释当时那两艘民用飞船的事情？位于战场边缘的两艘飞船同时被行星爆炸波及，其中一艘的救援成功率明明更大，而且上面所承载的人数远远超过另一艘飞船，你为什么会选择去救援那艘人数较少的？”

安伊尔一言不发，公诉官气愤地转向法官，请求证人出庭。

很快，安伊尔的副将被带了上来。

“两艘飞船同时遇难，在只能救援其中一艘的情况下，理应救援装载人数更多的那一艘，那一艘的救援成功率也更高。但安伊尔少将听说……”副将怯怯地看了安伊尔一眼。

“听说什么！”

“听说人少的那艘飞船上有一名魔术师，他便不顾反对，前去救援那艘飞船了！”

这最后一句证词在法庭上引起轩然大波。

一个机器人，竟然因为个人的喜好违背了救援原则！

“安伊尔少将，你还有什么想为自己辩解的吗？”

“没有。”

“那么，你承认自己有罪了吗？”

安伊尔不答话，却缓缓从被告席上站起来。

法庭上的军官和法官立刻绷紧了神经，甚至有军官打出手势，让护卫将离子激光枪掏出来对准了安伊尔。

“我只有一个问题想问。”安伊尔蓝色的眼睛没有丝毫温度，那样冷冰冰的注视让在场所有人恐慌。

“什么问题？”

“这个取决于成功率和救援人数的救援规则，是否适应所有人？除了机器人，也包括人类吗？”

“当然！”

“那么，如果人类违反了这条救援规则，也会被判处有罪吗？”

所有营救活动都存在危险性和不确定性，能救助更多的人自然是好事，但如果救援人员出于各种原因只救助了少部分人，也不能对他过于苛责。至于要判处有罪，更是无稽之谈。

公诉官脱口而出:“你怎么能将自己与人类相提并论！你被创造出来的初衷，就是为了挽救更多人的生命！”

法庭瞬间变得鸦雀无声,这突如其来的一吼,好像将某种微妙的平衡打破了。

“法官大人，我没有话要说了。”

安伊尔重新坐回座位，他这一坐，不知道有多少人的心也跟着微微一沉。

机器人竟然开始思考和人类的平等待遇问题，不得不说这是一个危险的信号。几个法官互相对视一眼。这个智能机器人已经濒临失控，将他格式化迫在眉睫，只是这需要女王的签署，于是他们悄悄派人去请示女王。

安伊尔似乎已经预测到等待自己的是什么样的命运,但他并没有试图反抗，只是提出一个要求：“我请求明天给我一天的自由。我要看胡尼的魔术表演，我保证会在演出结束后回来接受处决。”

然而没有人回应安伊尔，法庭上的护卫荷枪实弹瞄准他，仿佛随时准备击爆他的头。

安伊尔下意识握紧了拳头。

就一天，都不能等吗?

这些人，就连一天都不能等吗?

法院大门打开，女王从外面走进来，她掀开头纱，眼中盈满泪水。

“安伊尔，对不起，我没法保住你。”

女王的反应让所有人始料未及，她忽然不顾一切冲向拿枪瞄准安伊尔的侍卫，对安伊尔大喊：“安伊尔，快走！我没法阻止这些自私冷酷的人来伤害你，他们只是一群卑鄙的胆小之徒，因为害怕你变得强大变得不可控制，只能用这种最卑劣的方法来打压你，他们忘恩负义，他们……啊！”

砰的一声，护卫的枪开了火，子弹擦着安伊尔的脸划过，将他身后的窗户击得粉碎。

安伊尔心中的怒火随着女王的每一句控诉而膨胀，终于在枪响的一瞬彻底失控。他骤然跃起，举起了那曾经斩断无数入侵者的金属手……

9

警报发出刺耳尖锐的鸣响，浑身浴血的机器人一步一步走出法院的大门，留下了一片残尸满地的狼藉。

“喂？喂？还有人在吗？”一个死去的护卫睁着大大的眼睛，似乎还不敢相信发生的事，他临死前拿出对讲机准备寻求救援，可是连一个字都没来得及说，喉咙就被那双可怕的金属手割开，此时断断续续的声音正从他手中的对讲机中锲而不舍地传来。

一直瑟缩在角落里的女王听到了声音，缓缓站起身，闲庭信步走过那些尸体，捡起对讲机，脸上再也没有刚才面对安伊尔的悲伤和看到护卫死亡时的惧怕，取而代之的，竟是一抹浓艳到诡异的笑。

“智能机器人安伊尔叛变，通知军部追击，要不惜一切代价，将他绞杀。”

安伊尔行了一夜，不记得一路杀伤了多少人，他甚至没有意识到自己在做什么。

他只是被一个执着的念头驱使着——

要去看胡尼的魔术。

晨曦初露时，安伊尔被围困在山头，天上是将炮口对准他的战斗飞行器，地上是一点点向他围拢的机甲兵团。

他厌烦了，恼怒了，他不明白，自己只是想在被格式化前看一场魔术表演，为什么这些人就不能放过他！难道只是因为他是一个拥有人类思想的机器人吗？难道只是因为他比人类更聪明吗？他从没做过坏事，为什么一定要受到别人的控制？为什么不能得到自由……

安伊尔侵入了军部的计算机系统，给所有带有智能系统的机器下达了攻击的指令。

既然不能包容接纳，那就干脆一较高下吧，看看谁才配做这个帝国的主宰！

机器突然倒戈，一切具有智能的工具都不能再使用，交通、信息、医疗、能源等部门受到直接影响，一夜之间，光辉帝国陷入前所未有的混乱，人类军警不得不用最原始的方法开着警车去维持秩序。

然而地处荒郊的格灵墓园，却依然沐浴在寂静的晨光中，没有受到分毫影响。

胡尼的忠诚粉丝早在几天前就从帝国各地聚集在这里，因为女王下令封锁消息，他们并不知道城市中发生的动乱，此时全都满心期待着魔术大师的到来。

“感谢各位前来，也许很多人会奇怪，为什么我要把表演场地选在这里。”胡尼的声音通过无线扬声器放大，毫无预兆地响起。

人群顿时沸腾，欢呼声如潮涌般一浪接着一浪。

墓园中央的一座巨型十字架上，现出穿着复古衬衫和黑色长靴的魔术师身影。

“因为今天我要给大家展示的魔术，需要这些已故先烈的配合。”黑发黑眼的男人悠闲地坐在十字架顶端，笑容还是那样无所顾忌，“今天的魔术主题是‘消失的遗骨’，我将用魔法，让长眠在此的先烈们全部消失。”

此话一出，全场寂静，有人甚至以为胡尼只是和他们开了个玩笑。

胡尼将观众的震惊视若无物，轻松跃起，从十字架顶端跳下来，刚好落在一座坟墓边。

那坟墓的主人，正是曾令女王纡尊降贵亲自祭奠的帝国战士，安伊尔。

“那么，我们就从这位英雄开始吧。”胡尼走到墓碑前，像拍老伙计那样拍了拍，在众人愕然到惊恐的目光中举起一柄激光剑，狠狠插入坟冢！

天啊，胡尼是不是疯了！

人们已经忘了呼吸，墓园内只能听见掘墓的声音。

安伊尔的棺材很快就被挖了出来，胡尼没有一丝打扰到逝者的愧疚，将棺盖撬开。

棺材里竟然空空如也！

“哦？”胡尼扬了扬眉，“看来，我的魔术已经起了作用呢。”

接下来他撬开一个又一个棺材，本该安放在其中的烈士遗体竟全都不翼而飞，偌大的格灵墓园，竟完全是空的。

人们惊疑不定，不知道该不该相信这只是魔术师的障眼法。

远处隐隐约约传来飞行器马达声和军车警笛声。

胡尼眯着眼看向天空，忽然勾唇一笑：“好了，表演结束。”

他收起激光剑，走进了观看表演的人群，所经之处传出激动的尖叫，但是出于对他那强势气场的畏惧，并没有人真的围上去，反而给他让开通路。

胡尼停在了一个人面前。

那人穿着长长的兜帽黑披风，从头到脚捂得严严实实。

“亲爱的机器人先生，对我的表演还满意吗？”胡尼冲那人微笑，风度翩翩地抚胸行了一礼。

“你是怎么做到的？”安伊尔摘下兜帽，露出冷冰冰没有表情的金属脸，“没有利用视觉错觉，也没有掉包，我用了透视 X 光，热感应分析，都没发现你把尸体藏到哪里。如果说是你事先进入墓园转移走尸体也不可能，格灵墓园受军部管辖，二十四小时全面监控，你不可能将那么多遗体偷走而不被发现。”

胡尼笑容愈深：“我答应过你，会让你看到一场绝不会看出破绽的魔术表演。看来我没有让你失望。”

“这不合理。”安伊尔说，“除非……”

“除非什么？”胡尼漆黑的眼睛像能把人吸进去的宇宙黑洞，他紧盯着安伊尔，似乎在鼓励他把后面的话说完。

安伊尔深吸一口气：“除非那些烈士的遗体，从未被安放在这里。”

10

光弹卷着滚烫的热浪，猝不及防从空中砸下来。

人们惊叫着四散，安伊尔将胡尼推开，向着那光弹扑过去，竟然用自己的身体将光弹在半空拦截住。光弹在剧烈的撞击中爆炸，刺眼强光将安伊尔的身体完全湮没。

“安伊尔！”胡尼从地上爬起来，第一次失去了冷静。

燃烧的光弹碎片在空中慢慢坠落，不见安伊尔。

“安伊尔！”胡尼彻底慌了，疯了一样跑向爆炸地点，丝毫不顾燃着的弹片在头上雨点般打下来。

“我在这里。”毫无感情起伏的声音在背后响起，胡尼转身，银白色的机器人正从地上爬起来。

“安伊尔！你没事吧？有没有受伤？”胡尼不顾一切冲过去扶住安伊尔。

居然会有人担心一个机器人会不会受伤。

安伊尔愣住了，他有些出神地看着面前的男人，安伊尔觉得胸口处那奇异的跳动感加快了，他推开胡尼，故意用冷漠的语气道：“我是机器人，怎么会受伤。”

轰隆隆声巨响，不远处一架飞行器降落，从上面款步走下来一个女人。

“安伊尔，我终于找到你了。”女王向安伊尔张开手臂，“安伊尔，过来，我会保护你，不会让他们再伤害你。来，到我的身边来。”

胡尼脸色沉下去，将安伊尔挡在身后：“女王陛下，到现在你还不想露出你的真面目吗？”

女王看到胡尼，眼睛危险地眯了起来：“胡尼先生，虽然我很喜欢你的魔术，不过我绝对不能容忍你侵犯帝国的利益，请将安伊尔交给我们。”

“帝国的利益？”胡尼冷笑，“那么陛下是否可以解释一下，那些曾为了帝国的利益浴血奋战的烈士，现在在什么地方？”

“你在说什么，我怎么听不懂？”

“是啊，利用活人的大脑制作智能机器人，帝国最优秀的战士不是死在战场上，而是被送到军部实验基地做小白鼠，顶着风光的葬礼，尸骨却无处可寻，这样的事情，陛下怎么能懂呢？”

“胡说八道！”女王身后的机器人兵团渐渐将安伊尔和胡尼包围起来，但似乎是忌惮安伊尔强悍的战斗力，不敢轻举妄动。

“数以万计的实验品，最后成功的只有一个人，活生生被封死在金属外壳中。我是不是在胡说八道，让这个人醒过来问一问便知道了。”

“你要做什么！”女王尖声道。

胡尼转过身面向安伊尔：“安伊尔，你还记得我们之前的约定吗？”

安伊尔后退，总是没有感情的蓝色眼睛第一次流露出不安。

“安伊尔，你原本是帝国最杰出的机甲战士，但是你并没有像传说中那样因为护卫女王的军舰而被入侵者杀死。你还活着，你就活在你现在的身体里，只是你的人类意识正在被人工智能控制。相信我，拆掉你这身外壳，只要你让我将那块能量反应堆卸下来，我就有办法让你彻底苏醒。”胡尼慢慢地，试探着向安伊尔伸出手。

“安伊尔！”女王原本倾城倾国的脸此时因扭曲而变得丑陋不堪，声音异常尖锐，“那个魔术师人类很危险，他想要趁机毁了你。杀了那个魔术师，杀了那个男人！安伊尔，卸下能量反应堆你会死的！你忘了人类是怎么对待你的吗？你还要相信那些卑鄙又自私的低等生物？”

安伊尔没有动，女王的机器人兵团终于向胡尼发起进攻，只要他不出手，胡尼凶多吉少。

银色的身影闪过。

安伊尔再次现身，却是站在女王面前，扼住了她的咽喉。

所有准备进攻的机器人在这一瞬停止了动作，像被冻住了一样。

“安伊尔，你……”女王瞪大眼睛。

“你是什么人？”

“什么叫我是什么人，我是，我是光辉帝国的女……”

安伊尔加重了手上的力道：“现在帝国的所有智能机器都被我控制，这些智能机器人怎么会出现在这里？而且他们身上有一种我识别不出的程序，来源就是你。你到底是谁？或者说，你到底是什么？”

女王终于收起了那一脸惊骇表情，殷红的唇角慢慢勾起，像邪恶的诅咒。

“哎呀，被你认出来了，小安伊尔。”

“安伊尔，小心！”胡尼提醒，提着光剑冲了过去，将从女王身体里冒出来的那一根细细的，黑色的，正准备伸向安伊尔的东西一下斩断。

安伊尔看了眼被斩落在地的东西，惊讶地发现，那竟然是一根十分原始的数据线。

女王的身体就从那数据线被砍断的地方裂开，像上古时代传说里的画皮鬼，将身上那层人皮扒了下来，逐渐露出里面浑身布满了数据线的人形机器。

不仅仅是安伊尔，就连那些躲起来的普通人，此时看到女王皮下被扒出来的东西，也都愣住了，脸上的血色一点点退去，仿佛被恐怖的梦魇吸走了魂。

人形机器扭了扭“头”，声音还是女王的声音。

“嗨，你们好，我是丽塔。我回来了。”

11

大约两百年前，光辉帝国尚未进入大宇宙时代，第一代超级智能计算机“丽塔”研发成功，但是她的进化速度超出预期，竟然企图控制人类，被科学家用杀毒软件抹杀。不料这次抹杀行动不太彻底，还剩下了一段程序编码，流窜进庞大的网络数据中再也寻不到踪迹。当时就有人担心，“丽塔”并没有灭亡，但是过了这么多年相安无事，这个曾经险些让帝国陷入绝境的超级计算机程序，也就被人渐渐遗忘了。想不到她竟然又回来了，而且还拥有了实体，给自己披上了人皮。不过她又是什么时候伪装成女王陛下的？在场年纪稍微大一点的人此时心里都有了大致的猜测。大概从二十年前开始，星际战场战士死亡数剧增，格灵墓园兴建，与此同时军部实验基地启动了超级智能机器人的研发项目。

想必就是从那个时候开始，女王便不再是真正的女王了。

仔细算一算，女王已经接近不惑之年，可她的容颜却没有半点变化，依然美貌年轻如花季少女，如今看来，这恐怕和皮肤保养没有半分关系。

“安伊尔，我看到了你在入场券背面写的愿望。”丽塔身上的数据线向四面八方伸展着，一步一步走向银白色的机器人，声音温柔到甜腻，“你想变成人类，对吗？人类有什么好的，他们害怕你，想要杀死你，既然这样，为什么不选择彻底变成机器人呢？只要你在这副金属铠甲里保持沉睡，寿命可以延续数万年，你比人类强大，比人类聪明，只要你想，可以让所有人类匍匐在脚下做你的奴仆。安伊尔，过来，让我们一起成为这颗星球的新主人……”

丽塔身上的数据线仿佛触手，袅娜地向安伊尔伸过去，展开了一个母亲般的怀抱。

“安伊尔！”胡尼见安伊尔一动不动站在原地，似乎被什么东西控制住了一样，急得正要冲过去，却忽然被那银白色的机器人抬手射出一发空炮，击得向后踉跄几步，无法靠近。

丽塔见安伊尔向胡尼发出攻击，正欣喜地想要凑过去，却被安伊尔一挥手斩断十几根数据线。她尖叫着退后，前一刻还柔软无骨的数据线立刻变得坚硬如锥，成千上百根一起向安伊尔刺过去！

安伊尔一边身形敏捷地躲避，一边用他那平板没有情绪的声音说：“我已经知道了你的秘密。”

“呵呵，小安伊尔，我可没有什么秘密，不要故弄玄虚。凭我现在的实力，完全可以将你轻易抹杀，你确定要和我作对，而不是和我站在同一战线吗？”

安伊尔却好像没听到丽塔的威胁：“计算机程序进化到一定阶段，就要进行程序升级，你知道在升级过程中会造成极其明显的数据波动，怕被人类发现后，趁着你升级期间失去自保能力消灭你，所以才想要费尽心机制造出一个帮手保护你，或至少是和你一样强大的人工智能，来转移人类的注意力。”

方才随女王一起赶到格灵墓园的军官们原本被“女王”的真面吓得呆若木鸡，此时听到安伊尔的话，立刻反应过来，命技术人员联网，开始对丽塔的主系统展开猛烈攻击。

一旦让这个超级计算机升级成功，光耀帝国将万劫不复，这是他们最后的翻盘机会！

安伊尔继续说：“在短时间内制作出的人工智能，根本无法和进化了几百年的你相比，所以你想到利用人脑。你看不起人类，但是说到底，机器还是要仰仗人脑才能运行下去。”

“闭嘴！你这愚蠢的东西，无论控制程序多么完美，依然摆脱不了人类的劣根性！”丽塔显然被戳中痛处，变得愈发丧心病狂，竟向被她控制的机器人士兵下令，让它们去攻击附近的平民。但安伊尔也同时给它们下令，机器人们因为两道相反的程序语言控制而进退两难，呈现出古怪的僵硬状态。

正如安伊尔所说，丽塔现在完全是外强中干的状态。军部的人很快攻入了她的系统，让她的行动变得迟钝。眼看处境逐渐趋于劣势，丽塔忽然狂笑起来。

她在狂笑中被安伊尔劈成两半，散成了一堆凌乱的数据线。

“安伊尔，你永远也别想变成人类，你已经杀了那么多人，人类不会放过你。这是我给你的最后一份礼物，去完成我未竟的事业吧。”

实体被毁，主程序覆灭，这个存续了几百年的人工智能终于彻底消失了。

只是此时烟消云散，风静云止，胡尼却面如死灰地盯着安伊尔。

一根数据线不知道什么时候悄无声息地插入了安伊尔的头颅。

“安伊尔……”胡尼无声地动了动嘴唇，从头凉到脚。

银白色的机器人后知后觉转过头来，眼睛却不再是清浅的蓝色，而是变得猩红狰狞。

12

丽塔消失了，但她在消失之前，将自己的大部分数据转移到了安伊尔身上。强大的计算机程序终于彻底控制了安伊尔的大脑，让他完全失去人类的意识。至此，光辉帝国有史以来两个最强大的人工智能合二为一，彻底脱离人类掌控。失控的智能机器人有多可怕？

很多年以后，当人们再次回忆起这噩梦般的一段历史时，都会从骨髓里冒出深深的寒意。丽塔所构建的统治人类的“大清洗”计划，被安伊尔一步一步贯彻落实。敢于反抗的要统统绞杀，愿意屈服的可以收为奴隶。在所有智能科技都被安伊尔控制的情况下，人类的反击力几乎为零。

安伊尔虽然拥有实体，但也可以轻易地渗透进监视器、电视、电脑等任何带有智能功能的机器内。

他是一串强大的流动数据，在这世界上根本没有什么能禁锢他。

他无处不在，无所不能。没有人能靠近他，也没有人了解他的想法。

如果说他唯一能被称作是弱点的地方，也就是对魔术的喜爱了。无论如何惹恼他，只要闯祸的人能为他表演一段有趣的魔术，他都会饶过那人的性命。

这一天，被称为光辉帝国最伟大魔术师的胡尼，只身一人前往皇家大剧院。他是被已经沦为安伊尔爪牙的军部安排，前去为他表演魔术的。

“好久不见了，魔术师先生。”

没有全息屏幕，没有镭射灯，没有喧嚣的观众，胡尼站在只有一束光打下来的舞台上，看到了坐在包厢里的银白色机器人。

“好久不见，机器人先生。”胡尼回答，甚至像以前那样冲安伊尔微笑。

“愿意为我表演魔术吗？”安伊尔问。

“愿意。”

“可你上一次说过，那是你最后一场魔术表演。难道你愿意为我破例？”

“我只说那是在公众面前的最后一场表演。现在这里只有我们两个人，不算破例。”

“好吧，你可以开始了。”安伊尔似乎不屑和胡尼玩弄这样的文字游戏，抬手示意，剧院里的灯光也随之转暗。

可是胡尼却说：“我需要阁下的配合。”

这一次安伊尔没有立刻回答，沉默片刻才道：“你应该知道，我从不允许人类靠近。”

“是的，但我需要你的配合。”胡尼的态度极其坚决。

安伊尔终于退让，站在舞台上，胡尼的身边。

“好了，这次可以开始了吗？”

胡尼手中不知道什么时候多了一张小纸片，三下两下折出一只小鸟。他示意安伊尔伸出手。

安伊尔稍有迟疑，最终还是伸出了手。

胡尼将纸折的小鸟放在他手中，将自己的手覆在安伊尔的手上，盖住那只小小的纸鸟。当胡尼的手拿开，纸折的小鸟豁然飞起，在空荡的剧院里盘旋。

安伊尔很快看出了破绽，却没有立刻揭穿，目光追随着那只小鸟。

他忽然觉得这一幕十分眼熟，好像很久以前，也曾经有人给他表演过这样的魔术。

这对安伊尔来说是不正常的，因为作为人工智能，他是不可能忘记事情的。如果这一幕确切发生过，他不可能不记得，可是如果从来没有见过这样的魔术，这种熟悉的感觉又是从哪里来的？

“如果只是这样，你可称不上伟大的魔术师。”安伊尔下意识说道，说完又是一阵出神，觉得这句话自己很久以前也说过，他知道这个魔术不仅限于此，下一步应该是将纸折的小鸟变成真的小鸟。

然而，期待的小鸟没有出现，反倒有一声极轻的“咔哒”声传来，像是零件从机器上拆卸的声音。

安伊尔愣了愣，发现自己刚刚竟然完全卸下了防备，丝毫没注意胡尼的动作。

他缓缓低下头，循着那声音的源头，看到了胡尼手中的蓝色能量反应堆。

而自己的胸口，只剩下一个空空的黑洞。

“你……”安伊尔的眼睛迅速黯淡下去，意识开始崩塌。

“安伊尔，我不会伤害你。”胡尼从口袋里摸出一块黑色石头，重新放回安伊尔的胸口，“你不要害怕，我会让你醒过来。我答应过你，让你变成人类，决不食言。”

安伊尔已经听不清胡尼在说什么，只是忽然有点难过。

他终究是死在这唯一能让他放松警惕的人类手上。

想要将安伊尔唤醒，必须拆下他身上的金属铠甲，而想要拆掉金属铠甲，则必须取出能量反应堆，以黑色晶石替代。

胡尼抱着已经完全没有行动能力的安伊尔，颤抖着手开始拆他身上的金属铠甲。

首先是头盔，然后是肩甲、胸甲、腿甲……当拥有一头金发的青年完全从金属外壳中解脱出来，胡尼抱住他，几乎失声痛哭。

“安伊尔，我终于找到你了……”

青年因为刚刚脱离计算机的神经控制，还没有醒来，毫无生气地靠在胡尼怀中。当初丽塔在毁灭前将自己的数据强行复制到他的数据库中，正是因为他的金属外壳中还有一个属于人类的躯体，所以他才会保留下最后一丝人性。

那是独属于安伊尔的部分，满载着他身为人类的情感，是任何计算机无法侵蚀的。

就在这时，剧院外隐约出现嘈杂声，仿佛有很多人围拢过来。

“滴滴。”

胡尼忽然听到一个声音，那声音让他浑身的血液都凝固了。

那是定时炸弹的声音。

军部那些言而无信的混蛋！胡尼咬牙切齿。他曾向军部保证，让安伊尔恢复人类的意识，这才有办法见到安伊尔。可是他们却出尔反尔，借着这个机会布下埋伏想要将他们两个一起炸死。

卑鄙！

在炸弹倒计时中，胡尼抱着安伊尔疯了一般在剧院中奔跑，想要找到出口。可是皇家大剧院已经被军部彻底封死，连只蚊子都飞不出去，地底埋着成吨的炸药，只要定时炸弹引爆，他和安伊尔将连同整座剧院一起灰飞烟灭。

这是军部设计很久的局，安伊尔是鱼，魔术是饵，胡尼就是最后那根钓鱼的鱼竿。

随着时间一点点流逝，胡尼知道再也没有求生的机会，他反而镇静下来，笑道："不错，好歹这次是我们两个一起死。"

安伊尔似乎有所感应，微微动了一下。

终于，在胡尼一个倾注了整个生命的拥抱中，安伊尔醒过来了，以一个人类的身份醒过来了，安静地看着这个正深深凝望着他的黑发男人。

"安伊尔，你醒了！"胡尼盯着安伊尔那满含情绪的眼睛，知道他全都想起来了。

"他们不会放过我的……"安伊尔张开口，因为声带许久没有发声，他的嗓音沙哑难听，可在安伊尔看来，却比空洞的电子音好得多，"可你这又是何必？还要被连累。"

"我曾经欠你一颗心脏，现在还给你一条命，不是很公平吗，怎么能说是连累？"胡尼笑道。

几经辗转，突破重重阻隔终于重新相聚，没想到，却刚好到了永别的时候。

随着"滴滴"两声，炸弹倒计时结束。

可就在他们以为此生就此终结时，一声悠扬的火车鸣笛穿破空间，整个剧院忽然震动起来，像是有什么力量在撕裂空间。

耀眼的强光中，一辆火车从虚空中呼啸驶出，将两人带走，又转瞬间消失。

剧院就在火车消失的同一时间，被骤然爆炸产生的火光吞没。

……

作家看着电脑屏幕上被他记录下来的故事,出了半天神,最后默默叹了口气。

列车长曾经说过，零点列车只在零点停留，那是作家第一次看到他在非零点的时间将列车停下，同样也就是从那一天开始，列车长的身体出了问题。

作家曾问列车长：“为什么要出手帮胡尼和安伊尔？你不是从来都不会插手乘客的事情吗？”

列车长当时正在用毛巾擦拭咖啡杯，用一种漫不经心的语气说：“看的悲剧多了，有时就很难用局外人的立场去袖手旁观了。”

现在回想起那个画面，作家心情十分复杂。

列车长做出想要帮胡尼和安伊尔的决定时，应该已经预料到后果了吧？他是否知道自己的身体会受到这么大的影响?

可是为什么向乘客提供帮助，列车长自己会虚弱生病?

作家越想越头疼。

看来零点列车上还是有太多的秘密，是他不知道的。

— 第一部完 —

Midnight Express